AF380912

Keah Rieger wurde in München geboren und wuchs in der malerischen Umgebung von Rothenburg ob der Tauber auf. Seit einigen Jahren widmet sie sich leidenschaftlich dem Schreiben und hat bereits mehrere Romane veröffentlicht.

Heute lebt sie zusammen mit ihrem Mann, ihren zwei Kindern und zwei Katzen in einem gemütlichen Zuhause nahe der Tauber. Eingebettet in die ruhige und ländliche Idylle der fränkischen Landschaft findet sie die Inspiration für ihre Geschichten.

KEAH RIEGER

Wintercafé der Herzen

Eine weihnachtliche
Liebesgeschichte

Erstausgabe November 2024

Copyright © 2024 dp Verlag, ein Imprint der
dp DIGITAL PUBLISHERS GmbH
Made in Stuttgart with ♥
Alle Rechte vorbehalten

Wintercafé der Herzen

ISBN 978-3-98998-702-9
E-Book-ISBN 978-3-98998-532-2

Covergestaltung: Larissa Siepmann
Umschlaggestaltung: ARTC.ore Design
Unter Verwendung von Abbildungen von
shutterstock.com: © vertukha, © Elena Istomina,
© olyha.sokolovo4ka, © Antonio Baranessku, © iconim
Lektorat: Sarah Nierwitzki
Satz: dp DIGITAL PUBLISHERS GmbH
Druck und Bindung: Books on Demand GmbH, Norderstedt

Für meine Mama ♥

Und für meine Katzen.

Danke, dass ihr noch nie den Weihnachtsbaum angegriffen habt.

1

Lucy

Der würzige Duft von Glühwein zog durch die Luft und vermischte sich mit dem der frischen Tannenzweige in meinen Händen. Ich pflückte einen der Äste aus dem Strauß, platzierte ihn am Dach der Hütte und klammerte ihn mit dem Tacker am Holz fest, sobald ich mit der genauen Position zufrieden war. Dann folgte der nächste Zweig und der übernächste, bis nur noch einer übrig war.

Inzwischen war ich seit mehr als vier Stunden mit dem Aufbau beschäftigt, und langsam nahm meine Bude Form an, wie ich mit einer gewissen Erleichterung feststellte. Den halben Tag hatte ich gewerkelt, gezurrt und getackert, und meine Finger, die in Handschuhen steckten, fühlten sich mittlerweile an wie Eiszapfen. Es war bitterkalt an diesem Tag, und das Schneegestöber wurde immer dichter. Gerade wollte ich die Leiter hinabsteigen, um mir den nächsten Schwung Zweige zu schnappen, als ich aus dem Augenwinkel etwas Weißes auf mich zufliegen sah, erst winzig, doch rasch größer werdend.

Es geschah innerhalb von Sekundenbruchteilen. In dem Augenblick, als ich verstand, dass es sich um einen Schneeball handelte, war es bereits zu spät. Er klatschte mir so hart ins Gesicht, dass ich aufkeuchte und für einen Moment nur noch verschwommen sah. Eiskaltes Wasser rann über meine Wangen und mit den Händen fuhr ich reflexartig zu meinen Augen, die brannten wie Feuer. Ich geriet ins Taumeln.

Ich blinzelte heftig und versuchte verzweifelt, mit einer Hand nach dem Dach der Bude zu greifen, um das Gleichgewicht zu halten, doch meine Finger tasteten ins Leere. Die Leiter unter mir schwankte so sehr nach links, dass sie schließlich wegrutschte.

Mein Magen machte einen Satz, als ich stürzte. Im selben Moment schaffte ich es endlich wieder, meine Lider zu öffnen und sah aus dem Augenwinkel ein paar Kinder auf dem Marktplatz, die erschrocken die Augen aufrissen und dann wegrannten. Unter mir ertönte ein Fluch, den ich jedoch niemandem zuordnen konnte.

Der harte Aufprall, auf den ich mich innerlich einstellte, blieb jedoch aus.

Stattdessen stieß ich mit dem Rücken gegen etwas Weiches. Starke Arme schlossen sich um meine Mitte, eine dunkle Stimme keuchte „Hab dich!"

Gemeinsam stolperten wir zwei Schritte rückwärts, dann fanden wir unser Gleichgewicht wieder und der Mann entließ mich aus seinem Griff. Ich wirbelte herum, blickte in ein Paar grauer Augen, die mich hinter einer schwarzumrandeten Brille aufmerksam musterten. Haselnussbraune Locken lugten unter einer roten Strickmütze hervor, die über und über mit Schnee bedeckt war – wie meine eigene. Mit rasendem Puls starrte ich den Mann an, der mich aufgefangen hatte. Er kam mir vage bekannt vor.

„Alles okay?", fragte er mit tiefer, leicht atemloser Stimme. Ein schiefes Lächeln formte sich auf seinem Gesicht. Kleine Grübchen erschienen auf seinen Wangen, während sein Atem weißen Dampf in die Luft stieß.

Ich blinzelte. Der Schnee auf meinen Wimpern schmolz langsam, was dazu führte, dass meine Sicht erneut verschwamm. Ungeduldig wischte ich mir mit dem Handrücken über die Augen.

„Ja, ich ... ich denke schon." Meine Stimme klang viel zittriger als sonst; kein Wunder. Mein Körper hatte noch nicht begriffen, dass ich mir nichts gebrochen hatte – im schlimmsten Fall das Genick.

„Du hast da noch ein wenig ..."

Der Fremde deutete auf meine Wange, worauf ich mir hastig den restlichen Schnee aus dem Gesicht rieb. Für einen Augenblick war ich heilfroh, dass ich mich am Morgen nicht geschminkt hatte, sonst hätte ich nun ausgesehen wie ein Waschbär in seiner Emo-Phase.

„Mir geht's gut", sagte ich. „Und danke fürs Auffangen."

„Keine Ursache." Sein Grinsen wurde breiter. „Ich hätte es schlimmer treffen können, ehrlich gesagt. Sag mal, trinkst du einen Glühwein mit mir? Ich lade dich ein. Ich wollte gerade versuchen, den Kerl da hinten zu überreden, mir einen zu verkaufen, auch wenn er offiziell noch nicht geöffnet hat."

Er deutete in Richtung einer halbfertigen Bude, deren Besitzer gerade dabei war, Regale im Inneren der Hütte aufzubauen.

„Glühwein?" Ich lachte zittrig. Mein Herz raste noch immer. „Ich könnte einen vertragen, ja. Aber ich bezweifle, dass irgendjemand hier schon Ware dabeihat."

„Auch wahr. Warte hier, ich bin gleich wieder da!"

Damit verschwand mein Retter um die Ecke in Richtung Hafengasse. Schmunzelnd blickte ich ihm nach. Ich gab mir noch ein paar Minuten und atmete einige Male tief durch, dann machte ich mich wieder an die Arbeit. Schließlich musste ich fertig werden, die Zeit drängte. In wenigen Tagen sollte der Weihnachtsmarkt eröffnen und pünktlich zum Wochenende wurden große Besucherströme erwartet – wie jedes Jahr. Da ich in meiner Bäckerei auch noch einiges vorzubereiten hatte, wollte ich mit dem Aufbau der Bude so schnell wie möglich fertig werden.

Es dauerte etwa zwanzig Minuten, in denen ich gute Fortschritte machte, da hörte ich den Fremden wieder am Ende der Leiter.

„Hier bin ich wieder! Mein Glühwein-Angebot steht noch!"

„Moment!", rief ich zurück und brachte rasch den letzten Zweig an. Dann stieg ich lächelnd die Leiter hinab und wischte mir, unten angekommen, mit der behandschuhten Hand ein paar schneenasse blonde Strähnen aus dem Gesicht.

„Du warst also wirklich erfolgreich", stellte ich fest.

„Klar."

Er grinste und reichte mir einen Becher mit einer dampfenden Flüssigkeit.

„Hätte nicht eher ich dich einladen sollen?", fragte ich. „Immerhin habe ich es dir zu verdanken, dass ich den Rest des Tages nicht in der Notaufnahme verbringen muss."

„Ach was." Er winkte ab. „Haarspalterei."

„Na dann. Prost." Ich nahm den Becher entgegen, in dem bereits einige Schneeflocken schmolzen, stieß gegen seinen und nippte anschließend vorsichtig daran. Der Glühwein war großartig. Kräftige Noten von Zimt und Nelken vermischten sich mit der feinen Süße von Orangen und Honig, und bereits nach einem Schluck breitete sich eine wohlige Wärme in meinem Magen aus.

Zufrieden ließ ich meinen Blick über das Verkaufshäuschen schweifen. Es war noch früh am Nachmittag, aber ich war heute gut vorangekommen. Inzwischen war meine Bude ordentlich mit den Zweigen dekoriert, nur zwei Seiten fehlten noch. Ich war froh, dass der größte Teil der Aufbauarbeit inzwischen bereits hinter mir lag. So sehr ich den Winter und alles, was dazugehörte, liebte, so sehr sehnte ich mich nach stundenlanger Arbeit in der Kälte in die Wärme meiner Backstube zurück – spätestens seit dem Schneeball-Attentat, von dem mir immer noch das Gesicht brannte.

„Ich bin übrigens Nick", stellte sich der Mann vor, der mir den Glühwein ausgegeben hatte. Er deutete vage in Richtung der Jakobskirche.

„Mein Stand ist weiter hinten, am Kirchplatz."

„Lucy." Ich lächelte und wandte den Blick von meiner Bude ab. „Du bist zum ersten Mal dabei, oder? Ich habe dich noch nie hier gesehen."

Erst jetzt betrachtete ich ihn genauer. In den letzten Tagen waren wir uns schon häufiger über den Weg gelaufen, aber beim Aufbauen war jeder mit sich selbst beschäftigt, jeder wollte schnell fertig werden, um für den großen Ansturm am ersten Dezember gewappnet zu sein. Mehr als ein paar kurze höfliche Worte und Begrüßungsfloskeln hatten wir deswegen noch nicht miteinander gewechselt, was schade war, wie ich jetzt feststellte. Nick hatte nicht nur sympathische Grübchen, wenn er lächelte, sondern unter seiner modischen Brille auch wache graue Augen, in denen der Schalk wohnte. Er war fast zwei Köpfe größer als ich, was bei meinen einen Meter sechzig allerdings nicht ungewöhnlich war, und wirkte sportlich – das konnte auch die unförmige Flanelljacke nicht verbergen, die er trug. Ein leichter Bartschatten lag auf seinem kantigen Kiefer, gerade so viel, dass es ein wenig verwegen, doch nicht ungepflegt wirkte. Unwillkürlich überlegte ich, was für Waren er an seinem Stand wohl verkaufte. Seinem Aussehen nach tippte ich auf Kunsthandwerk. Ich beschloss, ihn nicht zu fragen, sondern mich am Sonntag überraschen zu lassen.

„Ja", sagte er jetzt. „Ich komme eigentlich aus Würzburg. Ehrlich gesagt habe ich ein bisschen Angst vor dem, was mich erwartet. Ich habe die wildesten Geschichten gehört."

Nun musste ich lachen. „Es ist alles halb so schlimm", versuchte ich, ihn zu trösten. „Die Wochenenden können heftig sein, aber unter der Woche geht es. Warst du denn schon mal als Besucher hier?"

Er schüttelte den Kopf. „Weder auf dem Markt noch in der Stadt selbst."

„Du warst noch nie in Rothenburg?!" Gespielt entsetzt schlug ich mir die Hand vor den Mund. „Mein Gott!

Und ich dachte immer, diese Menschen wären ein My-
thos ...“

Er zuckte mit den Schultern und lächelte schief. „Da
habe ich wohl echt eine Bildungslücke, oder?“

„O ja, allerdings!“, behauptete ich. „Es hat einen
Grund, dass die Leute aus aller Welt hierherkommen,
um Urlaub zu machen.“

„Na ja, ich habe ja die nächsten paar Wochen Zeit, um
alles nachzuholen, was ich verpasst habe.“ Seine Augen
hinter der Brille funkelten. „Wo soll ich anfangen, was
würdest du mir empfehlen? Mit zwei Litern Wein die
Stadt retten?“ Grinsend wedelte er mit dem Becher in
seiner Hand.

Ich verstand die Anspielung auf Georg Nusch. Die Legende darüber, wie der damalige Bürgermeister im
Dreißigjährigen Krieg durch das Trinken von Wein die
Stadt vor einem Einmarsch der Schweden bewahrt hat,
kannten wohl auch die Leute, die nie hier gewesen waren. Ich schüttelte den Kopf, musste jedoch lachen. „Es
waren dreieinhalb Liter“, belehrte ich ihn. „Und nein.
Glaub mir, die Stadt hat mehr zu bieten als den Meistertrunk. Auch wenn die Aufführungen wirklich cool
sind und du sie dir unbedingt mal ansehen solltest.“

Ich nippte erneut an meinem Becher. Der Inhalt war
schon fast kalt, obwohl erst wenige Minuten verstrichen waren. Es schneite allerdings auch so heftig, dass
vermutlich die Hälfte der Flüssigkeit in meiner Tasse
inzwischen aus geschmolzenen Schneeflocken bestand.

„Also, du solltest auf jeden Fall ...“, setzte ich an, doch
dann stockte ich. Kurz überlegte ich, bevor mir eine
Idee kam. Langsam schüttelte ich den Kopf. „Weißt du

was?", fragte ich. „Rothenburg kann man eigentlich nicht beschreiben, die Stadt muss man erleben. Und ich kenne sie in- und auswendig. Wenn du Lust hast, gebe ich dir eine Führung. Als Dankeschön für deine Rettungsaktion, wenn du so willst."

„Ein Dankeschön ist zwar nicht nötig, aber ich würde total gern. Allerdings kann ich hier nicht weg, ich muss noch ein paar Stunden durchhalten."

„Ist nicht so schlimm, ich sollte ohnehin zurück in meinen Laden", sagte ich und trank den letzten Schluck, der inzwischen bereits eiskalt war und fast nur noch nach Wasser schmeckte. „Wie wäre es mit morgen Mittag? Als kleine Pause für dich, als Belohnung für mich. Bis dahin bin ich nämlich hoffentlich hier fertig."

„Ich würde mich freuen." Er nahm mir den leeren Becher ab und wandte sich zum Gehen. „Dann bis morgen, Lucy."

Ich winkte ihm nach, während er wieder in Richtung Kirchplatz lief. Die Schneeflocken wirbelten durch die Luft und es dauerte nicht lange, bis Nick hinter dem weißen Schleier verschwunden war. Unwillkürlich musste ich lächeln. Er war nett. Wer hätte gedacht, dass die mühselige Zeit des Standaufbaus noch eine solche Wendung nehmen würde?

Ich gab mir einen Augenblick, bevor ich mich wieder zu meiner Bude umdrehte und seufzte. Für heute reichte es, der Rest würde bis morgen warten müssen. Meine Fingerspitzen waren trotz der Handschuhe und des Glühweins halb erfroren, außerdem arbeitete Akiko nur halbtags im Laden und wollte bald Feierabend machen. Bis dahin musste ich zurück sein.

Ich brachte schnell alles in Ordnung und packte meine Tasche, bevor ich mich schließlich an den Rückweg machte.

15

2

Nick

Mit gefrorenen Fingern versuchte ich, mein laut bimmelndes Handy aus der Jackentasche zu bekommen. Es gestaltete sich schwieriger als gedacht. Mein Anrufer war jedoch zum Glück hartnäckig, was nur zwei Schlüsse zuließ: Es war entweder Charlie oder Anton. Jeder andere hätte längst aufgegeben.

Endlich bekam ich mein Telefon zu fassen und konnte einen Blick auf das Display werfen. Schnell drückte ich die Annehmen-Taste.

„Nick?", ertönte es aus dem Hörer. „Bist du da?"

„Ich bin da", sagte ich.

„Das rauscht hier so komisch, kannst du mich hören?"

„Das liegt am Wetter", erklärte ich. Noch immer schneite es wie verrückt, in der letzten Stunde war jedoch auch noch ein scheußlicher beißender Wind hinzugekommen. Selbst ich nahm wahr, wie er durch mein Handy pfiff, und stellte mich näher an meine Bude. „Ist es so besser?"

Anton lachte. „Du hast dir echt ein Scheißwetter ausgesucht für den Job."

Ich schnaubte. Als hätte ich mir das selbst ausgesucht. Anton hätte auch Jan damit beauftragen können, den

Stand aufzubauen, immerhin war ich für Organisatorisches nach Rothenburg gekommen und nicht, um auf dem Markt zu arbeiten. Aber er stand auf Machtspielchen, das wusste ich. Es war nichts Neues, dass Anton spontan seine Pläne änderte, und wenn ich den Job in der neuen Filiale haben wollte, spielte ich das Spiel besser mit. Immerhin waren es nur noch ein paar Tage und wenn es erst so weit wäre, würde ich meine Ruhe vor ihm und seinen Launen haben. Er blieb in Würzburg und würde vermutlich nur alle paar Wochen mal nach Rothenburg kommen, um zu sehen, wie es in der neuen Niederlassung lief. Ich konnte es kaum erwarten.

„Hör mal, eigentlich wollte ich das selbst machen, aber ich schaffe es nicht", erklärte Anton. „Ich stecke im Stau. Jetzt ist die eine Baustelle auf der A7 endlich fertig, schon machen diese Idioten die nächste auf. Hier ist alles verstopft." Er stieß einen Fluch aus. „Das Navi sagt, ich hänge hier noch mindestens eine halbe Stunde lang fest, der Termin ist aber schon um drei. Kannst du den vielleicht für mich wahrnehmen?"

„Um was geht es denn?", hakte ich nach.

„Ein Termin beim Gewerbeamt." Nun klang er ungeduldig. Ich konnte seine Finger auf das Lenkrad trommeln hören. „Wegen der Eröffnung. Nur ein paar Unterschriften und Formulare, das kannst du auch machen. Geht das? Du kannst doch lesen, oder?"

Ich verkniff mir eine bissige Erwiderung und warf einen Blick auf die Uhr. Es war bereits halb drei. Eigentlich hatte ich noch bis vier am Stand arbeiten wollen, bei dem Wetter hatte ich allerdings nichts dagegen, heute früher aufzuhören.

„Klar, das kann ich machen", sagte ich deshalb.

„Guter Junge. Ich sollte gegen vier hier sein, dann treffen wir uns. Es gibt noch einiges zu besprechen und für heute Abend habe ich einen Tisch im Reichsküchenmeister reserviert."

„Heute Abend ist …", setzte ich an, doch bevor ich weitersprechen konnte, hatte Anton bereits aufgelegt.

***

Zwanzig Minuten später saß ich im Vorraum des Gewerbeamtes und wartete darauf, dass die Ampel über der Tür auf Grün sprang. Außer mir war nur eine weitere Besucherin da. Sie hatte üppige braune Locken, die ihr herzförmiges Gesicht umrahmten, trug ein Kostüm in einem Beerenton und war vollkommen in einen Stapel Unterlagen auf ihrem Schoß vertieft.

Nachdem ich mein Handy einige Minuten lang in den Händen gehalten und auf das schwarze Display gestarrt hatte, gab ich mir schließlich einen Ruck. Es ging nicht anders. Wenn ich wollte, dass sich etwas änderte, musste ich diese letzten paar Wochen noch irgendwie überstehen, danach würde es besser werden. Aber ich durfte Anton jetzt nicht verärgern, denn ich wusste, wie impulsiv er sein konnte und wie schnell er seine Meinung änderte, wenn ihm etwas nicht in den Kram passte. Er war der größte Sturkopf, den ich kannte, und wenn er sich etwas in den Kopf gesetzt hatte, wurde es genau so umgesetzt.

Seufzend wählte ich die Nummer. Es klingelte nur zweimal, bis ein dünnes Stimmchen am anderen Ende ertönte.

„Papa! Weißt du, was ich heute gemacht habe? Wir machen jetzt Zumba im Kindergarten! Marie hat gesagt, dass ich richtig gut darin bin!"

Unwillkürlich musste ich lächeln, auch wenn ich mich gleichzeitig mit einem Mal furchtbar müde fühlte. Charlies Stimme zu hören, war immer wieder wie Urlaub. Wie ein warmer Sommerwind, Balsam für die Seele. Doch sie erinnerte mich gleichzeitig auch schmerzhaft daran, auf wie vieles ich in den vergangenen Jahren verzichtet hatte. Wie viele Fehler ich gemacht habe.

„Das ist ja großartig, mein Schatz", sagte ich.

„Und ich hab was gemalt! Ich hab dich in der Backstube gemalt, in deinem neuen Laden! Wenn wir uns später sehen, dann zeige ich es dir. Du kannst das Bild in deinem neuen Haus aufhängen, Papa. Dann hast du schon ein Bild für die Wand, aber ich kann dir auch noch ganz viele andere malen. Ich hab auch eins von dem Hund gemalt, den Mama mir kaufen wird!"

Im Hintergrund hörte ich Laura protestieren und obwohl ich lachen musste, bildete sich ein dicker Kloß in meinem Hals. Das war es, mein Stichwort.

„Hör mal, Schatz, ich weiß, ich habe gesagt, dass wir zwei uns heute einen gemütlichen Abend machen, aber ..." Ich schluckte. Es fiel mir schwer, die richtigen Worte zu finden, weil ich meine Tochter in den vergangenen Jahren und Monaten schon so oft versetzt, sie so oft enttäuscht hatte. Und ich hatte ihr versprochen, es würde besser werden, wenn ich erst die neue Filiale führte, wenn ich in der Nähe war. Und nun war der erste Tag, an dem sie mich in der neuen Stadt besuchen kommen wollte – in der Pension, in der ich mich für die nächsten Wochen eingemietet hatte, denn ich hatte noch immer keine Wohnung gefunden –, und ich musste sie schon wieder versetzen, weil mein Chef andere Pläne für meinen Abend hatte.

„Ich kann heute leider doch nicht", presste ich unter größter Anstrengung hervor. „Es tut mir wahnsinnig leid, Charlie. Ich mache es wieder gut, versprochen."

Einen kurzen Moment lang herrschte Stille am anderen Ende. Sie dehnte sich aus, zog sich in die Länge, bis ich es fast nicht mehr aushielt. Dann hörte ich ein zartes „Okay". Viel zu leise, viel zu distanziert. Ich hatte mich vor ihrem Protest gefürchtet, doch nun stellte ich fest, dass ich diese stille Resignation viel schlimmer fand; als hätte sie bereits mit meiner Absage gerechnet. Als hätte sie es gewusst – weil es eben immer so war. Mein Magen zog sich schmerzhaft zusammen.

„Wir treffen uns an einem anderen Tag, ja?", versuchte ich es noch einmal. „Ich verspreche es dir. Ich rede später mit meinem Chef und dann können wir einen neuen Termin ausmachen, an einem Tag, an dem ich ganz sicher frei habe, ja?"

„Ja, ist gut", sagte Charlie. Mit einem Mal klang sie viel zu ernst, viel zu erwachsen für ihre fünf Jahre, und mein Herz wurde ganz schwer. „Ich muss jetzt aufhören. Tschüss, Papa."

Bevor ich mich richtig verabschieden konnte, war sie bereits weg, und im nächsten Augenblick sprang die Ampel auf Grün und die Tür zum Gewerbeamt flog auf. Eine blonde Frau mit streng zurückgekämmtem Haar erschien in der Tür.

„Sind sie Nicholas Bernauer von Crumb Factory?",
fragte sie. „Dem Schneeballengeschäft in der Oberen
Schmiedgasse?"

Aus dem Augenwinkel sah ich, wie der Blick der anderen Besucherin nach oben schoss, dann erhob ich mich. „Ja, der bin ich", sagte ich und folgte der Frau in das Büro. Während ich auf dem Stuhl gegenüber ihres Schreibtisches Platz nahm, versuchte ich, das scheußliche Gefühl zu verdrängen, das das Telefonat mit Charlie in mir zurückgelassen hatte. Jetzt war nicht der richtige Zeitpunkt, um darüber nachzudenken. Ich würde es wiedergutmachen. Und wenn ich erst eine Wohnung gefunden hätte und in meinem neuen Job angekommen wäre, dann könnte ich meine Tochter endlich so oft treffen, wie ich wollte – ohne dass mir dabei die ganze Zeit Anton im Nacken saß und immer wieder meine Pläne über den Haufen warf.

3

Lucy

Die Tür meines Ladens flog auf und Mayla stürmte herein. Es war später Nachmittag und Akiko hatte sich bereits verabschiedet. In der Stadt war es ruhig, typisch für den November, wenn die Sommertouristen längst abgereist waren und der Weihnachtstourismus noch nicht richtig angelaufen war. Es war die Ruhe vor dem Sturm.

So hatte ich auch an diesem Nachmittag keine Gäste mehr in der Schneeballmanufaktur. Draußen dämmerte es bereits. Noch immer fielen dicke weiße Flocken vom Himmel, doch hier drin war es wohlig warm. Das Feuer im Kamin knisterte, es duftete nach den frischgebackenen Schneeballen und Puderzucker, und leise Weihnachtsmusik tönte aus den Lautsprechern – „Neon Christmas" von Mitchell Tenpenny. Ich nutzte die Ruhe, um schon einmal die erste Weihnachtsdeko im Café anzubringen, und hängte gerade Tannengirlanden hinter dem Tresen auf, während Muffin, mein getigerter Kater, auf der Fensterbank schlief und schnarchte.

Nun allerdings riss mich das Hereinplatzen meiner besten Freundin aus meinem Tun. Die dunklen Locken standen ihr wild in alle Richtungen, sie war über und über mit Schnee bedeckt, doch das schien sie nicht zu stören. Ihre nussbraunen Augen waren weit aufgerissen.

„Ich weiß, welcher Laden gegenüber einzieht!", stieß sie hervor. Sie ließ sich auf einen freien Stuhl fallen und schälte sich aus ihrem Mantel. Wie immer war sie unglaublich hübsch angezogen. Heute trug sie ein dunkellila Kostüm mit großen goldenen Knöpfen, dazu schicke schwarze Stiefel in Samtoptik. Neben ihr kam ich mir in meinen Leggins und den dicken Norwegerpullovern immer vollkommen underdressed vor, aber in der Backstube hatte es einfach wenig Sinn, sich herauszuputzen. Meist dauerte es nicht lange, bis sich die ersten Mehlflecken auf meiner Kleidung zeigten.

„Komm erst mal richtig an." Ich lachte. „Möchtest du einen Kaffee?"

Meine Freundinnen und ich spekulierten bereits seit Wochen, welches Geschäft gegenüber aufmachen würde. Seit einem Jahr stand der Laden nun leer und es wurde höchste Zeit, dass wieder etwas Neues eröffnete. Das Ladensterben in der Altstadt war schon seit einigen Jahren ein Problem. Nichts wirkte trostloser als die leerstehenden Geschäfte, doch die Leute kauften inzwischen einfach lieber online oder in den größeren Einkaufsparks und -zentren außerhalb ein. Deswegen hatten wir uns sehr darüber gefreut, als wir gehört hatten, dass die Fläche gegenüber wieder vermietet worden war.

Noch wussten wir allerdings nicht, an wen. Deswegen war ich neugierig auf das, was Mayla mir gleich berichten würde, doch Zeit für einen Kaffee musste trotzdem sein.

„Ja, schwarz bitte", sagte sie. Noch immer wirkte sie vollkommen durch den Wind.

„Das weiß ich doch", sagte ich. Immerhin kannte ich meine Freundin inzwischen seit mehr als fünf Jahren und ihre Kaffeegewohnheiten hatten sich seitdem nicht geändert: Dunkel und stark und davon bestenfalls mehrere Tassen pro Tag. Ich selbst trank hingegen lieber Früchtetees, oder, noch besser, Punsch. Wobei der Glühwein am Nachmittag auch nicht schlecht gewesen war.

Kurz blitzten Nicks graue Augen und sein verschmitztes Lächeln vor meinem inneren Auge auf, und die Vorfreude auf den nächsten Tag ließ meine Fingerspitzen kribbeln.

Ich stellte Maylas Kaffee zusammen mit einem Kännchen Waldbeerentee und einer Tasse für mich auf ein Tablett, brachte es zum Tisch und nahm ihr gegenüber Platz. Nun konnte ich meine Neugierde allerdings nicht mehr im Zaum halten. Ich lehnte mich nach vorn.

„Okay, nun bin ich ganz Ohr", sagte ich. „Wer oder was wird gegenüber einziehen? Und woher weißt du das überhaupt?"

„Ich hatte heute Nachmittag einen Termin beim Gewerbeamt", erzählte sie. „Du weißt schon, wegen der geplanten Umbaumaßnahmen in meinem Hotel, ich musste dafür noch ein paar Sachen regeln. Und da war er zufällig auch, der neue Ladenbesitzer!"

Sie nippte vorsichtig an ihrem Kaffee. Nun erkannte ich, dass neben der Aufregung noch etwas anderes in ihrem Blick schwang. Ich konnte es nicht recht deuten; war es Unbehagen? Aber wieso?

„Nun spann mich nicht so auf die Folter", sagte ich. „Was wird es sein? Kunst? Ein weiteres Souvenirgeschäft? Vielleicht was ganz anderes?"

Im Kopf überschlug ich erneut die Möglichkeiten. Jedes Mal, wenn wieder eine Ladenfläche neu vermietet wurde, schloss ich mit Mayla und Akiko Wetten ab, was dieses Mal in unsere kleine Stadt ziehen würde, und jedes Mal hofften wir auf unterschiedliche Dinge. Mayla hatte sich auch jetzt wieder eine neue Boutique gewünscht. Davon gab es zwar bereits einige in der Stadt, doch meine Freundin konnte nicht genug bekommen von schicker italienischer Mode. Akiko hingegen hoffte eher auf Kinderkleidung oder Spielzeug, während ich selbst seit Jahren von einem zweiten Lebensmittelgeschäft träumte. Es gab zwar bereits eins, doch ein wenig mehr Auswahl wäre nett gewesen, zumal es immer ein bisschen umständlich war, außerhalb einkaufen zu gehen, wenn man, wie ich, in der Altstadt lebte.

Maylas düsterer Blick und die Art und Weise, wie sie herumdruckste, sagten mir jedoch, dass es nichts von alledem war.

„Schneeballen!", platzte sie schließlich hervor. „Dort soll ein Schneeballenladen aufmachen!"

Einen kurzen Augenblick lang schaffte ich es nur, sie wortlos anzustarren. Dann endlich kam das Gesagte bei mir an – doch ich verstand es nicht.

„Schneeballen?“, fragte ich verwirrt. „Wieso das denn? Es gibt doch hier schon ein Schneeballencafé.“ Das stimmte. Nämlich meins. „Bist du dir sicher, dass du das richtig verstanden hast?“

Mayla nickte, dann schüttelte sie den Kopf. Gleichzeitig zuckte sie die Schultern.

„Eigentlich schon, ja“, sagte sie. „Ich verstehe es auch nicht so richtig, aber es soll wohl eine neue Filiale von Crumb Factory werden.“

„Crumb Factory? Diese Bäckereikette aus Würzburg?“ Ich runzelte die Stirn. „Die machen doch gar keine Schneeballen, oder?“ Mein Hirn arbeitete fieberhaft. Bei besagter Bäckerei war ich nur einmal gewesen und sie verkauften wirklich gute Sachen, aber die klassischen Rothenburger Schneeballen waren nicht Teil ihres Angebots. Und warum sollten sie das auch sein? Es war eine regionale Spezialität, hier in der Stadt gab es neben meinem bereits einen anderen Laden, der das Gebäck herstellte und verkaufte, und Crumb Factory war eher spezialisiert auf Alltagsbackwaren zu günstigen Preisen. Es war Fließbandware: Die Rohlinge wurden fabrikweise in automatisierten Mischmaschinen vorbereitet und dann zum Aufbacken an die einzelnen Filialen geschickt.

Mayla zuckte erneut die Schultern. „Das kann ich dir leider nicht beantworten, ich bin mir aber ganz sicher, dass ich richtig gehört habe. Die Worte Crumb Factory und Schneeballenladen in der Oberen Schmiedgasse sind ganz sicher gefallen.“

„Hat sie vielleicht gesagt gegenüber des Schneeballenladens?“, überlegte ich. „Vielleicht hat sie mein Geschäft gemeint.“

Nun war sich Mayla doch nicht mehr ganz so sicher. „Das kann natürlich auch sein", sagte sie langsam. „Je länger ich darüber nachdenke ..." Gedankenverloren griff sie nach ihrer Tasse und nahm noch einen Schluck. Wirklich überzeugt sah sie allerdings nicht aus.

„Das macht mehr Sinn, oder?", fragte ich und wusste dabei nicht, ob ich das tatsächlich glaubte, oder ob ich nur versuchen wollte, mich selbst zu beruhigen. Wenn es nämlich wirklich stimmte und ein Schneeballengeschäft von Crumb Factory gegenüber eröffnen würde, dann wäre das so was wie der Super-GAU für meinen Laden. Das Geschäft lief nicht schlecht, aber kämpfen musste ich schon, vor allem in den ruhigeren Monaten des Jahres. Und ich war mir nicht sicher, ob ich eine so starke Konkurrenz überleben würde. Vermutlich eher nicht.

„Du hast recht", sagte Mayla mit fester Stimme und schüttelte leicht den Kopf, wobei ihre Locken hin und her wippten. „Ich habe mich da sicher verhört, oder die Frau vom Amt hat sich ein wenig umständlich ausgedrückt. Es ist bestimmt alles halb so wild, bitte entschuldige, dass ich hier reinplatze und dich verrücktmache."

„Das macht nichts." Ich musste grinsen. „Immerhin ist das Geheimnis jetzt gelüftet. Und Geschäfte mit günstigen Lebensmitteln braucht es hier ohnehin viel mehr, es hätte uns also wirklich schlechter treffen können."

„Da hast du recht. Auch wenn ich einen Prada-Store besser gefunden hätte." Mayla stieß ein theatralisches Seufzen aus.

Ich musste lachen. „Das war von Anfang an ein unrealistischer Wunsch, und das weißt du genau."

„Der erste Schritt zum Erreichen deiner Träume besteht darin, zu glauben, dass sie möglich sind", erklärte sie altklug und ich lachte erneut.

„Okay, verstehe, Frau Dalai Lama. Na ja, vielleicht hast du beim nächsten Mal mehr Glück."

„Das hoffe ich." Sie kippte den Rest ihres Kaffees hinunter und erhob sich. „Na gut, ich muss dich jetzt leider wieder allein lassen. Ich muss rüber, es warten noch ein paar Buchhaltungsangelegenheiten auf mich. Und Hannes hat mich heute Abend zum Essen eingeladen, wir haben Jahrestag. Wir zwei sehen uns morgen?"

„Natürlich", sagte ich. „Wie jeden Tag."

Mayla verabschiedete sich mit einer festen Umarmung, bevor sie wieder aus meinem Café verschwand. Nachdem sie weg war, fühlte sich die Stille plötzlich ohrenbetäubend an. Aus irgendeinem Grund war die Musik ausgegangen, der Kamin war fast heruntergebrannt und draußen war es inzwischen stockdunkel. Muffin hüpfte von der Fensterbank und sprang auf meinen Schoß, wo er sich zu einer kleinen flauschigen Kugel zusammenrollte und laut zu schnurren begann. Geistesabwesend streichelte ich ihm durch das dichte Fell.

Ganz so überzeugt, wie ich mich vor meiner Freundin gegeben hatte, war ich nicht. Was, wenn sie sich wirklich nicht verhört hatte? Was, wenn Crumb Factory wirklich Schneeballen verkaufen würde? Dann müsste ich meinen Laden innerhalb kürzester Zeit dichtmachen, das wusste ich. Mit den Dumpingpreisen einer solchen Kette könnte ich nicht einmal mithalten, wenn ich meine Gewinnspanne halbieren würde.

„Ich hoffe, dass sich Mayla verhört hat“, murmelte ich.

Muffin rollte sich noch ein wenig enger zusammen und stieß ein leises Brummeln aus, als würde er mir zustimmen.

„Du hast ja recht“, sagte ich zu dem Kater, als könnte er mich verstehen. „Es hat keinen Sinn, sich verrückt zu machen. Noch wissen wir es nicht. Und Probleme löst man am besten erst dann, wenn sie auch wirklich da sind.“

4

Lucy

Am nächsten Morgen fühlte ich mich wie gerädert. Obwohl ich versucht hatte, mich nicht verrücktmachen zu lassen und die Erklärung, dass sich Mayla verhört hatte, durchaus plausibel war, hatte ich unglaublich schlecht geschlafen.

Als ich um kurz nach acht die Treppe zum Verkaufsraum hinunterschlurfte – meine Wohnung lag direkt über dem Café, was an Tagen wie diesem besonders praktisch war –, warteten meine Freundinnen bereits vor der Tür. Über Nacht hatte es nicht aufgehört zu schneien und die Straße war von einer zentimeterdicken Puderschicht bedeckt.

Mayla warf ungeduldige Blicke auf ihre Armbanduhr, Akiko hingegen strahlte wie ein Honigkuchenpferd. Nicht zum ersten Mal fragte ich mich, wie sie immer so gut gelaunt sein konnte. Das glatte schwarze Haar hatte sie heute zu einem Pferdeschwanz gebunden, auf dem Kopf trug sie puschelig-pinke Ohrenwärmer. Auch Sandra war schon da, von ihrem Gesicht war allerdings kaum etwas zu erkennen; es verschwand zwischen einem monströsen Schal, den sie sich bis zur Nasenspitze hochgezogen hatte, und einer überdimensionalen Fliegermütze, unter der nur eine einzelne graue Locke hervorlugte. Es war kein Geheimnis, dass Sandra die Kälte hasste, und einer der Gründe dafür, warum sie so gern in der Backstube arbeitete. Dort war es immer kuschelig warm.

Ich hastete zur Tür und sperrte auf. „Sorry, ihr drei", sagte ich zur Begrüßung. „Ich habe verschlafen, die Nacht war furchtbar."

„Oje, das tut mir leid", sagte Akiko, während sie in den Laden kam und ihren Mantel abnahm. Darunter trug sie ein rotes Wollkleid und dicke Strumpfhosen zu roten Moon Boots. „Woran liegt es? Hast du Sorgen?"

Muffin sprang von der Fensterbank und strich ihr um die Beine. Lächelnd nahm sie ihn hoch und fing an, ihn hinter dem Ohr zu kraulen, woraufhin er laut zu schnurren begann und seine Stirn an ihren Hals drückte.

„Es ist bestimmt meinetwegen", sagte Mayla. Sie sah zerknirscht aus und Akiko und Sandra warfen ihr fragende Blicke zu.

„Wir werden euch gleich alles erzählen", sagte ich, „aber ich mache uns erst mal Frühstück."

Schnell suchte ich die entsprechenden Sachen zusammen, warf die Kaffeemaschine an und setzte Teewasser auf, während sich meine Freundinnen an unseren Stammplatz setzten. Schon vor zwei Jahren, kurz nachdem Akiko angefangen hatte, bei mir zu arbeiten, hatten wir es uns zur Gewohnheit gemacht, in meinem Laden gemeinsam zu frühstücken. Maylas Hotel lag nur zwei Häuser weiter, ihr Tag war fast immer sehr lang und voll. Bereits um sechs Uhr morgens war sie auf den Beinen, für eine halbe Stunde schaffte sie es jedoch immer, sich loszueisen. Akikos Schicht begann um neun, wenn das Café öffnete. Sandra und ich starteten in der Backstube meist früher, zumindest in den Phasen, in denen der Verkauf Hochkonjunktur hatte. Momentan reichte es an Wochentagen noch, wenn wir gemeinsam kurz vor Ladenöffnung anfingen, doch das würde sich bald ändern. Noch ein paar ruhige Tage, bis die wichtigste Zeit des Jahres gekommen wäre.

Ich stellte Kaffee, Tee und ein paar Schneeballen auf den Tisch – unser Standardfrühstück –, und berichtete Akiko und Sandra im Schnelldurchgang von dem, was Mayla mir erzählt und was mir in der Nacht den Schlaf geraubt hatte.

Akiko wirkte besorgt, doch Sandra blieb vollkommen entspannt. „Ach, und wenn schon", sagte sie in der für sie typischen trockenen, pragmatischen Art, und machte eine wegwerfende Handbewegung. „Selbst wenn es stimmt, was sollte eine solche Kette schon ausrichten können? An unsere Sachen kommen die doch nie und nimmer ran, und das wird sich schnell rumsprechen. Mach dir keine Sorgen, Lucy. Die Leute hier kennen dich seit Jahren, deinen Laden sogar seit Jahrzehnten, seit deine Großeltern ihn damals eröffnet haben. Keine Chance, dass die auf Billigkram umsteigen. Und es geht ja nicht nur um die Ware, du weißt, wie wichtig dein Café ist. Du bringst die Menschen zusammen. Das kann so ein seelenloser Betrieb nicht leisten."

„Und was ist mit den Touristen?", sprach ich meine größte Sorge aus.

„Das kann ich mir auch nicht vorstellen", sagte Akiko. „Gerade die Urlauber legen Wert auf authentisches Handwerk. Ich meine, ich glaube auch, dass Mayla sich verhört haben könnte", sie warf einen entschuldigenden Blick zu Mayla, „aber selbst wenn nicht, billige Fließbandarbeit wird bestimmt keine echte Konkurrenz für uns sein."

„Und du weißt doch, wie es ist", fügte Sandra an. „Diese großen Ketten sind ganz andere Umsätze gewöhnt. Die probieren das hier vielleicht ein Jahr lang, dann werden sie merken, dass es nicht so viel abwirft, wie sie sich erhofft haben, und dann schließen sie ihre Filiale wieder. Und tschüss."

„Und dann kommt ein Gucci-Store", bestätigte Mayla.

„Oder ein Spielwarenladen", warf Akiko ein.

„Apropos Spielzeug", sagte Sandra. „Naos Geburtstag ist schon in drei Wochen. Du hast uns immer noch nicht erzählt, was sie sich wünscht. Du kannst uns doch nicht so im Regen stehen lassen."

„Stimmt, es wird langsam wirklich Zeit", beschwerte sich Mayla. „Wenn du uns nichts sagst, dann suche ich selbst was aus. Ich habe schon ein paar Dinge im Auge. Wie wäre es mit einem Schlagzeug? Oder einer Trompete?"

„Zehn Kilo Süßigkeiten und zwei Liter Cola", sagte Sandra.

„Ein Welpe!", schlug ich vor. „Über einen süßen kleinen Hund freut sie sich bestimmt."

Akiko lachte. „Ist ja schon gut, ich habe verstanden. Ich überlege mir was und sage euch Bescheid."

Mayla beugte sich vor und wedelte drohend mit dem Zeigefinger. „Das will ich dir auch raten, meine Liebe."

Den Rest des Frühstücks redeten wir über die bevorstehende Geburtstagsfeier von Akikos bald fünfjähriger Tochter, über die geplanten Umbaumaßnahmen in Maylas Hotel und den Dubai-Urlaub, den Sandra sich mit ihrem Mann zum dreißigjährigen Hochzeitstag gönnen würde, wenn der Weihnachtsstress vorbei wäre. Als Mayla gehen musste und wir den Laden öffneten, Sandra in der Backstube und Akiko hinter der Theke verschwand, hatte ich all meine Sorgen tatsächlich vergessen.

Ich packte mich in meinen dicksten Mantel, setzte meine Bommelmütze auf und machte mich auf den Weg zum Weihnachtsmarkt, um meinem Stand den letzten Schliff zu verpassen. Gedanklich war ich da jedoch bereits bei Nick und der Frage, welche Sehenswürdigkeiten ich ihm in der Mittagspause als erstes zeigen wollte.

5

Nick

In der letzten Nacht hatte ich schlecht geschlafen. Das schlechte Gewissen, weil ich Charlie versetzt hatte, lastete noch immer auf mir, dazu kam die Wut darüber, dass es so sinnlos gewesen war. Das Abendessen mit Anton war zwar nett gewesen, das Essen selbst sogar ausgesprochen gut, sodass ich mir das Restaurant auf meine gedankliche Liste gesetzt hatte von Orten, die ich unbedingt öfter aufsuchen wollte, wenn ich nur endlich fest in Rothenburg angekommen war – doch das Treffen selbst hatte keinen tieferen Zweck gehabt als den, dass Anton den Abend offensichtlich nicht allein hatte verbringen wollen. Sehr viel lieber hätte ich mit meiner Tochter Pommes bei ihrem Lieblingsimbiss gegessen und danach in meinem Apartment einen Disneyfilm mit ihr geschaut.

Den heutigen Vormittag hatte ich damit verbracht, literweise Kaffee in mich hineinzukippen, um die Müdigkeit zu vertreiben, und die Bude für den Weihnachtsmarkt fertig aufzubauen. Im Anschluss daran dekorierte ich sie mit Tannenzweigen, so wie es alle Aussteller hier taten. Es war bitterkalt an diesem Tag und die Straßen waren unter einer dicken Schneeschicht begraben, dafür war es allerdings windstill und es schneite nicht, was mir den Aufbau erleichtert hatte.

Ich war gerade fertig, da schlug die Glocke der Jakobskirche zwölf Mal. Ich packte in Windeseile zusammen und machte mich auf den Weg zu Lucys Bude. Sie stand bereits davor und wartete auf mich, eingehüllt in einen grauen Wollmantel. Sie trug grobe Boots zu ihren schwarzen Leggins, auf dem Kopf thronte eine dicke Bommelmütze, unter der ein blonder Pferdeschwanz hervorblitzte. Sie lächelte, als sie mich sah, was ihr ganzes Gesicht strahlen ließ. Schon am ersten Tag war mir aufgefallen, wie hübsch sie war, mit ihrer Stupsnase und den hellgrünen Augen, doch das allein war es nicht gewesen, was mich fasziniert hatte. Sie strahlte eine unglaubliche Ruhe und Wärme aus, ich konnte mir nicht vorstellen, dass es einen Menschen gab, der sich in ihrer Nähe nicht wohlfühlen würde. Umso mehr hatte es mich gestern gefreut, dass sie sich die Zeit genommen hatte, mal ein paar mehr Worte mit mir zu wechseln als nur Hallo und Tschüss.

„Hey!", rief sie, als sie mich sah.

„Hey", erwiderte ich, wobei ich nicht aufhören konnte, dämlich zu grinsen.

„Bist du bereit?"

„So was von!"

„Ich habe mir überlegt, dass wir direkt hier anfangen", sagte sie. „Mit dem Kirchplatz und der Jakobskirche als erste Station."

„Ehrlich?", zog ich sie auf. „Ich kriege das volle Touri-Programm? Ich dachte jetzt, du zeigst mir die Geheimtipps, die ich nicht in jedem Stadtführer nachlesen kann."

Sie grinste. „Wart's ab, die kommen noch. Außerdem habe ich Geschichten auf Lager, die dir nicht jeder Stadtführer erzählen wird. Komm!"

Schmunzelnd folgte ich ihr zum Kirchplatz und die Mauern der riesigen Kirche entlang, die teilweise hinter Buden verborgen lag. An einer Stelle beim Südturm blieb sie stehen und deutete auf eine kleine Skulptur, die ein Stück weiter oben an der Kirche angebracht war.

„Das hier zum Beispiel", sagte sie.

Ich betrachtete die Skulptur, konnte jedoch nicht erkennen, was sie darstellen sollte. Aus der Ferne erinnerte sie mich an einen Gargoyle, einen Wasserspeier mit weit geöffnetem Mund, jedoch ohne Flügel.

„Was ist das?" fragte ich.

„Ein Hund", entgegnete Lucy. „Erkennst du das nicht?"

„Nein, ehrlich gesagt nicht. Wobei, jetzt wo du es sagst ... " Ich kniff die Augen ein wenig zusammen, sodass ich mit sehr viel Fantasie das besagte Tier erkannte.

Sie lachte. „Aus der Nähe würde man es vermutlich besser sehen. Er ist ja ziemlich weit oben."

Das überraschte mich nun doch. „Was hat ein Hund mit der Kirche zu tun?"

„Es ist eine Legende", sagte sie. „Und wie die meisten Legenden ist nicht ganz klar, welcher Teil davon wahr ist und welcher erfunden. Aber wie die meisten Legenden hat mit Sicherheit auch diese hier einen wahren Kern."

„Wie beim Meistertrunk?"

„Genau, wie beim Meistertrunk."

„Okay, was hat es nun also mit dem Hund auf sich?", fragte ich. Neugierig betrachtete ich die kleine Skulptur. Dass ich mein Leben in der Großstadt aufgeben und nach Rothenburg ziehen wollte, hing vorrangig mit Charlie zusammen. In den vergangenen Jahren hatte ich sie viel zu wenig gesehen und ich wollte ihr endlich der Vater sein können, den sie verdient hatte. Dennoch war ich nicht traurig darüber, dass es mich ausgerechnet nach Rothenburg verschlagen würde. Diese Stadt und ihre Vergangenheit faszinierten mich.

„Ist dir aufgefallen, dass die Türme der Kirche unterschiedlich hoch sind?", fragte Lucy.

Das war es tatsächlich: Der Südturm war ein ganzes Stück kleiner als der Nordturm.

„Ja", sagte ich. „Ich habe mich schon gefragt, was das für einen Hintergrund hat."

Lucy lächelte. „Das ist die Legende", sagte sie. „Angeblich schloss der Meister eine Wette mit seinem Gesellen ab. Es ging darum, wer von beiden den höheren Turm bauen könnte. Der Meister baute den Südturm, der Geselle den Nordturm. Und der Nordturm wurde größer und schöner, was den Meister am Ende so sehr ärgerte, dass er sich in seinem Frust vom Südturm stürzte."

„Wow", sagte ich. „Das ist eine etwas heftige Reaktion auf eine berufliche Niederlage, findest du nicht?"

Lucy lachte, zuckte dann die Schultern. „Tja, damals waren die Leute eben noch ein bisschen krasser drauf."

„Was ich aber nicht verstehe", sagte ich. „Was hat das Ganze nun mit dieser Hundeskulptur zu tun?"

„Das war der Hund des Meisters. Treu, wie Hunde nun einmal sind, ist er seinem Meister vom Turm in den Tod gefolgt. Deshalb die Skulptur."

„Eine tragische Geschichte. Ich wusste gar nicht, dass es bei euch so düster zugeht."

„Keine Sorge, das ist die einzige düstere Geschichte, die du heute zu hören bekommst", versprach Lucy. „Ab jetzt nur noch schöne Sachen! Bist du schon die Stadtmauer entlanggegangen?"

„Nein, aber ich würde gern!"

„Dann lass uns das doch mal machen. Von dort oben aus kann man auch fast alles sehen, dann kann ich dir alle wichtigen Stationen in einem Rundgang zeigen."

„Ich hätte auch nichts gegen mehrere Stadtführungen", sagte ich.

Sie stockte kurz, dann lächelte sie. „Keine Sorge, es wird noch genug übrig bleiben für weitere Führungen."

„Dann bin ich beruhigt."

Ich folgte ihr eine breite Treppe hinab und wir verließen das Kirchengelände. Während wir eine schmale Gasse entlanggingen, die uns zur Stadtmauer führen sollte, versuchte ich, etwas mehr über Lucy zu erfahren.

„Lebst du schon immer in Rothenburg?", fragte ich.

„Ja. Ich wurde hier geboren und bin hier aufgewachsen, habe die Stadt auch nie verlassen. Meine Eltern kamen beide von hier, sogar meine Großeltern. Ich bin also Rothenburgerin durch und durch. Und du? Hast du schon immer in Würzburg gewohnt?"

„Nein“, sagte ich. „Meine Eltern kamen aus der Nähe von Dortmund.“

„Das erklärt deinen Dialekt.“

„Ich habe keinen Dialekt!“, empörte ich mich.

Sie schmunzelte. „Für mich schon.“

„Das ist Hochdeutsch!“

Sie grinste. Gerne hätte ich erzählt, dass ich ihren leichten fränkischen Akzent sehr gern mochte, sogar süß fand. Aber ich verkniff es mir, immerhin kannte ich sie erst seit einem Tag und war mir nicht sicher, wie sie ein solches Kompliment auffassen würde.

„Jedenfalls“, fuhr ich stattdessen fort, „bin ich mit achtzehn zum Studieren weggegangen. Ich wollte was sehen von der Welt und bin viel gereist, war immer woanders. In Berlin, Wien, sogar ein Jahr in Porto und einige Monate in den USA. Zuletzt hat es mich nach München verschlagen, wo ich an der Universität BWL studierte, allerdings stellte sich schnell heraus, dass das nichts für mich war ... Ich habe aber meine Frau dort kennengelernt.“

Lucy runzelte die Stirn und schnell fügte ich hinzu: „Also, meine Ex-Frau. Wir sind geschieden.“

„Das tut mir leid“, sagte sie. Vielleicht war es nicht der klügste Schachzug, gleich von meiner Ex-Frau erzählen, doch nun, wo es schon einmal raus war, beschloss ich, gleich alle Karten auf den Tisch zu legen.

„Sie heißt Laura“, sagte ich, „und sie kommt aus der Nähe von hier. Gemeinsam kehrten wir München irgendwann den Rücken und gingen nach Würzburg. Nach einigen Jahren wurde sie schwanger und wir bekamen eine Tochter, Charlotte. Danach wurde irgendwie alles komplizierter. Ich meine, nicht wegen Charlie.

Sie ist toll, ein tolles Kind. Kinder sind nie schuld. Ich denke, es hat einfach nicht gepasst, und als wir uns dann gemeinsam um ein Kind kümmern mussten, haben wir das gemerkt."

Inzwischen stiegen wir die Stufen zur Stadtmauer hinauf. Der Stein war uneben, das Geländer viel zu dick, um es wirklich zu greifen, die Treppe wahnsinnig steil und schmal. Die Stufen waren zum Teil gefroren und man musste aufpassen, wo man hintrat. Mir wurde ein wenig schwindelig und ich versuchte, nicht nach unten zu sehen.

„Was ist passiert?", fragte Lucy sanft.

Ich atmete erleichtert auf, als wir endlich oben angekommen waren. „Ich weiß es nicht genau. Ich denke, der Alltag hat uns eingeholt. Eine eigenartige Mischung aus Stress und Langeweile. Jeder Tag war gleich, irgendwann lebten wir nur noch nebeneinanderher, gleichzeitig hörten die Verpflichtungen nie auf. Ich verkroch mich in meine Arbeit und kam oft erst spät nach Hause. Damals erschien es mir wie eine gute Möglichkeit, um Streit aus dem Weg zu gehen, denn wir stritten uns immer häufiger. Heute weiß ich, dass ich Laura mit Charlie allein gelassen habe. Irgendwann hat sie beschlossen, zu ihren Eltern in die Nähe von Rothenburg zu ziehen. Und das war's dann. Das ist jetzt drei Jahre her."

„Das tut mir sehr leid", sagte Lucy erneut. Es wirkte aufrichtig.

„Ich kann es ihr nicht verübeln", gab ich zu. „Ich denke, sie hat nun sehr viel mehr Unterstützung, als sie damals von mir bekommen hat. Sie hat auch wieder einen neuen Partner."

„Und wie fühlst du dich damit?"

„Gut. Ich habe meinen Frieden damit gemacht. Man kann die Zeit nicht zurückdrehen. Heute würde ich einiges anders machen. Wir verstehen uns gut, aber ich liebe sie nicht mehr, falls du das meinst. Nur Charlie vermisse ich sehr und ich wünschte mir, ich hätte weniger gearbeitet und mehr Zeit mit ihr verbracht. Sie ist nun schon fünf, schon so groß geworden. Und ich habe viel zu viel verpasst."

Eine Weile gingen wir schweigend nebeneinander und ließen die Blicke über die schneebedeckten Dächer schweifen.

„Was ist mit dir?", fragte ich irgendwann. „Hast du einen Freund?"

Sie schüttelte den Kopf. „Nein. Nur noch mehr traurige Ex-Geschichten." Sie lächelte, doch es sah nicht fröhlich aus. Noch bevor ich wusste, was ich erwidern sollte – ich wollte ihr das Gefühl geben, dass mich ihre Geschichten interessierten, was der Wahrheit entsprach, jedoch auch nicht aufdringlich rüberkommen –, nahm sie mir die Entscheidung ab, indem sie das Thema wechselte.

„Und? Reist du jetzt auch noch viel?"

„Ja, wann immer es klappt. Ich habe mir vor zwei Jahren einen Van gekauft und ausgebaut." Ich lachte. „Und wenn ich nicht verreisen kann, bastle ich am Wagen rum, irgendwas fällt mir jedes Mal noch ein, was man verbessern kann. Letztes Jahr war ich jedenfalls in Norwegen und Polen unterwegs, im Sommer war ich in Dänemark. Nächstes Jahr würde ich aber ganz gern mal in

Richtung Süden, wenn es sich einrichten lässt. Vielleicht kann ich dann auch Charlie mal mitnehmen. Was ist mit dir, reist du gern?"

„Ja, schon", sagte sie ein wenig ausweichend. „Aber längst nicht so viel wie du ... Schau, das hier ist die Galgengasse."

Wir blieben stehen und blickten auf die breite Straße hinab, die links und rechts von hübschen Fachwerkhäusern gesäumt und am Ende von einem Turm begrenzt wurde.

„Das heißt, hier stand früher der Galgen?", fragte ich.

„Nicht ganz. Es war der Weg, auf dem die Verurteilten von der Stadtmitte zum Galgen geführt wurden. Im Mittelalter war es eher üblich, die Hinrichtungen außerhalb der Stadtmauern zu vollziehen, um die Bevölkerung vor dem Anblick zu schützen."

„Woher weißt du das alles?", fragte ich erstaunt. Hätte man mich über die Geschichte Würzburgs befragt, hätte ich vielleicht noch ein, zwei Sätze über die Residenz verlieren können, doch da hörte mein Wissen auch schon auf.

Lucy grinste.

„Das gehört hier zur Allgemeinbildung. Jedenfalls gibt es heute natürlich keinen Galgen mehr. Heute ist es nur eine der größeren Straßen der Altstadt. Die meisten Ladengeschäfte befinden sich in der Galgengasse, der Rödergasse, der Hafengasse ..."

„... und der Oberen Schmiedgasse, stimmt's?", fragte ich, stolz darüber, auch etwas zum Gespräch beitragen zu können. Das wusste ich, da die neue Filiale in ebendieser Straße eröffnen würde.

Lucy lächelte. „Stimmt."

„Es ist beeindruckend, dass all diese Häuser noch so gut erhalten sind", sagte ich mit einem Blick auf all das Fachwerk.

„Der Schein trügt. Im Zweiten Weltkrieg wurde vieles zerstört und man musste es neu aufbauen."

Das erstaunte mich. „Echt? Das sieht man nicht."

„Weil man sich damals schon Mühe gegeben hat, das mittelalterliche Stadtbild nicht zu zerstören", erklärte Lucy. „Die wenigsten wissen, dass Rothenburg schon viel früher ein Touristenmagnet war. Komm, wir gehen weiter. Hast du gewusst, dass wir sogar eine Hochschule haben? Da laufen wir gleich dran vorbei."

Darüber staunte ich nicht schlecht. Rothenburg war für mich immer Mittelalter und Weihnachtskitsch gewesen, aber natürlich hatten die Menschen hier auch ein Leben abseits vom Tourismus, was mir immer bewusster wurde, je mehr Lucy mir von der Mauer aus zeigte. Die Mischung aus Historie auf der einen und Moderne auf der anderen Seite der Mauer war faszinierend.

Ruckzuck war die Stunde vergangen und als sich Lucy verabschiedete, um wieder zur Arbeit zu gehen, hatte ich das Gefühl, wahnsinnig viel gelernt und erfahren zu haben – und gleichzeitig doch viel zu wenig, vor allem über sie. Kaum war sie fort, fehlten mir unsere Gespräche bereits.

6

Lucy

Wieder in der Schneeballmanufaktur, verkroch ich mich zu Sandra in die Backstube und half mit. Es war heiß und drückend, sodass ich meinen dicken Pullover ablegte und mir stattdessen Schürze und Haube anlegte. Danach stürzte ich mich in die Arbeit.

Gemeinsam formten wir die charakteristischen Kugeln aus Teigstreifen, legten sie in die Schneeballenzangen und frittierten sie, dabei genoss ich es einmal mehr, dass Sandra keine Plaudertasche war. Mit ihr zu arbeiten, war angenehm, mit ihr zu schweigen, war angenehm. Die Tätigkeit mit den Händen beschäftigte mich und hielt mich eine Weile vom Grübeln ab, gleichzeitig war ich nicht gezwungen, Smalltalk zu führen, wenn mir doch gerade gar nicht danach war. Und wenn Sandra merkte, dass ich aufgewühlt war, so ließ sie es sich nicht anmerken und hakte nicht nach, wofür ich ihr dankbar war.

Der Spaziergang mit Nick war schön gewesen, er hatte jedoch auch viele Erinnerungen und alte Verletzungen wieder hochgeholt. Dass er geschieden war und eine Tochter hatte, störte mich nicht. Ganz im Gegenteil. Ich war dreißig Jahre alt, ihn schätzte ich zwei oder drei Jahre älter – hätte er bisher kein nennenswertes Liebes- oder Familienleben gehabt, hätte ich das eher merkwürdig gefunden.

Nein, es war etwas anderes, das bei mir sämtliche Alarmglocken schrillen ließ: Die Tatsache, dass er davon gesprochen hatte, die Welt sehen zu wollen. Wo war er nicht überall gewesen? Dortmund, München, Wien, Berlin, Porto, Amerika ... Gütiger Himmel.

Und nun lebte er seit einigen Jahren in Würzburg, was zwar nicht aus der Welt, aber auch nicht gerade um die Ecke war. Und wer wusste schon, wie lange er noch in Würzburg bleiben wollte, wie lange es ihn noch dort hielt, bevor er merkte, dass ihm auch das nicht genügte? Noch ein halbes Jahr, zwei Jahre? Und wohin würde es ihn danach verschlagen? Nach Barcelona? Oder gleich auf einen anderen Kontinent?

Sicher, er hatte seine Tochter hier. Aber würde das ausreichen, ihn hierzuhalten? Er hatte offensichtlich Hummeln im Hintern und hielt es nicht lange an einem Ort aus.

Unwillkürlich seufzte ich. Ich kannte Menschen wie ihn, viel zu oft schon hatte ich mit ihnen zu tun gehabt. Die Leute, denen Rothenburg irgendwann zu klein wurde, die nirgends zu Hause sein wollten, immer weiterziehen mussten, immer auf der Suche nach mehr.

Felix war so jemand gewesen. Mein Ex-Freund.

Auch das war inzwischen drei Jahre her und obwohl ich über Felix hinweg war, versetzte die Erinnerung daran mir immer noch einen kleinen Stich. Für mich war immer klar gewesen, dass wir in der Stadt bleiben würden. Seine Familie war hier, er war hier verwurzelt und hatte einen gutbezahlten Job als Elektriker in einer großen Firma. Und ich hatte meinen Laden hier, den ich von meinen Eltern geerbt hatte, ich dachte, es wäre für uns beide selbstverständlich, dass wir bleiben würden. Das hier war schließlich unser Zuhause!

Zehn Jahre lang waren wir zusammen gewesen, eine halbe Ewigkeit. Ich war mir so sicher, dass sich daran niemals etwas ändern würde. So vieles hatten wir gemeinsam erlebt. Den Schulabschluss, den Tod meiner Eltern, meine ersten Schritte als selbständige Geschäftsfrau, Felix' Ausbildung zum Elektriker ...

Bis er mir dann eines Tages, aus heiterem Himmel, eröffnete, dass er die Stadt verlassen würde. Dass ihm Rothenburg zu klein war, zu provinziell. Er hatte mich nicht einmal gefragt, ob ich mitkommen wollte, und obwohl ich ohnehin Nein gesagt hätte und er das vermutlich auch wusste, war es das, was mich am meisten verletzt hatte. Es stellte sich heraus, dass er bereits einen neuen Job hatte, als Techniker auf einem Kreuzfahrtschiff, mit dem er um die ganze Welt reisen konnte. Er hatte es schon monatelang vorbereitet, ohne mich dabei in seine Pläne einzuweihen.

Er schlug vor, es mit einer Fernbeziehung zu versuchen und in meiner Verzweiflung willigte ich ein, aber natürlich funktionierte es nicht. Die Mails und Anrufe wurden immer seltener und hörten irgendwann schließlich ganz auf, dabei wusste ich gar nicht mehr, wer die letzte Nachricht geschrieben und keine Antwort mehr bekommen hat. Vielleicht war er derjenige, der eines Tages nicht mehr zurückschrieb – vielleicht war es jedoch auch ich.

Aber es hatte keinen Sinn mehr und das wussten wir beide.

Und das war es also gewesen. Ein viel zu unspektakuläres, ruhiges Ende für etwas, das mir einmal so wichtig war, das mir die Welt bedeutet hatte. Ich hatte keine Ahnung, wo er heute war. Ob er noch immer auf dem Schiff arbeitete? Zurückgekehrt war er jedenfalls nicht.

Felix war natürlich nicht der einzige. Mein ganzes Leben lang konnte ich zusehen, wie Freundinnen und Freunde irgendwann die Stadt verließen, wegzogen. In die Großstadt, um zu studieren oder zu heiraten. Oder um die Welt reisten.

Rothenburg war wunderschön, aber den meisten wurde es irgendwann zu klein. Ich konnte die Namen derer, die gegangen und nicht wiedergekommen waren, gar nicht mehr zählen.

Nur ich, ich war immer hier.

Mit Wut im Bauch schleuderte ich die gefüllten Zangen in das heiße Fett, was Sandra dazu veranlasste, mir nun doch mit hochgezogenen Brauen einen Blick zuzuwerfen.

„Geht es dir gut?", hakte sie nach. „Willst du dir ein Branding verpassen? Das wird nämlich passieren, wenn du nicht vorsichtiger bist."

„Ich habe an Felix gedacht", gab ich zu. Entsetzt riss sie die Augen auf und ich wiegelte schnell ab: „Nein, es ist nichts passiert, ich habe ihn nicht gesehen und ich trauere ihm jetzt auch nicht plötzlich wieder hinterher, er war mehr so was wie ein Sinnbild für das, was mir immer wieder passiert. Immer wieder lerne ich Menschen kennen, die dann einfach wortlos aus meinem Leben verschwinden. Das ... nervt."

Eine gnadenlose Untertreibung. Es verletzte mich ohne Ende und ich hatte mir schon vor einiger Zeit vorgenommen, keine Menschen mehr in mein Leben zu lassen, bei denen von Anfang an klar war, dass sie nach kurzer Zeit wieder verschwinden würden – ich wollte keine Energie mehr in Freundschaften stecken, die von vornherein ein Ablaufdatum hatten.

Frustriert begann ich den Teig für die nächste Ladung vorzubereiten. Sandra lehnte sich an die Theke und beobachtete mich.

„Ich bleibe in der Stadt", erklärte sie mir, was mich zum Lachen brachte. Sandra ging auf die sechzig zu und ja, sie war eine der wenigen, bei denen ich mir tatsächlich sicher war, dass sie hierbleiben würden. Sie und Mayla, außer, letztere würde ihr Hotel eines Tages verkaufen, was ich nicht hoffte.

„Das weiß ich doch", sagte ich. „Zum Glück. Was würde ich ohne dich nur machen?"

„Die Leute, die es wert sind, verlassen dich nicht", sagte sie ungewohnt sanft. „Felix war eben nicht der Richtige. Wenn es jemand ist, der dich wirklich mag, dann findet ihr auch eine gemeinsame Lösung für die Zukunft, selbst wenn ihr unterschiedliche Vorstellungen davon habt. Es gibt immer einen Weg. Man muss nur miteinander reden und das auch wirklich wollen."

Ich schluckte schwer. So süß und romantisch das alles klang, ich glaubte nicht daran. Am Ende war sich doch jeder selbst der nächste und ich konnte auch von niemandem erwarten, all seine Pläne und Träume mir zuliebe über Bord zu werfen, nur weil ich so ein Landei war, das für immer in diesem Kaff bleiben wollte.

„Du hast sicher recht", sagte ich. Innerlich nahm ich mir jedoch vor, in meine Bekanntschaft mit Nick nicht zu viel hineinzuinterpretieren, auch wenn ich nicht leugnen konnte, dass er mir gefiel. Er war nett und es sprach sicher nichts dagegen, ihn gelegentlich auf einen Punsch oder einen kleinen Spaziergang zu treffen.

Doch über eine ernsthafte Freundschaft oder gar Beziehung sollte ich besser nicht nachdenken, zumal er in einigen Wochen wieder nach Würzburg verschwinden würde.

7

Lucy

Am nächsten Morgen wurde ich von Baulärm geweckt. Das Dröhnen von Bohrmaschinen hallte durch die Straße, Baustellenfahrzeuge rumpelten über das Kopfsteinpflaster. Der metallische Klang von Sägen und Schleifmaschinen schnitt durch die Luft, Schutt landete laut scheppernd in einem Container und Männer brüllten Anweisungen durch die Gegend. All das hörte ich durch die geschlossenen Fenster meines Schlafzimmers. Ich warf einen Blick auf meinen Wecker. Es war kurz nach acht Uhr und Mittwoch war mein freier Tag, das Café hatte heute geschlossen, doch an Schlaf war nicht mehr zu denken. Dabei hatte ich gerade einen so schönen Traum gehabt. Nick war darin vorgekommen. Und haufenweise Schneeballen, was allerdings nicht ungewöhnlich war, ich träumte oft von der Arbeit. Ich wischte die Erinnerung fort.

Neugierig, doch auch ein bisschen verärgert, schob ich mich aus dem Bett und schleppte mich zum Fenster, um einen Blick nach draußen zu werfen. Der Schnee auf der Straße unter mir hatte sich in braunen Matsch verwandelt und der Anblick bestätigte mir, was ich bereits vermutet hatte: Dort draußen war trotz der frühen

Stunde die Hölle los. Offenbar hatte Crumb Factory vor, das etwas heruntergekommene Ladengeschäft vor dem Einzug auf Hochglanz zu polieren.

Müde wollte ich mich abwenden, um mir eine Tasse Tee zu kochen, da wurde meine Aufmerksamkeit auf etwas anderes gelenkt: Im staubigen Schaufenster des Ladens gegenüber hing ein Schild. Ein unscheinbarer weißer Zettel in A4-Größe, bedruckt mit schwarzer Tinte, im Dämmerlicht der Straßenlaternen kaum lesbar.

Ich kniff die Augen ein wenig zusammen und versuchte zu erkennen, was darauf stand, doch ...

Empört schnappte ich nach Luft. Das konnte nicht sein, oder? Sicher hatte ich mich verlesen.

In Windeseile wandte ich mich von der Scheibe ab und stürmte, noch in meinem Schlafanzug, nach unten in mein Café. Dort angekommen rannte ich zum Fenster und blickte nach draußen. Nun hatte ich das Schild auf Augenhöhe vor mir, nur noch die Straße zwischen uns, und es gab keinen Zweifel mehr.

Hier eröffnet in Kürze ein Schneeballengeschäft der Firma Crumb Factory.

Sämtliches Blut wich mir aus dem Gesicht. Das durfte nicht wahr sein! Also hatte Mayla sich doch nicht verhört!

Bevor ich überhaupt darüber nachdenken konnte, hielt ich bereits mein Handy in der Hand und wählte die Nummer meiner Freundin. Muffin, der im Wohnzimmer auf dem Sofa geschlafen hatte, war zwischenzeitlich wach geworden und mir nach unten gefolgt.

Während ich ungeduldig darauf wartete, dass Mayla den Anruf entgegennahm, strich der getigerte Kater laut maunzend um meine Beine, um mir mitzuteilen, dass er verhungerte. Ich klemmte mir das Handy zwischen Ohr und Schulter und füllte seinen Napf hinter der Theke.

Endlich wurde anderen Ende abgenommen und ich wartete gar nicht darauf, dass Mayla etwas sagen würde.

„Wo bist du?", fragte ich.

„Ich wünsche dir auch einen guten Morgen", sagte Mayla. „Ich bin auf der Arbeit, wo sonst?"

„In der Lobby?"

„Nein. In meinem Büro. Warum?"

„Geh mal in die Lobby", sagte ich. „Schnell!"

„Okay?"

Ich hörte hastige Schritte, das Klackern von Pumps mit Pfennigabsätzen auf Parkett, das Zuschlagen einer Tür.

„Und jetzt sieh aus dem Fenster. Schau schräg rüber, rechts die Straße hoch."

„Ja, die hübschen den Laden auf, das habe ich schon gesehen", sagte Mayla. Ich hörte förmlich, wie sie die Stirn runzelte. „Das war auch nötig, findest du nicht? Das Geschäft war heruntergekommen. Es war klar, dass Crumb Factory da vorher was dran machen würde ..."

„Siehst du das Schild im Schaufenster?", unterbrach ich sie. „Kannst du lesen, was darauf steht?"

Stille schlug mir vom anderen Ende entgegen. Drei, vier Herzschläge lang.

Dann sagte Mayla: „Ich komm rüber."

***

Eine halbe Stunde später saßen wir in meinem Café und starrten durch die Fensterscheiben nach draußen in die Morgendämmerung. Es war kalt. Die Backstube blieb heute leer, der Kamin war aus. Ich trug noch immer meinen flauschigen Schlafanzug, hellblau und mit Weihnachtsplätzchen bedruckt, und konnte es nicht fassen.

„Ich kann nicht glauben, dass die Stadtverwaltung das durchgehen lässt!", sagte ich nun schon zum fünften Mal. „Ich meine, das … das können die doch nicht machen? Ist das nicht illegal?"

„Nein, ist es nicht", sagte Mayla. „Jeder darf eine Bäckerei eröffnen."

„Aber die Stadt muss doch darauf achten, dass ortsansässige Geschäfte dabei nicht gefährdet werden?", stieß ich hervor. „Ich meine …"

Verloren fuhr ich mir mit der Hand durch das vom Schlafen wirre Haar. Das Ganze kam mir vor wie ein Albtraum und vor meinem geistigen Auge sah ich bereits, wie ich mein Café schließen musste, weil die Umsätze ausblieben.

„Es ist auf jeden Fall kein schöner Zug", stimmte Mayla mir zu. „Aber es ist nicht verboten."

„Gott!" Ich ließ meinen Kopf auf die Tischplatte sinken. „Das überlebe ich nie und nimmer", jammerte ich. „Das gibt mir den Rest. Ich weiß, ich rede nicht oft darüber, aber so wahnsinnig gut läuft es hier auch nicht, weißt du? Die letzten Jahre waren echt hart, Corona, die Wirtschaftskrise, du weißt ja selbst, wie viel Umsatz durch das Wegbleiben der Touristen flöten gegangen

54

ist. Nun kehrt langsam endlich wieder Normalität ein, und jetzt das ... Mir ist das Café wirklich wichtig, weißt du? Meinen Eltern war es wichtig, es ist ihr Erbe. Wenn sie wüssten, dass ich alles gegen die Wand fahre, dann ... dann ..." Ich schluchzte gegen die Tischplatte und zog die Nase hoch. Mayla legte mir eine warme Hand auf den Arm.

„Jetzt beruhige dich erst mal, ja?", sagte sie sanft. „Niemand fährt hier irgendwas gegen die Wand. Wir kriegen das hin."

„Ach ja? Und wie? Es bräuchte ein Wunder, dass ich das überlebe. Wie soll ich gegen so einen Riesen bestehen? Das ist David gegen Goliath, Mayla, das weißt du genau."

Ich blinzelte nach oben und sah, wie sie den Kopf schüttelte. „Nein, ist es nicht", sagte sie entschieden. „Diese seelenlose Fabrikware ist keine Konkurrenz für dich, nicht wirklich. Was wir dir gestern gesagt haben, das gilt immer noch: Ich weiß nicht, was sie sich erhoffen, aber ich bin mir sicher, dass die in spätestens einem Jahr wieder weg sind, weil sie merken werden, dass es hier nicht so läuft, wie sie das aus der Großstadt kennen. Tourismus hin oder her, in Würzburg ist man ganz andere Dimensionen gewöhnt. Du musst also nur ein Jahr durchhalten, und das wird leicht! Du hast das bessere Angebot!"

„Aber das weiß doch keiner."

„Deswegen müssen es die Leute erfahren", sagte Mayla. Ihr Tonfall ließ keinen Widerspruch zu. „Was du jetzt brauchst, ist kein Wunder, sondern ein gutes Konzept und funktionierendes Marketing. Und dabei können wir dir helfen."

8

Nick

„Und dann hat Tina gesagt, dass sie nicht mehr meine Freundin sein will“, erzählte Charlie. „Nur wegen diesem blöden Spiel!“

Tröstend strich ich meiner Tochter über die hellblaue Strickmütze. „Da würde Tina aber wirklich etwas verpassen“, sagte ich entschieden. „Und das weiß sie auch. Ich bin mir sicher, dass sie morgen wieder deine Freundin sein möchte.“

„Wenn nicht, spiele ich eben mit Aylin“, sagte sie, wobei sie die Unterlippe vorschob. „Die ist sowieso viel netter und sagt nicht immer so gemeine Sachen zu mir.“

Ich schmunzelte. „Das ist doch ein guter Plan“, sagte ich, wohlwissend, dass der Streit am nächsten Tag längst wieder vergessen sein und Charlie mit beiden Freundinnen spielen würde. „Sieh mal, wir sind schon da.“

Wir hatten den Spielplatz erreicht und ich ließ mich auf der Bank nieder. Nachdem ich Charlie vor zwei Tagen spontan versetzen musste, war ich froh, dass es heute Nachmittag geklappt hatte. Auf dem Markt würde ich erst morgen weitermachen und im Laden selbst musste noch einiges vorbereitet werden, bevor ich dort wieder länger gebraucht wurde. Momentan waren noch ein paar grobe Renovierungen im Gange, erst danach würde ich mithelfen können, die Verkaufsfläche einzurichten.

Für den Rest der Woche wurde es nun ein weniger ruhiger und ich konnte mich endlich um ein paar private Angelegenheiten kümmern – meine Tochter und ein paar Wohnungsbesichtigungen. Vor allem die Sache mit der Wohnung bereitete mir inzwischen heftige Bauchschmerzen. Der Wohnraum war knapp und ich hatte zwar keine überzogenen Ansprüche, doch genaue Vorstellungen, von denen ich nur ungern abweichen wollte. Die Wohnung sollte drei Zimmer haben, damit ich Charlie ein Kinderzimmer einrichten könnte, außerdem einen Balkon oder kleinen Garten. Und ich hatte mir in den Kopf gesetzt, in die Nähe der neuen Niederlassung zu ziehen, weil ich einen langen Arbeitsweg vermeiden wollte. Eigentlich bescheidene Wünsche, so langsam bekam ich jedoch das Gefühl, dass sie utopisch waren, denn bisher hatte ich nichts gefunden.

„Das hier ist mein Lieblingsspielplatz", riss mich Charlie aus den Gedanken. „Hast du gewusst, dass das Klettergerüst eine Burg ist?"

„Nein, das habe ich nicht gewusst", sagte ich. „Aber es sieht sehr cool aus!" Ich betrachtete die Anlage genauer. Der Spielplatz lag direkt vor den Toren der Altstadt, zwischen Stadtmauer und der Hochschule, die Lucy mir am vorherigen Tag gezeigt hatte, und das Gerüst sah tatsächlich wie eine mittelalterliche Burg aus – inklusive mehrerer Türme. Sogar in die Hecke waren Zinnen geformt worden. Man nahm diese Mittelalter-Sache hier offenbar sehr ernst.

„Ich spiele immer Ritterin", erklärte mir Charlie. „Soll ich dir zeigen, wie gut ich klettern kann?"

„Klar", sagte ich und verkniff mir die Anmerkung, dass Ritter normalerweise nicht kletterten. „Aber sei vorsichtig, das Holz ist sicher glatt."

„Jaja."

Schmunzelnd sah ich dabei zu, wie meine Tochter über Stege und Hängebrücken kraxelte, bis sie schließlich auf dem höchsten Turm ankam und dort durch eine Röhrenrutsche nach unten sauste.

Neben mir ließ sich eine junge Frau auf der Bank nieder, die mit einem Mädchen da war, das ungefähr in Charlies Alter war. Die Kleine war in einen dicken Schneeanzug gepackt und hatte einen beeindruckenden Vorrat an Spielzeug dabei, den sie aus ihrem Rucksack in den schneebedeckten Sandkasten leerte. Danach erklomm sie die Burg und nur wenige Minuten später war sie mit Charlie in ein wildes Spiel mit für Erwachsene vollkommen undurchschaubaren Regeln vertieft.

„Die zwei verstehen sich ja richtig gut", sagte die Frau. „Das freut mich. Meine Tochter braucht normalerweise immer ein bisschen länger, bis sie auftaut und mit jemandem Freundschaft schließt."

„Meine auch", sagte ich. „Es scheint wohl einfach zu passen."

„Sind Sie öfter hier?", fragte die Frau.

„Charlie möglicherweise schon, ich eher nicht", sagte ich. „Zumindest noch nicht, aber das soll sich bald ändern. Ich bin momentan auf Wohnungssuche."

„Ehrlich? Oh, ich habe vielleicht was für Sie!", stieß sie hervor. „Eine Freundin von mir ist gerade auf der Suche nach einem Mieter! Es ist eine Dreizimmerwohnung im Heckenacker, also nicht ganz so zentral, aber eine schöne Wohngegend. Gerade wenn man Kinder hat."

Ich hatte keine Ahnung, was der Heckenacker war, vermutete jedoch, dass es sich dabei um einen Stadtteil von Rothenburg handelte. Ich beschloss, bei Gelegenheit online nachzusehen. Am liebsten wäre ich zwar in die Altstadt gezogen, ich verstand allerdings langsam, dass dieser Wunsch wohl eher unrealistisch war und ich irgendwo Abstriche machen musste.

„Das klingt gar nicht schlecht, ehrlich gesagt."

„Warten Sie, ich kann Ihnen ihre Nummer geben." Sie kramte in ihrer Handtasche nach ihrem Handy und diktierte mir eine Telefonnummer, die ich abtippte. „Sie heißt Christina. Rufen Sie einfach an und sagen Sie, dass sie Interesse an der Wohnung haben. Sie ist schon ganz verzweifelt, weil sie niemanden findet."

„Na so was. Nach meiner eigenen Odyssee kann ich mir das kaum vorstellen."

Sie lachte. „Manchmal braucht man einfach ein wenig Glück oder das richtige Gespräch zur richtigen Zeit."

Charlie kam angelaufen, das andere Mädchen im Schlepptau. „Machst du mit uns eine Schneeballschlacht, Papa?"

„Na klar!" Ich erhob mich und wandte mich an die Mutter des Mädchens. „Spielen Sie auch mit?"

„O nein, ich verzichte, danke", sagte sie lachend. „Aber ich sehe euch gerne zu."

***

Den Rest des Nachmittags verbrachten wir mit Schneeballschlachten, Schneemännern und Schneeengeln, und zum ersten Mal seit langer Zeit fühlte ich mich richtig gut. Es war wie ein Fenster in ein Leben, das in Kürze vielleicht mir gehören würde: Freie Nachmittage, an denen ich Zeit mit meiner Tochter verbringen, sie aufwachsen sehen und für sie da sein konnte.

Ohne es zu wollen, lief vor meinem inneren Auge bereits ein Film ab, der mir diese Zukunft in den farbenfrohsten Bildern zeigte: Wie ich mit Charlie im Frühjahr zum Kletterwald am Stadtrand fuhr, wie ich mit ihr in den Tierpark ging. Wie ich bei ihrer Einschulung im September stolz neben ihr stand und ihre Hand hielt. Wie sie mich nach Schulschluss jeden Tag in der neuen Niederlassung besuchte und an einem freien Tisch im Café mit meiner Hilfe ihre Hausaufgaben machte, während ich sie mit heißer Schokolade und Schneeballen versorgte. Vielleicht könnte sie mir sogar in der Backstube Gesellschaft leisten und ich würde ihr ein paar einfache Rezepte beibringen.

Meine Tagträume waren so anschaulich, dass mein Herz unwillkürlich schneller schlug. Ich konnte diese glänzende Zukunft kaum erwarten.

Und vielleicht würde ich dadurch auch Laura besser entlasten und Wiedergutmachung leisten dafür, dass ich sie damals so im Stich gelassen hatte – denn das schlechte Gewissen nagte noch immer an mir.

Als ich Charlie schließlich wieder nach Hause brachte, hatte ich zum ersten Mal seit sehr langer Zeit das Gefühl, alles richtig gemacht, mit dem Jobwechsel die richtige Entscheidung getroffen zu haben – und endlich angekommen zu sein.

9

Lucy

Das Frühstück am nächsten Tag war anders als sonst: Trotz gemütlicher Atmosphäre im Laden war es ein Krisentreffen.

Ich hatte am Vorabend Plätzchen gebacken, das Radio lief und spielte „All you're dreaming of" von Liam Gallagher. Das Feuer im Kamin knisterte und Muffin hatte sich in seinem Körbchen davor zusammengerollt. Der Duft von Punsch und Vanillekipferln zog durch das Café. Doch der idyllische Schein trog: Die Bedrohung lauerte auf der gegenüberliegenden Straßenseite. Und nach einer weiteren unruhigen Nacht war ich wild entschlossen, die Gefahr aufzuhalten.

Während vor meiner Tür also weiterhin gehämmert, gebohrt und gebrüllt wurde, versuchte ich, den Baulärm, so gut es ging, auszublenden und mich auf das Gespräch mit meinen Freundinnen zu konzentrieren.

Inzwischen hatten auch Sandra und Akiko erfahren, was gegenüber vor sich ging und dass Mayla richtig gehört hatte, doch während Akiko genauso entsetzt war wie ich, blieb Sandra gelassen.

„Diese schmierigen Pfeffersäcke haben ja keine Ahnung, mit wem sie sich anlegen", sagte sie nur. „Die sind wir schnell wieder los."

Vor meinem geistigen Auge erschien das Bild eines geschniegelten Unternehmers mit zurückgegeltem blondem Haar, rosafarbenem Lacoste-Poloshirt und arrogantem Blick. Ich wusste nicht, wie der Filialleiter der neuen Niederlassung von Crumb Factory aussah, aber in meiner Vorstellung war es eine etwas jüngere Version von Dieter Bohlen, und ich hasste ihn bereits jetzt dafür, dass er mir meinen Traum zerstören wollte.

„Was wir als erstes brauchen", sagte Mayla, „ist eine SWOT-Analyse, um deine Stärken und Schwächen herauszufinden." Sie platzierte ihren Laptop auf dem Tisch und öffnete eine Datei, die wie eine große Tabelle mit vier Feldern aussah. Jedes Feld war mit einer anderen Farbe hinterlegt und sie waren beschriftet mit den Worten Strengths, Weaknesses, Opportunities und Threats.

„Was ist das?", fragte ich.

„Ein Tool, um herauszufinden, wo wir mit einer neuen Strategie ansetzen können. Wir müssen zunächst die Felder ausfüllen, um zu sehen, wo wir stehen. Dann können wir uns überlegen, was wir tun sollen. Fangen wir ganz vorne an: Wo liegen unsere Stärken?"

Ich liebte es, dass sie von uns sprach. Meine Freundinnen ließen mich nicht im Stich und dafür war ich ihnen wahnsinnig dankbar.

„Wir haben die besten Schneeballen in der ganzen Stadt!", schoss Akiko. „Weil Lucy keinen Billigkram benutzt!"

„Richtig." Mayla tippte Qualität durch hochwertige Bio-Produkte in das erste Feld ein. „Was noch? Los, weiter. Haut alles raus, was euch einfällt."

„Vielleicht die Tatsache, dass die Leute mein Geschäft kennen?", schlug ich zaghaft vor. „Immerhin mache ich das jetzt schon seit acht Jahren und davor haben es meine Eltern und Großeltern gemacht."

„Sehr gut." Mayla tippte die Worte Bekanntheit, Erfahrung und Tradition in das Feld ein.

„Lucy ist der liebste Mensch der Welt", sagte Akiko, was mich zum Schmunzeln brachte.

„Das ist sehr süß von dir und ich kann es nur zurückgeben, aber ich glaube nicht, dass es in diese Analyse passt."

„Doch", sagte Mayla. „In gewisser Weise schon. Du bist sympathisch, gehst offen auf andere Menschen zu und flexibel auf die Wünsche deiner Kunden ein. Das ist sogar ein sehr großer Pluspunkt!"

Sie tippte Empathie und Kundenorientierung in das Feld ein.

„Unsere Rezepte und Kreationen sind einzigartig", sagte Sandra. „Die einfachen Schneeballen mit Puderzucker kann Crumb Factory vielleicht fließbandmäßig herstellen, aber die sind nichts Besonderes, die kriegt man doch an jeder Ecke."

„Das sehe ich auch so", sagte Akiko. „Solche Ketten sind in ihrer Organisation meist sehr schwerfällig. Bis die auf die Idee kommen, dass die Geheimzutat im Zimtwunder Tonka-Bohne ist, oder dass der Pistazienzauber Kardamom und Orangenblütenwasser enthält, hast du dir fünf neue coole Rezepte ausgedacht. Du wirst denen immer einen Schritt voraus sein."

Kreativität und Flexibilität, tippte Mayla.

„Ich möchte, dass mein Café nicht nur ein Geschäft ist", sagte ich langsam. „Es soll ein Ort sein, an dem die Menschen zusammenkommen, ein Ort, an dem sie sich begegnen, neue Freunde finden, zur Ruhe kommen ..."

„Und das ist es auch", bestätigte Mayla. Sie schrieb das Wort Treffpunkt in die Tabelle.

Es folgten noch ein paar weitere Ideen und am Ende war die Liste im Stärken-Feld schon ziemlich lang, was mich mit Stolz erfüllte. Es so Schwarz auf Weiß vor mir zu sehen, zeigte mir, was ich eigentlich alles leistete und was ich mir in all den Jahren aufgebaut hatte – und gab mir zum ersten Mal seit gestern das Gefühl, dass ich vielleicht wirklich eine Chance gegen die neue Konkurrenz haben könnte.

Gemeinsam füllten wir noch das Schwächen-Feld aus – begrenzte Marketingressourcen, geringere Mengen, höhere Preise –, das Feld für die Bedrohungen – Ausbleiben von Tourismus, Konkurrenz durch Crumb Factory –, bis wir schließlich bei den Chancen und Möglichkeiten ankamen.

„Das Wichtigste ist, dass du dir endlich mal eine Homepage erstellst oder erstellen lässt", sagte Mayla. „Dabei kann ich dir leider nicht helfen, hast du vielleicht jemanden im Bekanntenkreis, der sich mit so was auskennt?"

„Ich könnte Roman oder Finn fragen", sagte ich vorsichtig. „Die Studenten, die ich für den Weihnachtsmarkt eingestellt habe. Ich weiß nicht, ob sie das können, aber sie sind hier an der Hochschule und haben zumindest ein wenig Ahnung von Marketing. Wenn nicht, kennen sie vielleicht jemanden, der mir helfen kann.“

„Sehr gut. Darum solltest du dich unbedingt kümmern.“

„Wir sollten allgemein mehr Werbung machen“, sagte Akiko. „Um auch die einheimischen Leute mehr anzusprechen. Mein Onkel arbeitet bei der Zeitung hier, ich kann mal nachfragen, ob man da was drehen kann.“

„Sehr gut“, sagte Mayla wieder und machte sich eine Notiz im entsprechenden Feld. „Bei der Werbung sollten wir auf unsere Stärken hinweisen. Meine Erfahrung ist, dass das Interesse an traditionellen Lebensmitteln wieder steigt, niemand will mehr diesen Fließbandkram. Das Bewusstsein für Qualität und Nachhaltigkeit wächst, das könnte ein großer Vorteil für dich sein, Lucy. Du solltest unbedingt erwähnen, wo deine Rohstoffe herkommen.“

„Vielleicht findest du ja irgendwelche Kooperationspartner?“, schlug Akiko vor. „Also andere Läden, die unsere Sachen verkaufen können, ich weiß auch nicht … Die großen Einzelhändler von außerhalb vielleicht? Dann könnten auch die Leute unsere Backwaren kaufen, die sonst nicht in die Altstadt kommen. Und du wärst nicht ganz so abhängig vom Tourismus.“

„Das ist eine sehr gute Idee“, sagte Mayla und schrieb es in das Raster.

„Erlebniskauf“, sagte Sandra. „Ich glaube, auf lange Sicht ist das die beste Möglichkeit, den lokalen Handel am Laufen zu halten. Die Leute kaufen immer mehr online, aus Bequemlichkeit. Wir müssen sie dazu bringen, wieder in die Geschäfte vor Ort zu gehen, und das geht am besten dadurch, dass du etwas bietest, was sie online nicht bekommen – und bei Crumb Factory auch nicht."

„Ja!", rief Akiko begeistert. „Wir sollten tolle Aktionen starten, um die Kundschaft in den Laden zu ziehen! Vielleicht könntest du Verkostungen machen."

„Oder Workshops!", warf Sandra ein.

Mayla notierte sich alle Vorschläge und warf dann einen Blick auf die Uhr. „Es ist fast neun", sagte sie. „Ich muss wieder an die Arbeit. Das Café öffnet auch gleich und vor der Tür stehen schon die ersten Gäste, schaut mal."

Mein Blick flog nach oben. Tatsächlich, die ersten Kundinnen waren bereits da. Ich war so in die Analyse vertieft gewesen, dass es mir überhaupt nicht aufgefallen war. Mayla schob sich noch ein Vanillekipferl in den Mund und kippte den Rest ihres Kaffees hinunter.

„Ich schicke dir die Analyse", sagte sie. „Und du kannst dir ja mal Gedanken darüber machen, wie du dir die Sache mit dem Erlebniskauf vorstellen würdest."

Gemeinsam mit Akiko und Sandra räumte ich den Tisch ab, bevor ich die Tür öffnete und die Kundinnen hereinließ.

Tatsächlich hatte ich bereits eine Idee. Und ich konnte es kaum erwarten, sie umzusetzen.

10

Nick

Es waren nur noch wenige Tage, bis der Weihnachtsmarkt seine Pforten öffnete, und so fing ich an diesem Donnerstag damit an, die Bude vorzubereiten. Gemeinsam mit Jan, der als Verkäufer in der neuen Filiale eingestellt worden war und zusammen mit mir den Stand am Markt betreuen würde, baute ich die Regale auf und dekorierte entsprechend, sodass wir sie am Sonntagmorgen nur noch mit der Ware befüllen mussten und im Anschluss direkt mit dem Verkauf loslegen konnten. Bis die neue Filiale eröffnen konnte, würde es zwar noch zwei Wochen dauern, aber mit dem Marketing mussten wir schon vorher beginnen. Und was war für die Kundenakquise besser geeignet als der Weihnachtsmarkt?

Jan hängte Schneeflocken und Sterne aus Papier an die Decke und drapierte weiß-golden schimmernde Stoffe an der hinteren Holzwand, während ich außen das große Schild anbrachte. In den für die Crumb Factory typischen Gold- und Brauntönen stand in einer mittelalterlich anmutenden Schriftart der Name der neuen Filiale: Crumbs Schneeballparadies. Den Vermerk, dass wir zur großen Kette aus Würzburg gehörten, hatten wir uns gespart. Aus gutem Grund, denn Anton hatte die Befürchtung, dass die Leute das traditionsreiche Gebäck lieber von den etablierten, ortsansässigen Unternehmen kaufen würden als von einer großen Kette, und dass sie das Wort Factory eher abschrecken würde. Zumindest bis wir uns einen Namen gemacht hatten, was sicher eine Herausforderung werden würde, denn die Konkurrenz war groß.

Der größte Konkurrent, ein Unternehmer, dessen Familie schon seit Jahrzehnten im Schneeballengeschäft tätig war, hatte seinen Standort leider auch noch direkt gegenüber der neuen Filiale. Bisher hatte ich dem Laden, der Schneeballmanufaktur, noch keinen Besuch abgestattet, ich wusste jedoch, dass ich dem Besitzer früher oder später über den Weg laufen würde. Dabei war mir jetzt schon klar, dass er mich hassen würde. Ich verstand ihn ja, aber wir befanden uns nun einmal in einer freien Marktwirtschaft. Der Markt regelte und Wettbewerb belebte das Geschäft. Außerdem war es der beste Standort gewesen und es war ja nicht so, dass es unendlich viele freie Flächen gegeben hätte, die wir hätten anmieten können.

So oder so versuchte ich, dem Besitzer so lange es ging aus dem Weg zu gehen.

***

Gegen Mittag waren wir mit unseren Vorbereitungen so gut wie fertig und ich beschloss, Lucy einen Besuch abzustatten. Seit ihrer kleinen Stadtführung hatte ich oft an sie denken müssen und nun hoffte ich, dass sie überhaupt da wäre. Wir hatten keine Handynummern ausgetauscht, ich hatte mich einfach darauf verlassen, sie hier am Markt öfter zu treffen. Doch was, wenn sie gar nicht selbst in ihrem Stand arbeitete? Ich wusste zwar, dass sie in Rothenburg wohnte, allerdings war das auch der einzige Anhaltspunkt.

Ich sagte Jan, dass ich Mittagspause machen würde und dass er auch eine Pause einlegen könnte, und ging über den Kirchplatz und den Grünen Markt nach vorne zum Marktplatz, wo Lucys Stand war. Und ich hatte Glück, sie war tatsächlich da! Offensichtlich hatte auch sie damit begonnen, im Inneren die Regale aufzubauen, allerdings war sie noch nicht so weit gekommen wie wir. Sowohl Schild als auch Dekoration fehlten noch.

Sie stand in ihrer Bude und lehnte mit der Hüfte seitlich gegen den Tresen. Erst dachte ich, sie würde etwas außerhalb betrachten – das Rathaus etwa –, doch als ich näher kam, stellte ich fest, dass sie ins Leere starrte. Sie sah besorgt aus.

„Hey", grüßte ich.

Sie schreckte hoch, als hätte ich sie aus einem Traum geweckt. Kurz starrte sie mich mit weit aufgerissenen Augen an, einen Moment später entspannten sich ihre Gesichtszüge und sie zwang so etwas wie ein Lächeln auf ihre Lippen, was allerdings verkniffen aussah. Ihr Blick wirkte glasig, die Ringe unter ihren Augen waren dunkel.

„Nick", sagte sie müde. „Hi. Schön, dich zu sehen." Dann seufzte sie. „Sorry, ich bin heute etwas neben der Spur. Ich habe schlecht geschlafen."

„Soll ich uns einen Kaffee besorgen?", bot ich an. „Ich könnte auch einen vertragen."

Sie schüttelte den Kopf und seufzte erneut. „Danke, nein. Kaffee ist nicht so mein Ding."

Ihre heutige Erscheinung war so ein starker Kontrast zu der unbeschwerten Frau, die noch vor zwei Tagen mit mir auf der Stadtmauer unterwegs gewesen war, dass ich das starke Bedürfnis hatte, sie aufzumuntern oder wenigstens auf andere Gedanken zu bringen.

„Wie wäre es mit einem Spaziergang?", schlug ich vor. „Du kannst mir alle düsteren Geschichten über die Stadt erzählen, die dir einfallen. Oder alternativ was dir den Schlaf geraubt hat. Vielleicht kann ich dir helfen."

Sie lächelte matt. „Das ist lieb von dir. Ein Spaziergang wäre wirklich schön. Vielleicht bringt mich das auf andere Gedanken. Aber helfen kannst du mir nicht, fürchte ich."

Sie schloss ihre Bude ab und kam zu mir nach draußen. Kurz standen wir unentschlossen voreinander, dann überraschte sie mich, indem sie sich bei mir einhakte und fragte: „Magst du meinen Lieblingsort in der Stadt sehen? Es ist keine Touristenattraktion und eigentlich ziemlich banal, aber ich finde ihn sehr hübsch. Und unterwegs kann ich dir erzählen, was mich beschäftigt. Wenn es dich wirklich interessiert. Vielleicht hast du ja doch einen Rat für mich, manchmal hilft ein Blick von außen."

„Ich würde es wirklich gerne hören", sagte ich. Gemeinsam gingen wir zurück zum Kirchplatz, wobei wir an meinem Stand vorbeigingen. Jan war nicht da, offenbar holte er sich gerade etwas zu essen. Ich öffnete den Mund, um Lucy zu zeigen, woran ich die letzten Tage gearbeitet hatte – doch sie kam mir zuvor.

Mit einer unwirschen Handbewegung und vor Wut zusammengekniffenen Augen deutete sie in Richtung meiner Bude.

„Das", sagte sie mit ungewohnt scharfem Tonfall. „Das ist der Grund für meine schlechte Laune."

„Was?" Abrupt blieb ich stehen und starrte sie an. Ich verstand nicht, was sie meinte. „Das Kinderkarussell?", fragte ich irritiert, denn das Karussell befand sich direkt neben meinem Stand. Ich konnte zwar nicht nachvollziehen, wie einem dieses Teil die Laune vermiesen konnte – gut, es sah vielleicht im falschen Winkel und bei Dunkelheit ein wenig unheimlich aus, wie aus einem Stephen-King-Film entsprungen –, aber sie konnte doch unmöglich etwas anderes meinen, oder?

Sie stieß die Luft aus und senkte den Blick. „Nein, die Bude", flüsterte sie. „Crumbs-Schneeball-Dingsbums. Die vermiesen mir die Laune."

Ich öffnete den Mund, nur um ihn dann wieder zu schließen und erneut zu öffnen. Ich musste aussehen wie ein Fisch an Land, aber für einen Augenblick verschlug es mir die Sprache, wusste ich nicht, was ich darauf erwidern sollte. Gleichzeitig bahnte sich eine fürchterliche Vorahnung in mir an. Bevor ich jedoch die passenden Worte gefunden hatte, sprudelte es bereits aus ihr heraus.

„Schneeballen sind ein Gebäck", erklärte sie mir, was ich längst wusste. „Es ist etwas Typisches für diese Gegend, typisch Rothenburg, weißt du? Man hat sie schon im Mittelalter gebacken, damals war es eine Delikatesse, die man zu Festen und Feiern gereicht hat. Heute ist es eher etwas, was die Touristen kaufen, ich kenne aber auch einige Einheimische, die sie gern essen. Sie bestehen aus Mürbteig, und ... ach, die Details sind ja egal. Jedenfalls ist es das, was ich in meinem Laden verkaufe. Meine Familie hat das Geschäft schon seit Generationen, und seit meine Eltern vor acht Jahren gestorben sind, führe ich den Laden. Es ist eine Bäckerei mit Café. Jedenfalls ... jedenfalls ...“

Sie stockte und rieb sich müde mit der Hand über die Augen. Ich war wie erstarrt, denn ich wusste genau, was sie sagen wollte. Wusste genau, wer sie war.

Anton hatte immer von dem Konkurrenten gesprochen. Vor meinem geistigen Auge hatte ich die ganze Zeit einen älteren Mann gesehen – gesichtslos und ohne Persönlichkeit, ohne Charakter, ohne eigene Geschichte. Ein Phantom, für das ich kein Mitgefühl empfinden musste. Aber doch nicht sie. Nicht Lucy.

Sie schniefte einmal kurz und straffte dann die Schultern. Dann bekam ihr Blick etwas Entschlossenes.

„Dieser Laden hier“, sagte sie, wobei sie das Wort Laden ausspuckte, als wäre es ein Schimpfwort, „die wollen mich ruinieren. Eine Kette aus Würzburg, kommt einfach hierher und glaubt, sich direkt gegenüber von meiner Bäckerei einnisten und mir die Geschäftsidee klauen zu können, aber da haben sie sich geschnitten. Die werden schon wieder verschwinden, dafür sorge ich.“

Ich konnte nicht anders, als sie bestürzt anzusehen. Nun wäre der Moment, in dem ich es sagen sollte, in dem ich sagen sollte, dass ich derjenige war. Derjenige, der die neue Filiale führen würde, und dass es mir keineswegs darum ging, ihre Existenz zu zerstören, sondern dass ich einfach nur nach Rothenburg ziehen wollte, um in der Nähe meiner Tochter zu sein.

Doch ich brachte die Worte einfach nicht über meine Lippen und der Moment verstrich.

„Entschuldige", sagte Lucy dann. „Ich bin normal nicht so, aber das alles, das macht mir Angst. Und ich bin so wütend, Nick."

„Das ... das verstehe ich", presste ich hervor, und ich tat es wirklich.

„Ach, ist ja nun auch egal", sagte sie müde. Sie hakte sich wieder bei mir ein und lehnte ihren Kopf gegen meine Schulter. „Ich will dir nicht auch noch die Laune verderben, lass uns über was Schöneres reden, ja? Dein Stand ist auch hier am Kirchplatz, oder? Was verkaufst du? Ich habe auf Kunsthandwerk getippt, lag ich da richtig? Wo ist deine Bude, magst du sie mir zeigen?"

Mein Hirn arbeitete fieberhaft. Irgendwie musste ich die Sache in Ordnung bringen. Am besten sollte ich es ihr jetzt gleich gestehen, vielleicht würde sie es besser auffassen, als ich dachte? Aber was, wenn nicht? Dann würde sie vielleicht auf der Stelle verschwinden und ich hätte keine Möglichkeit mehr, mich zu erklären.

Die ganze Situation überforderte mich gnadenlos und ich geriet in Panik.

Ich deutete vage in irgendeine Richtung, nur nicht dahin, wo Crumbs Schneeballparadies war.

„Da hinten", sagte ich. „Ich bin noch nicht so weit mit dem Aufbau wie du."

Sie blicke nach oben und lächelte. „Ein Perfektionist, was? Ich kenne das. Ich hasse es auch, wenn Leute meine unausgegorenen Rezepte zu Gesicht bekommen.

Aber wenn du fertig bist, lässt du mich sehen, verspro-chen?"

„Versprochen", presste ich hervor und wusste in die-sem Moment, dass ich auf riesengroße Schwierigkeiten zusteuerte.

11

Lucy

„Tadaa!" Ich blieb stehen und drehte mich zu Nick, um sein Gesicht zu sehen. Nachdem wir den Kirchplatz verlassen hatten, waren wir die Treppen an der Jakobskirche hinabgegangen und der Klingengasse bis zum Tor gefolgt. Statt jedoch wie beim letzten Mal die Stufen zur Stadtmauer hinaufzusteigen, hatte ich ihn durch den ersten kleinen Durchgang geführt und war dann nach links abgebogen. Dort gab es einen schmalen Fußweg, der an der Mauer entlangführte und schließlich in einer kleinen Nische mit einer Parkbank endete.

Von hier hatte man eine wunderschöne Aussicht über das Taubertal. Es war ruhig und versteckt, und ich liebte diesen Ort, auch wenn er realistisch betrachtet nichts Besonderes war. Aber ich mochte die Ruhe und die Abgeschiedenheit, vor allem in den Zeiten, wenn der Tourismus Hochkonjunktur hatte und es in der ganzen Stadt voll, bunt und laut war. Ich mochte die schöne Aussicht und das Gefühl, dass dies hier ein Ort war, der nur mir allein gehörte.

Nick trat an die Mauer und ließ den Blick über das verschneite Tal schweifen. „Es ist richtig schön hier oben", sagte er. „Danke, dass du es mir gezeigt hast."

„Du wolltest etwas sehen, was du nicht in den Touristenführern findest." Ich lächelte, jedoch war mir nicht entgangen, dass Nick heute ungewöhnlich still war. Letztes Mal hatte er sehr viel fröhlicher und redseliger gewirkt, während er heute fast den ganzen Weg lang geschwiegen hatte. Irgendwas schien ihn zu bedrücken, und ich hätte gerne nachgehakt, was es war. Doch ich wollte nicht aufdringlich sein, immerhin kannten wir uns kaum.

„Ich komme oft hierher, vor allem, wenn ich den Kopf freibekommen will", fuhr ich fort. Die Parkbank war von einer dicken Schneeschicht bedeckt, und so wischte ich den Schnee von der Lehne, setzte mich auf diese und stellte die Füße auf die Sitzfläche.

Nick wandte sich von der Mauer ab und nahm neben mir Platz. Eine Weile lang sagte niemand etwas. Ich genoss die kalte Luft in meinem Gesicht, den Duft des Schnees, die Ruhe und auch Nicks Anwesenheit neben mir. Trotzdem schaffte ich es heute nicht, meinen Kopf auszuschalten. Immerzu musste ich an Crumb Factory denken, und jedes Mal kochte die Wut in meinem Magen erneut hoch und ich musste mich innerlich dazu zwingen, mich zu beruhigen.

Irgendwann räusperte er sich. „Was wirst du nun tun?", fragte er. Er wandte sich in meine Richtung.

Ich wusste natürlich, wovon er sprach. Schließlich konnte ich selbst an nichts anderes denken. Meine Schultern sackten nach vorne. „Keine Ahnung, ehrlich gesagt. Gestern habe ich mit meinen Freundinnen ein paar Pläne gemacht und ich werde mein Bestes geben, auch wenn ich fürchte, dass ich gegen einen solchen

Riesen keine Chance haben werde." Ich schloss für einen Augenblick die Augen und atmete tief durch. Unwillkürlich ballte ich meine Hände zu Fäusten. Als ich die Augen wieder öffnete, drehte ich mich zu Nick um.

„Aber Aufgeben ist keine Option", sagte ich mit fester Stimme. „Ich liebe meinen Laden. Es war der Traum meiner Großeltern, sie haben ihn damals in den Fünfzigern eröffnet. Und danach haben meine Eltern das Geschäft fortgeführt, und nun bin ich an der Reihe. Die Bäckerei hat schon immer meiner Familie gehört, und ich werde nicht zulassen, dass ein paar solcher Schmierlappen mir meinen Traum und meine Existenz kaputtmachen."

„Ich bin mir ziemlich sicher, dass dir niemand mit Absicht deine Existenz zerstören will", sagte Nick vorsichtig. „Vielleicht wussten sie ja einfach nicht ..."

„Es gibt unzählige leerstehende Ladengeschäfte in der Altstadt", unterbrach ich ihn harsch. „Und diese blöde Firma hat sich ganz bewusst dafür entschieden, gleich gegenüber von mir zu eröffnen. Es fällt mir sehr schwer, das nicht persönlich zu nehmen, Nick."

Bestürzt sah er mich an und ich fuhr mir müde mit der Hand über das Gesicht. „Es tut mir leid, du kannst ja nichts dafür." Ich seufzte. „Ich bin unglaublich fertig. Ich habe erst gestern davon erfahren und wahnsinnig schlecht geschlafen deswegen. Außerdem mache ich mir einfach Sorgen. Was ist, wenn ich meinen Laden schließen muss, Nick? Was soll ich denn dann machen?"

„Dazu wird es nicht kommen", sagte er, doch er sah mir dabei nicht in die Augen. Ich war mir nicht sicher, ob er selbst daran glaubte. Wie bei meinen Freundinnen hatte ich das Gefühl, dass er mich beruhigen und mir meine Angst nehmen wollte, ohne jedoch eine wirkliche Lösung parat zu haben, wie ich mich gegen Crumb Factory auf lange Sicht durchsetzen konnte. Weil es keine einfache Lösung gab. Doch ich war noch nicht bereit, das zu akzeptieren.

„Ich weiß, dass ich es irgendwie schaffen muss, mich von dieser Firma abzugrenzen", sagte ich, „und seit gestern habe ich mir viele Gedanken gemacht. Ich würde gerne anfangen, Vorführungen und Workshops in meiner Bäckerei anzubieten und habe auch schon etwas vorbereitet."

Ich kramte in meiner Handtasche und beförderte einen der Flyer zutage, die ich kurz zuvor noch entworfen hatte. Ich war kein Profi und das Ganze war sehr spontan gewesen, und so war die Grafik schlicht und außerdem auf einfachem Papier gedruckt, aber für den ersten Versuch war ich zufrieden. Sie würde ihren Zweck erfüllen. Und wenn es funktionieren sollte, würde ich es beim nächsten Mal über die Druckerei und mit mehr Vorlaufzeit machen.

„Was ist das?", fragte Nick, während er das kleine Blatt betrachtete.

„Eine Einladung." Ich lächelte. „Ich habe beschlossen, mich von der Konkurrenz abzuheben, indem ich in meinem Geschäft etwas anbiete, das mich einzigartig macht. Natürlich habe ich viel bessere Ware, aber das wird nicht ausreichen, also werde ich in Zukunft verschiedene Events planen. Erlebniskauf, du weißt schon. Und ich möchte am Samstag gleich damit anfangen, um keine Zeit zu verlieren. Als erstes ist ein Workshop geplant, also zum Schneeballbacken. Hast du vielleicht Lust zu kommen? Wird bestimmt lustig."

„Oh", sagte er. Einen Moment lang schien er mit sich zu hadern, dann wandte er den Blick ab. „Ich … ich kann am Wochenende leider nicht", sagte er. „Ich habe für Samstag bereits was mit meiner Tochter geplant, das tut mir leid."

„Schade", sagte ich enttäuscht. „Also für mich. Für dich und deine Tochter ist es schön." Ich lächelte und zog einen ganzen Packen der Flyer aus meiner Tasche, um sie ihm in die Hand zu drücken.

„Aber vielleicht könntest du mir ja helfen, ein bisschen Werbung für mich zu machen? Erzähl einfach allen, die du kennst, von meinem Workshop und verteil diese Zettel. Je mehr es sich rumspricht, desto besser. Der Platz ist auf fünfzehn Teilnehmende begrenzt, die Leute sollen am besten schnell sein. Aber das steht ja auch alles auf dem Flyer."

Mit einem schiefen Grinsen nahm er den Packen entgegen. „Klar, das mache ich gern", sagte er matt.

„Super. Wollen wir uns langsam auf den Rückweg machen?"

Wir verließen die Bank und folgten dem Weg zurück in die Altstadt, wobei Nick wieder so schweigsam war. Ich war in Gedanken allerdings ohnehin schon beim nächsten Tag, wo ich alles für meinen Workshop vorbereiten wollte. Ich hatte keine Ahnung, ob das Ganze gut ankommen würde, hoffte aber das Beste – und Pläne zu schmieden war allemal besser, als im Selbstmitleid zu baden und tatenlos dabei zuzusehen, wie Crumb Factory mir mein Leben zerstörte.

12

Nick

Ich brachte es nicht über mich, Lucys Flyer im nächsten Mülleimer zu entsorgen – ohnehin fühlte ich mich wie der mieseste Mensch auf Erden, weil ich es ihr nicht gebeichtet hatte. Andererseits, sagte ich mir, was hätte es gebracht? Hätte ich ihr gesagt, wer ich war – dass ich der „Schmierlappen" war, der dabei war, ihren Traum zu zerstören –, hätte das auch nichts geändert. Sie wäre vermutlich wütend geworden und hätte mich zum Teufel gejagt. Aber es hätte die Situation garantiert nicht besser gemacht.

Verteilen konnte ich ihre Flyer aber auch nicht, allein schon deshalb, weil ich in Rothenburg fast nur Leute kannte, die mit meiner Firma in Verbindung standen. Schließlich entschied ich mich dazu, sie im Einkaufszentrum außerhalb der Altstadt auszulegen.

Irgendwann würde ich es Lucy erzählen müssen, das war mir klar. In kurzer Zeit würde die neue Filiale eröffnen und ich würde sie leiten, es führte kein Weg daran vorbei, dass wir uns in Zukunft miteinander arrangieren mussten. Ich hoffte nur, dass ich bis dahin eine Lösung für das Problem finden würde. Vielleicht hätte es mir egal sein sollen, doch das war es nicht. Ich mochte Lucy sehr gern und ihr die Existenz zu zerstören, war das letzte, was ich tun wollte.

Im Prinzip war es mir gleichgültig, was wir in der neuen Filiale produzieren würden. Es mussten nicht Schneeballen sein, von mir aus konnten wir auch unser Standardsortiment verkaufen, so wie wir es in Würzburg taten.

Und als ich mich an diesem Abend mit Anton zum Essen traf, schlug ich ihm genau das vor.

Wir saßen bei Pane e Vino, einem kleinen italienischen Restaurant in der Galgengasse. Anton trug einen seiner blauen Trainingsanzüge von Nike, das dunkelblonde Haar fiel ihm in leichten Wellen in sein vom letzten Skiurlaub gebräuntes Gesicht. Wir hatten gerade unsere Bestellung aufgegeben, als ich versuchen wollte, das Thema anzuschneiden. Da mir klar war, dass wir nicht kurz vor der Eröffnung unseren kompletten Plan umwerfen konnten, hatte ich mir eine Alternative überlegt: Ich wollte Anton vorschlagen, noch weitere Produkte in das Sortiment aufzunehmen, uns breiter aufzustellen und nicht nur auf Schneeballen zu konzentrieren. Mein simpler Plan war, sobald ich dann die Filiale führen würde, das Hauptaugenmerk bei der Vermarkung auf jene anderen Artikel zu lenken, sodass die Schneeballen lediglich im Randsortiment auftauchen und dabei möglichst untergehen würden. Wenn das Geschäft erst einmal angelaufen war – und ich war mir sicher, dass wir auch mit unserem Kernsortiment aus Würzburg erfolgreich sein würden, dazu brauchte es das Traditionsgebäck aus Rothenburg nicht –, wäre Anton so oder so zufrieden und ich könnte ihm vorschlagen, die Produktion der Schneeballen auslaufen zu lassen. Das einzige Problem war nur der Name der neuen Filiale, doch das war etwas, das sich leicht ändern ließ.

Bevor ich jedoch anfangen konnte, kam mir Anton zuvor.

„Ich habe gehört, dass du heute Nachmittag mit Frau Reimer unterwegs warst", sagte er mit einem breiten Grinsen. Verwirrt starrte ich ihn an.

„Reimer?"

Er machte eine unwirsche Handbewegung. „Na, das Mädel, das die Bäckerei gegenüber führt. Hast sie ein bisschen ausgehorcht, ja? Kluger Schachzug, das muss ich dir lassen! Kenne deinen Feind."

Er lachte und hob sein Glas, um mit mir anzustoßen. Seine schneeweiß gebleichten Zähne blitzten mir entgegen.

„Lucy ist doch nicht mein Feind!", stieß ich hervor. Ich fragte gar nicht nach, woher er wusste, dass ich mit Lucy unterwegs gewesen war.

Anton zwinkerte. „Natürlich nicht."

„Hör mal, genau darüber wollte ich mit dir reden", sagte ich. „Ich bin mir nicht sicher, ob es so gut ist, sich auf ein einziges Produkt zu versteifen, zumal es derartige Geschäfte in Rothenburg ja schon gibt. Was es allerdings noch nicht gibt, ist eine klassische Crumb-Factory-Bäckerei in der Stadt. Was hältst du davon, auch ein paar Waren aus unserem Standard-Sortiment anzubieten? Zumindest am Anfang wäre es sicher klug, das Angebot ein wenig breiter zu streuen, um erst einmal herauszufinden, was bei den Leuten hier gut ankommt. Dann können wir immer noch nach und nach weitere Produkte dazunehmen oder rausschmeißen."

Anton starrte mich an, als hätte ich den Verstand verloren. Dann brach er in schallendes Gelächter aus.

„Verstehe", sagte er schließlich, als er wieder zu Atem gekommen war. „Du hast die blonde Bäckerin von gegenüber getroffen, sie hat dir gefallen und jetzt willst du alles umschmeißen? Ist es das, ja?"

Ich konnte nicht verhindern, dass meine Ohren heiß wurden. Ganz so war es ja nun auch nicht. Ja, Lucy war süß und ich hatte ein schlechtes Gewissen, weil ich drauf und dran war, ihre Existenz zu zerstören – denn auch, wenn ich ihr gegenüber anderes behauptet hatte, sie hatte recht. Es war fraglich, ob sich ihr kleines Geschäft gegen die Konkurrenz einer großen Kette durchsetzen würde, mehr noch, Anton hatte von Anfang an darauf spekuliert, dass die Schneeballmanufaktur innerhalb eines Jahres aufgeben würde und wir die Obere Schmiedgasse daraufhin für uns allein hätten.

Doch auch davon abgesehen war ich nach reiflicher Überlegung der Meinung, dass meine Idee gut war.

„Was spricht dagegen?", fragte ich, ohne auf Antons Stichelei einzugehen.

Kurz wurden wir unterbrochen, als der Kellner uns das Essen servierte – Pizza Gamberi und Lasagne Bolognese –, dann beugte sich Anton nach vorne und stützte die Ellbogen auf dem Tisch ab.

„Was dagegenspricht, ist", sagte er langsam, als sei ich ein kleines Kind, „dass bereits alles in trockenen Tüchern ist, Nicholas. Wir haben unseren Laden exakt so bei der Stadt angemeldet, wie er letztlich dastehen wird, als Schneeballengeschäft. Genauso wird er auch eingerichtet. Davon abgesehen gibt es in Rothenburg bereits mehr als genug normale Bäckereien, mit Brezeln und Brötchen werden wir uns hier keinen Namen machen, und das wüsstest du auch, wenn du dich vom hübschen Hintern der kleinen Bäckerin nicht so hättest blenden lassen."

„Es gibt aber auch genug Schneeballenläden", widersprach ich, auch wenn mir klar war, dass ich den Kampf verlieren würde. Ich kannte Anton. Wenn er sich etwas in den Kopf gesetzt hatte, konnte nichts und niemand ihn davon abbringen – und wenn er spürte, dass er auf Widerstand stieß, wurde er noch entschlossener.

„Nicht mehr lange", sagte er grinsend. „Wenn das Ganze erst einmal angelaufen ist, kann die Manufaktur gegenüber dichtmachen, das sage ich dir. Sie mag gut sein, sie mag traditionell sein und was weiß ich alles, aber sobald es an ihren Geldbeutel geht, ist das den Leuten egal. Dann zählt nur noch, wer billiger ist. Und das werden wir sein."

Damit begann er, sich über seine Lasagne herzumachen und ich wusste auch ohne, dass er es sagte, dass das Gespräch für ihn damit beendet war.

Ich hatte mir keine großen Chancen ausgerechnet, aber ich hatte es wenigstens versucht. Jetzt stand ich wieder da, wo ich am Anfang gestanden hatte. Lucy würde irgendwann herausfinden, wer ich war. Am klügsten wäre es sicher, mich fortan möglichst von ihr fernzuhalten und mich auf die Arbeit zu konzentrieren. Ich wusste nur nicht, ob ich das schaffen würde, sie geisterte mir nämlich schon jetzt die ganze Zeit durch den Kopf.

Und der Gedanke daran, ihr in wenigen Wochen täglich zu begegnen, in dem Wissen, dass sie mich abgrundtief hassen würde, bereitete mir Magenschmerzen.

13

Lucy

Aufgeregt stand ich am Samstagnachmittag mit Sandra in meiner Bäckerei und wartete darauf, dass die Zeit verstrich. Das Ladengeschäft hatte ich heute bereits zwei Stunden früher geschlossen, um noch genug Zeit für die Vorbereitungen zu haben, und um vier würde mein Workshop starten. In den vergangenen zwei Tagen hatte ich getan, was ich auf die Schnelle tun konnte. War all meine Flyer losgeworden, hatte allen Kunden von meiner Veranstaltung erzählt und in Ermangelung einer Homepage noch schnell einen Instagram-Account erstellt, der in den beiden Tagen immerhin schon über einhundert Follower erreicht hatte. Auch dort hatte ich fleißig Werbung gemacht, und wenn nur die Hälfte meiner neuen Abonnenten und derjenigen, die meine Beiträge geliked hatten, zu meiner zukünftigen Kundschaft gehören würde, wäre es schon ein riesengroßer Erfolg.

Die Anmeldungen für den Workshop waren innerhalb weniger Stunden voll gewesen. Die meisten Teilnehmenden hatten mir direkt über Instagram geschrieben, zwei hatten sich telefonisch angemeldet. Das Interesse war so groß gewesen, dass ich vor Erleichterung ein paar Tränen hatte verdrücken müssen.

Zum ersten Mal, seit ich von der neuen Konkurrenz erfahren hatte, fühlte ich so etwas wie Hoffnung. Zum ersten Mal hatte ich das Gefühl, wieder Kontrolle über die Dinge zu haben, und dass ich etwas bewirken konnte. Dass ich eine echte Chance gegen Crumb Factory haben konnte.

Ich hatte die Stühle zur Seite geräumt, die Tische zu Arbeitsplätzen mit Backmatten, Teigrollen, Schüsseln, Messbechern und allen nötigen Zutaten und Zubehör hergerichtet, und mir einen genauen Plan über den Ablauf des Nachmittags gemacht. Zunächst sollte es eine kleine Begrüßungs- und Vorstellungsrunde geben, im Anschluss würde ich noch einmal auf die Geschichte der Schneeballen und die Geschichte meiner Bäckerei eingehen, bevor ich gemeinsam mit den Teilnehmenden anfangen würde, die Zutaten vorzubereiten. Sandra würde sich am Schluss um das Frittieren kümmern und auch dazu noch einmal ein paar Worte verlieren.

Alles war bereit. Das Feuer im Kamin knisterte, aus den Lautsprechern tönte „Like it's Christmas" von den Jonas Brothers und Muffin döste auf der Fensterbank. Akiko hatte die Idee gehabt, eine kleine Fotoecke einzurichten, in der die Leute im Anschluss Bilder von ihren Kreationen machen könnten, um sie in die sozialen Medien hochzuladen. Eine großartige Idee, wie ich fand, denn dies würde weitere kostenlose Werbung für mich bedeuten, und so hatte ich direkt neben dem Kamin noch eine kleine Fotostation aufgebaut. Außerdem hatte ich die halbe Nacht am Schreibtisch verbracht, um noch für jeden ein Erinnerungszertifikat auszustellen.

„Die lassen sich aber ganz schön lange Zeit", murmelte Sandra, als um zehn vor vier immer noch keine Kunden da waren.

Ich warf einen nervösen Blick auf mein Handy, öffnete die Instagram-App und sah drei neue Nachrichten, von Leuten, die spontan abgesagt hatten. Ein wenig enttäuscht war ich zwar schon, dachte mir aber auch, dass zwölf Teilnehmende immer noch genug waren.

Ich wurde aus meinem Tun gerissen, als die Türglocke bimmelte und zwei junge Frauen eintraten. Sie mussten beide etwa Anfang zwanzig sein, waren in dicke Mäntel gehüllt und sahen sich neugierig um.

„Findet hier der Workshop statt?", fragte die eine von ihnen, die ihr fuchsrotes Haar zu einem hohen Pferdeschwanz gebunden hatte.

Erleichtert ging ich auf die beiden zu. „Ja, hier seid ihr richtig!", sagte ich lächelnd und reichte den beiden nacheinander die Hand. „Ich bin Lucy und das ist Sandra."

„Hallo", sagte Sandra.

„Ich bin Nina", sagte die Rothaarige und deutete auf ihre blonde Freundin, „und das ist Mattie. Wir studieren zusammen mit Roman und Finn, die haben uns von deinem Workshop erzählt."

„Das ist ja großartig!" Ich freute mich ehrlich darüber, dass die beiden an der Hochschule Werbung für mich gemacht hatte. „Eure Mäntel könnt ihr an die Garderobe hängen. Wir warten noch kurz auf die anderen, dann können wir starten. Wollt ihr in der Zwischenzeit eine Tasse Punsch?“

„Ja, gern“, sagten die beiden im Chor und ich goss den vorbereiteten Punsch in zwei bereitstehende Tassen. Dabei konnte ich es jedoch nicht lassen, noch einen Blick auf die Uhr zu werfen. Inzwischen war es schon fünf vor vier und eigentlich sollte meine Veranstaltung gleich starten, doch von den anderen Teilnehmern gab es weit und breit keine Spur. Das machte mich nervös.

Nina und Mattie nahmen ihre Becher entgegen, sahen sich neugierig in meinem Laden um und wurden bald darauf von Muffin in Beschlag genommen.

„Der ist ja süß!“, sagte Mattie und nahm meinen Kater hoch, was der mit einem lauten Schnurren quittierte.

„Das ist Muffin“, stellte ich vor. „Er gehört hier praktisch zum Inventar.“

In dem Moment bimmelte die Glocke an meiner Tür erneut und eine weitere Frau betrat den Laden. Sie stellte sich als Ingrid vor und hatte über einen Flyer im Einkaufszentrum von meinem Workshop erfahren, worüber ich mich zwar kurz wunderte, da ich dort keine Flyer verteilt hatte, jedoch sehr froh war.

Wir warteten noch eine weitere Viertelstunde, doch dann musste ich mir eingestehen, dass niemand mehr kommen würde. Wir waren nur zu fünft.

Ich gab mir alle Mühe, mir meine Ernüchterung nicht anmerken zu lassen, doch es fiel mir schwer. Das Ganze war nicht nur enttäuschend, sondern auch peinlich – ich merkte durchaus, dass Nina, Mattie und Ingrid irritiert darüber waren, so wenig Kunden hier vorzufinden.

„Wenn es zu wenige sind, können wir es auch ausfallen lassen oder verschieben“, bot Nina freundlich an. „Falls dir das lieber ist.“

„Auf gar keinen Fall“, sagte ich. „Wir machen uns einfach zu fünft einen schönen Abend.“

„Genau“, sagte Sandra, die so entspannt wirkte wie eh und je. „Es hat auch Vorteile, wenn wir nur so eine kleine Gruppe sind. Dann sind die Wartezeiten nicht so lang und wir können euch alles viel besser erklären und euch besser helfen.“

Ich nickte, schluckte meine Enttäuschung herunter und begann mit dem vorbereiteten Programm.

„Ich bin Lucy Reimer“, stellte ich mich noch einmal für alle drei vor. „Die Schneeballmanufaktur wurde von meinen Großeltern im Jahr 1954 gegründet, 1990 von meinen Eltern übernommen und ist jetzt seit acht Jahren in meiner Hand. Ihr seht also, meine Bäckerei hat eine lange Geschichte und eine tiefe Verbundenheit zur Stadt Rothenburg. Jeder Schneeball, den wir herstellen, ist ein Stück unserer Familiengeschichte und ein Ausdruck der Handwerkskunst, die über Generationen weitergegeben wurde. Wir legen hier sehr großen Wert auf Qualität und Authentizität. Alle Schneeballen werden von Hand gefertigt, wir verwenden traditionelle Rezepte, die über die Jahre hinweg immer weiter verfeinert und angepasst wurden, und ergänzen sie mit kreativen, modernen Variationen. Schneeballen sind für mich mehr als nur ein Gebäck. Sie sind ein Symbol für Tradition, Heimat und Genuss, und es ist mir eine Herzensangelegenheit, diesen Teil meiner Kultur lebendig zu erhalten.“

Ich stockte, als eine weitere Person in den Laden trat – ein Mann in den Fünfzigern –, dachte zuerst, er hätte sich verirrt, um dann erleichtert festzustellen, dass er seine Jacke an den Haken hängte und sich schnell zu den anderen gesellte. Er war zwanzig Minuten zu spät, aber das war mir egal. Ein weiterer Teilnehmer, immerhin.

„Heute habt ihr die Gelegenheit, selbst Hand anzulegen und die Geheimnisse der Schneeballenherstellung zu entdecken", fuhr ich fort. „Ich hoffe, ihr habt genauso viel Freude daran wie ich und Sandra und genießt diesen Workshop."

Ingrid, Nina und Mattie klatschten, während ich den Neuankömmling, der sich als Gerhard vorstellte, noch einmal persönlich begrüßte. Im Anschluss stellten sich meine vier Teilnehmer noch einmal vor, ich verlor noch ein paar kurze Worte über die Geschichte der Schneeballen und das Gebäck im Allgemeinen, dann begannen wir mit unserem Programm. Gemeinsam bereiteten wir die Zutaten vor, wobei ich jeden Schritt ausführlich erklärte. Ich zeigte ihnen, wie man den Teig zubereitete und sie machten es unter Anleitung nach, im Anschluss wurden die Schneeballen geformt und schließlich mit Sandras Hilfe frittiert. Am Ende durften die Teilnehmer ihre Schneeballen noch individuell dekorieren, bevor es eine kleine Verkostung gab.

Wir machten Bilder in der Fotoecke, sowohl von den Gebäcken als auch von Nina, Mattie, Ingrid und Gerhard mit ihren Zertifikaten.

Doch obwohl meine Kunden mein Geschäft um acht Uhr glücklich verließen und betonten, dass sie mich weiterempfehlen würden, fühlte ich mich entsetzlich.

Ich hatte nicht den Eindruck, dass sich der Abend gelohnt hatte. Von fünfzehn Leuten, die zugesagt hatten, waren nur vier gekommen, wobei ich mir bei Gerhard bis zum Schluss nicht ganz sicher war, ob er nicht doch eher zufällig in meinen Laden gestolpert war und einfach beschlossen hatte, zu bleiben.

So oder so fühlte es nicht nach einem Erfolg an – sondern nach einer ziemlichen Niederlage, die mich letzten Endes mehr Geld gekostet hatte, als sie mir eingebracht hatte.

„Das macht doch nichts", tröstete mich Sandra, während wir das Chaos beseitigten und das Café und die Backstube aufräumten. „Dann waren es eben nicht so viele Leute wie gedacht, na und? Ich finde trotzdem, dass es sich gelohnt hat. Alle waren zufrieden, sie werden ihre Fotos online posten, deinen Account verlinken und dich weiterempfehlen. Das ist was Gutes!"

„Mhm", sagte ich, schaffte es jedoch nicht, meine mürrische Miene zu verbergen.

Sandra lachte angesichts der Schnute, die ich zog. „So was kommt nicht über Nacht", sagte sie. „Beim nächsten Mal werden es zehn Leute sein und beim übernächsten Mal ist der Verkaufsraum brechend voll, das verspreche ich dir. Dein einziger Fehler war, dass du dir mehr Zeit hättest geben müssen, vielleicht war es doch ein bisschen zu spontan. Aber das macht nichts. Aus Fehlern lernt man."

Sie tätschelte mir die Schulter.

In diesem Moment klopfte Mayla an die Tür. Ich öffnete ihr und ließ sie herein.

„Und, wie lief dein Workshop?", fragte sie mit einem so erwartungsvollen Strahlen, dass sich ein Kloß in meinem Hals bildete.

„Furchtbar", sagte ich, während Sandra gleichzeitig sagte: „Ganz gut für den Anfang."

Mayla blickte mit hochgezogenen Brauen zwischen uns hin und her. „Was jetzt?"

Seufzend ließ ich mich auf einen Stuhl fallen und warf den Putzlappen auf den Tisch. „Es hatten sich fünfzehn Leute angemeldet, von denen nur vier aufgetaucht sind", sagte ich frustriert. „Und einer von denen wollte eventuell nicht einmal mitmachen, ich bin mir nicht sicher, ob er sich nicht verirrt hatte und versehentlich hier gelandet ist."

„Papperlapapp!", warf Sandra ein. „Gerhard war so begeistert bei der Sache, der wollte definitiv hier sein. Und ich bleib dabei, das Ganze ist gut gelaufen. Alle waren glücklich und zufrieden und werden dich weiterempfehlen."

Mayla betrachtete mich eine Weile nachdenklich.

„Sandra hat recht", sagte sie schließlich. „Du solltest dich davon nicht entmutigen lassen. Vielleicht solltest du mal eine Pause machen. Irgendwas, das nichts mit der Arbeit zu tun hat. Ich glaube, was du heute Abend brauchst, ist ein Tapetenwechsel."

„Was meinst du?", fragte ich.

Sie grinste und wedelte mit einem Flyer in ihrer Hand. „Christmas-Karaoke-Night im Café Lebenslust, heute Abend! Und du wirst mit mir hingehen. Sandra ist bestimmt auch dabei, oder?"

„O nein, ich passe", sagte Sandra. „Wenn ich singe, habe ich dort für den Rest meines Lebens Hausverbot."

Ich musste grinsen. Ich kannte Sandras Gesangskünste zur Genüge, denn in der Backstube konnte sich oft nicht an sich halten, und musste ihr recht geben.

„Aber du musst ja nicht singen“, sagte Mayla. „Du kannst mir und Lucy einfach nur zusehen.“

„Oh, ich werde auch nicht singen“, sagte ich schnell.

„Aber du kommst mit?“

Ich seufzte und rieb mir müde über das Gesicht. Es war inzwischen kurz vor neun an einem Samstagabend und eigentlich wollte ich nur auf meine Couch, ein paar Folgen Magnum oder Miami Vice gucken und dann schlafen. Aber vermutlich hatte Mayla recht und die Ablenkung würde mir guttun.

„Gib mir eine halbe Stunde“, sagte ich.

14

Nick

Im Café Lebenslust war es brechend voll. Mein neuer Kollege Jan hatte mich hergeschleppt. Er war Anfang zwanzig, kam aus Rothenburg und hatte erst vor zwei Jahren seine Ausbildung zum Bäcker beendet. Seiner Meinung nach war dies hier eine der schönsten Locations in der Stadt, und auf den ersten Blick musste ich ihm recht geben. Das Café hatte ein ganz besonderes Ambiente. Bunt, irgendwie urig, vor allem aber ... artsy.

Es gab normale Tische mit Stühlen, aber auch Sofas, wobei die Möbelstücke auf den ersten Blick nicht unbedingt zusammenzupassen schienen – irgendwie aber doch. Die Dekoration bestand aus Kunstwerken, größtenteils regionaler Kunstschaffenden, verschiedensten Lampen, bunten Teppichen, Musikinstrumenten, Bücherregalen und vereinzelten Büchern. Die Beleuchtung kam hauptsächlich von schummerigen orangen Lampen und Lichterketten. Ich fühlte mich weniger wie in einem Café, sondern mehr wie in einem Wohnzimmer, in dem eine riesige Hausparty stattfand.

In einer Ecke war ein kleines Podest mit Mikrophon und Karaoke-Maschine aufgebaut worden, und ich sah grinsend dabei zu, wie sich Jan zu „Single all the Way" von Dan Finnerty abmühte, keinen einzigen Ton traf, mit den Brauen wackelte und dabei allen weiblichen Zuschauern zuzwinkerte.

„Na so was", hörte ich eine bekannte Stimme hinter mir. „Du auch hier!" Ich drehte mich um und mein Herz machte einen Satz. Lucy war hier! Zusammen mit einer anderen Frau, die mir vage bekannt vorkam. Im ersten Moment konnte ich jedoch nicht zuordnen, wo ich sie schon einmal gesehen hatte.

„Lucy!", rief ich erfreut. „Schön, dass du auch da bist! Seid ihr gerade erst gekommen oder geht ihr schon?"

„Gerade erst gekommen", sagte Lucy. „Hier geht ja die Post ab."

„Das kann man so sagen." Ich nickte grinsend in Richtung Bühne. „Jan heizt das Publikum aber auch ordentlich an. Wollt ihr euch zu uns setzen?"

„Nichts lieber als das." Lucy nahm auf dem Stuhl neben mir Platz und legte ihren Mantel und die Mütze ab. Mir wurde klar, dass ich sie nun zum ersten Mal ohne die dicke Winterkleidung sah. Ihr dunkelblondes Haar war glatt und fiel ihr offen bis zu den Schultern. Sie trug schwarze Leggins, darüber eine Art Strickkleid in Petrolblau, eine Farbe, die ihr ausgezeichnet stand und ihre grünen Augen regelrecht zum Leuchten brachte – selbst im Halbdunkel.

„Das ist Mayla", stellte sie ihre Freundin vor, die mir gegenüber Platz nahm. „Mayla, das ist Nick. Wir haben uns auf dem Weihnachtsmarkt kennengelernt."

Mayla reichte mir die Hand und in diesem Moment wurde mir siedend heiß klar, wo ich diese Frau schon einmal gesehen hatte: Sie saß im Vorraum des Gewerbeamtes, als ich für Anton die Unterlagen abholen und unterschreiben musste. Sie wusste, wer ich war. Als der Name Crumb Factory gefallen war, war sie aufgeschreckt, und nun verstand ich auch, wieso: Sie war mit Lucy befreundet. Ich konnte nur hoffen, dass sie sich nicht erinnerte, doch meine Hoffnungen wurden zerschlagen, als sie die Stirn runzelte und mich mit zusammengekniffenen Augen musterte.

„Irgendwoher kenne ich dich", sagte sie. „Ich komm nur nicht drauf, woher."

„Das kommt dir wahrscheinlich nur so vor", sagte ich leichthin und zwang mich zu einem Lachen, das selbst in meinen Ohren hölzern klang. „Ich habe ein Allerweltsgesicht."

„O nein, ich bin wirklich gut mit Gesichtern", beharrte Mayla. „Ich bin mir ziemlich sicher, wir haben uns schon einmal gesehen … Wo warst du auf der Schule? Warst du hier am RSG?"

Ihr Blick durchbohrte mich förmlich und ich widerstand dem Impuls, woanders hinzusehen.

„Nein, ich komme nicht von hier", sagte ich. „Ich bin gerade erst hergezogen."

„Was, echt?", platzte Lucy hervor. „Das hast du mir ja gar nicht erzählt!"

Verlegen fuhr ich mir mit der Hand durch das Haar. „Ja, na ja, so ganz fest ist das auch noch nicht, ich bin gerade auf Wohnungssuche, ehrlich gesagt. Aber ja, ich möchte herziehen."

Lucy strahlte. „Das ist ja großartig!" Sie schien sich ehrlich zu freuen, und das wiederum freute mich. Es war ein gutes Zeichen, dass sie sich über meinen Umzug freute. Oder?

„Ich kann mich mal umhören“, bot Mayla an. „Ich bin gut vernetzt hier in der Stadt und bin mir sicher, ich finde ein paar freie Wohnungen. Was hast du denn für Wünsche?“

Ich erzählte Mayla von meinen Vorstellungen und sie notierte sich alles in ihrem Handy, samt meiner Nummer. Die Unterhaltung über den Wohnungsmarkt schien sie glücklicherweise von dem Rätsel abzulenken, woher sie mich nun kannte.

Ein junger Kellner kam an unseren Tisch und nahm unsere Bestellungen auf. Ich orderte für Jan und mich noch jeweils ein Bier, während Mayla Rotwein und Lucy Punsch bestellte.

„Du bist schon richtig in Weihnachtsstimmung, oder?“ Ich schmunzelte.

„O ja“, entgegnete sie. „Von mir aus könnte es das ganze Jahr über Weihnachten sein. Von Punsch und Plätzchen kann ich nie genug bekommen.“

Gerade als ich dachte, die Gefahr wäre abgewendet, kam Jan zurück an den Tisch. Und mir wurde klar, dass es nur eine Frage von Sekunden war, bis er herausposaunen würde, woher er mich kannte und dass wir beide in Kürze die neue Filiale der Crumb Factory schmeißen würden. Ruckartig sprang ich auf und stieß dabei gegen den Tisch. Die Gläser gerieten gefährlich ins Schwanken, blieben jedoch an Ort und Stelle.

„Endlich bist du soweit!“, sagte ich. Jan warf mir einen verwirrten Blick zu, dann sah er zu Lucy und Mayla. Ich plapperte jedoch direkt weiter, bevor er noch auf die Idee kam, sich zu setzen und ein Gespräch zu starten.

„Wir wollten doch noch zusammen singen!“, behauptete ich. Es war das Erstbeste, was mir einfiel, um ihn von dem Tisch wegzubekommen, dabei war Singen eigentlich das Letzte, was ich wollte – und das wusste er.

„Wollten wir?“, fragte er verwirrt.

Ich nickte heftig und ein breites Grinsen erschien auf seinem Gesicht.

„Ach jaaa“, sagte er langgezogen. „Stimmt. Du wolltest unbedingt All I want for Christmas im Duett singen, richtig?“

„Was? Nein, ich glaube nicht“, sagte ich, doch Jan zog mich schon in Richtung Bühne. Ich warf einen Blick zurück und lächelte schief in Lucys Richtung, die uns mit einem breiten Grinsen im Gesicht beobachtete.

„Was ist los?“, raunte Jan, als wir vor der Bühne standen. „Wer sind die beiden?“

Im Schnelldurchgang versuchte ich, ihm von meinem Dilemma zu berichten. „Das sind Lucy und ihre Freundin Mayla“, sagte ich. „Lucy gehört die Schneeballmanufaktur, aber sie weiß nicht, wer ich bin.“

Jans Augen wurden groß. „Nicht?“

„Nein“, sagte ich und schaffte es nicht, die Verzweiflung aus meiner Stimme zu verbergen. „Und sie soll es auch nicht wissen. Sie würde mich hassen, und das will ich nicht.“

Jan musterte mich einen kurzen Augenblick lang, dann grinste er. „Verstehe“, sagte er nur. Im nächsten Moment wurde er jedoch ernst. „Dir ist aber klar, dass sie das irgendwann herausfinden wird, oder?“

„Ja, das ist es“, sagte ich.

„Okay ... und was wirst du dann tun?“

Erneut fuhr ich mir durch das Haar. Die Situation war verfahren, das war mir bewusst. Am besten wäre gewesen, ich hätte es Lucy sofort gesagt, gleich als mir selbst klargeworden war, wer sie ist. Vielleicht hätte sie ja gar nicht so negativ reagiert und wir hätten gemeinsam nach einer Lösung suchen können. Aber ich hatte den Moment verpasst, mehr als das, ich hatte am Weihnachtsmarkt in meiner Panik und Überforderung auch noch in eine ganz andere Richtung gezeigt, als sie mich nach meinem Stand gefragt hatte. Nun konnte ich schlecht mit der Wahrheit um die Ecke kommen, sie würde sich total verarscht fühlen – und das zurecht.

„Ich weiß es nicht", sagte ich. „Ich habe die Hoffnung, dass ich eine Lösung für das Problem finde und dann will ich es ihr in einem ruhigen Gespräch sagen, unter vier Augen. Sie soll das nicht über jemand anderen erfahren."

Jan zog die Brauen in die Höhe. „Eine Lösung für das Problem finden?", wiederholte er. „Und wie soll die deiner Meinung nach aussehen?"

„Ich weiß doch auch nicht", sagte ich. „Bitte tu mir nur den Gefallen und erzähl nicht, wo wir arbeiten, okay? Ich will das selbst regeln. Irgendwann."

„Was denkt sie denn, wo du arbeitest?"

„Gar nichts, das kam noch nicht zur Sprache."

Jan grinste. „O Mann", sagte er. „Du bist echt am Arsch."

„Ich weiß."

„Aber ein Gutes hat das Ganze."

„Was denn?"

Sein Grinsen wurde noch breiter. „Sie hat dich dazu gebracht, heute Abend doch noch hier aufzutreten. Ich mag sie jetzt schon.“

15

Grinsend sah ich dabei zu, wie Nick und sein Freund auf der Bühne alles gaben. Sie hatten sich tatsächlich für „All I want for Christmas" von Mariah Carey entschieden, und während sich Nick sichtlich unwohl fühlte, genoss der andere seinen Auftritt über allen Maßen. Er war mit vollem Körpereinsatz dabei, himmelte Nick in gespieltem Entzücken an und traf dabei keinen einzigen Ton, was den Leuten im Publikum aber egal war. Die Stimmung war so gut und ausgelassen wie schon lange nicht mehr, und die meisten sangen und grölten lauthals mit.

Nick sah immer mal wieder in meine Richtung und grinste mir ein wenig verlegen zu, was mein Herz jedes Mal zum Stolpern brachte. Unwillkürlich fragte ich mich, ob er bei dem Text an mich dachte, wurde jedoch jäh aus meiner Träumerei gerissen, als Mayla erneut zu sinnieren anfing.

„Das macht mich ganz verrückt, ich schwöre dir, ich habe den schon mal irgendwo gesehen."

„Vielleicht auf dem Weihnachtsmarkt?", schlug ich vor, ohne den Blick von Nick abzuwenden.

„Nein, ich war bisher nicht beim Weihnachtsmarkt“, sagte Mayla. „Der startet ja auch erst morgen.“

„Vielleicht hast du ihn ja mal durch die Stadt gehen sehen“, sagte ich. „Rothenburg ist klein. Gut möglich, dass ihr euch beim Einkaufen über den Weg gelaufen seid.“

Kurz überlegte sie, dann schüttelte sie den Kopf.

„Nein, das ist es auch nicht“, behauptete sie.

„Er sieht ein bisschen aus wie Chris Pratt, finde ich. Liegt es vielleicht daran?“

„Chris wer?“ Sie starrte mich verwirrt an. „Nein, den kenne ich nicht einmal.“

„Du kennst Chris Pratt nicht?“ Entsetzt riss ich endlich den Blick von Nick los und fuhr zu meiner Freundin herum. „Dein Ernst?“

Sie runzelte die Stirn. „Wer soll das sein? Aus Rothenburg kommt der jedenfalls nicht, hier kenne ich jeden.“

Ich lachte lauthals los. „Wirklich?“, prustete ich. „Nein, er kommt nicht aus Rothenburg. Das ist ein Schauspieler. Guardians of the Galaxy? Passengers? Jurassic World?“

Sie sah mich an, als würde ich plötzlich eine andere Sprache sprechen, die sie nicht verstand.

„Alle nie gesehen“, sagte sie dann. „Nein, das ist es nicht. Ich weiß, dass ich ihn hier in der Stadt gesehen habe, und ich habe das Gefühl, dass es wichtig ist, aber ...“

In diesem Moment hörte das Lied auf. Zum Abschluss fiel Nicks Freund ihm um den Hals und drückte ihm einen Kuss auf die Wange. Nick lachte, die beiden verbeugten sich unter tosendem Applaus und verließen die Bühne.

Mit leicht geröteten Gesichtern kamen sie zurück an unseren Tisch und ließen sich an ihren Plätzen nieder. Nick nahm einen Schluck von seinem Bier, während sein Freund sich uns als Jan vorstellte.

„Und, Ladys, hat euch unser Auftritt gefallen?", fragte Jan.

„Es war grammyreif", behauptete Mayla und ich stimmte ihr zu.

„Trotzdem wäre es gut, wenn ihr euch noch einen Zweitjob zulegt, nur zur Sicherheit, falls es mit der Gesangskarriere doch nichts wird", sagte ich lachend.

„Oh, wir haben schon einen Job", sagte Jan und grinste in Nicks Richtung. „Stimmt doch, oder?"

Nick warf ihm einen Blick zu, den ich nicht richtig deuten konnte. Fast wirkte es, als wäre er ... sauer? Er nickte jedoch nur knapp und nippte erneut an seinem Bier.

„Wir sind Kollegen", fuhr Jan fort. „Dabei haben wir uns kennengelernt."

„Wo arbeitet ihr denn?", fragte Mayla auch prompt und ich spitzte die Ohren. Noch immer wusste ich nicht, was Nick beruflich machte. Zunächst hatte ich auf Kunsthandwerk getippt und wollte mich überraschen lassen, danach ist das Thema im ganzen Trubel und zwischen meinen eigenen Sorgen untergegangen. Dabei interessierte es mich wirklich.

„Nick redet nicht so gern darüber", sagte Jan. „Es ist ihm ein bisschen unangenehm, aber ich sage immer: Nick, es muss dir nicht peinlich sein. Für ehrliche, körperliche Arbeit sollte man sich niemals schämen, oder? Ich meine, es kann nicht jeder studieren."

„Absolut", sagte Mayla. „Es wäre schön, wenn die klassischen Handwerksberufe wieder ein wenig mehr Anerkennung fänden."

Nick sah aus, als würde er seinem Freund jeden Augenblick an die Gurgel gehen, doch ich verstand nicht so richtig, was zwischen den beiden abging. Ich spürte, dass da mehr war, dass da etwas zwischen den Zeilen schwang und dass Jan gerade eine Grenze überschritt, doch ich konnte es nicht greifen.

„Jedenfalls ... Nick, ich finde, wir sollten es den beiden sagen", fuhr Jan fort. „Nun wirst du bald in Rothenburg wohnen und früher oder später werden sie es ja ohnehin erfahren, neuen Freundschaften sollte man immer mit Offenheit begegnen, und nicht mit Lügen und Geheimnissen." Er holte tief Luft und schloss die Augen. Dann beugte er sich über den Tisch nach vorne zu mir und Mayla und sagte etwas leiser, als wäre es ein großes Geheimnis: „Wir arbeiten als Stripper."

Nick verschluckte sich an seinem Bier und fing an zu husten.

„Was?", stieß ich hervor.

„Sorry, Kumpel, ich finde einfach, sie sollten es wissen", sagte Jan entschuldigend in Nicks Richtung. Der war kalkweiß im Gesicht geworden.

Jan lehnte sich zurück und verschränkte die Arme hinter dem Kopf. Dann wandte er sich wieder an uns. „Ist das ein Problem für euch?"

„Also für mich nicht", sagte Mayla entspannt und trank einen Schluck Wein. „Ich kenne viele Stripper. Kann man euch buchen?"

„Mayla!", rief ich.

Sie hob abwiegelnd ihre Hände. „Was denn? Ich frag ja nur. Ich hab öfter mal Junggesellinnenabschiede in meinem Hotel, da ist es immer gut, ein bisschen Fachpersonal an der Hand zu haben."

Ich warf einen Blick zu Nick, der auf die Tischplatte starrte und dabei sichtlich unglücklich wirkte, und eine Welle des Mitgefühls überkam mich – nicht, weil er Stripper war, sondern weil es ihm offensichtlich so unangenehm war. Das musste es nicht sein. Ich war überrascht, das konnte ich nicht leugnen. Aber wenn ich so darüber nachdachte, war die Vorstellung auch nicht komplett abwegig. Er sah gut aus, war muskulös und durchtrainiert. Unwillkürlich musste ich ihn mir nackt vorstellen, ich konnte nichts dagegen tun, und Hitze schoss mir ins Gesicht. Schnell vertrieb ich den unpassenden Gedanken und griff stattdessen nach seiner Hand.

Überrascht schaute er auf.

„Für mich ist das auch kein Problem", sagte ich mit fester Stimme. „Ist doch nichts Schlimmes. Mir ist nicht wichtig, was du beruflich machst."

„Nicht?", presste Nick hervor. Er runzelte die Stirn.

Ich schüttelte den Kopf, dabei war ich mir nicht sicher, ob das wirklich stimmte. Ich wollte keine Vorurteile haben. Es gab sicher einen Grund dafür, dass er diesen Weg eingeschlagen hatte. Ich war auch nicht verklemmt, aber Nick war zum ersten Mal seit langer Zeit ein Mann, der mir wirklich gefiel und mit dem ich mir auch mehr vorstellen konnte. Ich war mir nicht sicher, ob ich in einer Beziehung mit seinem Beruf umgehen könnte, aber nachdem wir ohnehin noch weit davon entfernt waren, sowas wie ein Paar zu werden, wollte ich mich nicht unnötig mit solchen Fragen quälen – zumal ich gerade sowieso andere Probleme hatte.

Jan grinste. „Also, ich bin für dieses Jahr schon ausgebucht, aber Nick hat noch ein paar freie Termine", ließ er uns wissen. „Und er hat eine unglaubliche Show, das könnt ihr mir glauben! Ihr könnt ihn als Polizisten buchen, als Cowboy, als Matrose … Und er hat sogar eine Nummer als Star-Lord, so was Abgefahrenes habt ihr noch nicht gesehen. Mit allem Drum und Dran, mit Maske und Blaster. Die Maske trägt er auch bis zum Schluss, den Rest natürlich nicht. Und dann schießt er in die …"

„Jan", unterbrach Nick ihn scharf. „Lass gut sein."

„Naughty Nick ist sein Name, falls ihr ihn online suchen wollt", sagte Jan grinsend. „Und nun werde ich schweigen wie ein Grab."

Nick stöhnte. „Besser spät als nie", murmelte er.

„Was ich aber nicht verstehe", sagte Mayla, „was machst du als Stripper auf dem Weihnachtsmarkt? Lucy sagte, ihr hättet euch dort kennengelernt."

„Ist nur ein Nebenjob", erklärte Jan, der sein Schweigegelübde offensichtlich schon wieder vergessen hatte. „Er hilft einem Freund aus, der dort seine Waren verkauft. Weihnachtsschmuck. Manchmal braucht man einfach eine Pause von dem ganzen kinky Zeug, versteht ihr?"

Mayla nickte verständnisvoll, aber Nick sah so unglücklich aus, dass mein Herz ganz schwer wurde. Nicht der feinste Zug von seinem Kumpel, ihn derart auflaufen zu lassen, wo er doch wusste, dass es ihm schwerfiel, darüber zu sprechen. Ich schenkte ihm ein

Lächeln, um ihm zu zeigen, dass es mich wirklich nicht kümmerte – und er grinste ein wenig schief zurück.

Dann wechselte ich das Thema und erzählte von meinem Workshop.

16

Nick

Ein Stripper.

Lucy hielt mich für einen Stripper.

Das Ganze war so absurd, dass ich lauthals gelacht hätte, wenn mir nicht gleichzeitig zum Heulen zumute gewesen wäre. Das Schlimmste an der ganzen Angelegenheit war, dass ich mich mit dieser Geschichte noch tiefer in mein Lügengebilde verstrickte. Während ich Lucy bisher nur verschwiegen hatte, wer ich war, hatte ich ihr nun ganz bewusst eine saftige Lüge aufgetischt. Gut, eigentlich hatte das Jan getan, doch ich hatte nicht widersprochen, was es noch schlimmer machte.

Der würde sich eine ordentliche Standpauke von mir anhören müssen.

Vorher hätte ich es Lucy vielleicht aber irgendwie erklären können.

Aber wie zum Teufel sollte ich ihr das erklären? Ich war so was von geliefert. Sie hatte zwar behauptet, für sie spielte es keine Rolle, was ich beruflich machte – aber das galt sicher nur so lange, bis sie die Wahrheit erfuhr. Denn das würde für sie mit Sicherheit eine Rolle spielen. Wenn sie es herausfand, würde sie nie wieder auch nur ein Wort mit mir wechseln, dessen war ich mir sicher – und ich konnte es ihr nicht verübeln.

Sie reagierte zuckersüß auf Jans blöde Geschichte. Griff nach meiner Hand, wobei mich dutzende kleiner Stromschläge durchzuckten. Sie lächelte mich an und versicherte mir, dass es ihr nichts ausmachte. Und mit keinem Wort ließ sie Zweifel an der ganzen Story erkennen, was mich mehr als alles andere irritierte.

War es so glaubwürdig, dass ich als Stripper arbeitete? Vielleicht sollte ich ernsthaft darüber nachdenken und den Job bei Crumb Factory kündigen. Das würde zumindest ein paar meiner Probleme lösen.

***

Wir blieben noch zwei Stunden im Café Lebenslust. Lucy erzählte von ihrem Workshop, der nicht so gelaufen war, wie sie es sich erhofft hatte, was mir unglaublich leidtat. Ich hatte mir für sie gewünscht, dass es ein voller Erfolg werden würde, selbst wenn das gleichzeitig bedeutet hätte, dass die Schneeballmanufaktur eine noch stärkere Konkurrenz für Crumb Factory wäre.

Mayla ging auf die Bühne und sang zwei Lieder, eins davon mit Jan im Duett, was ziemlich chaotisch, aber auch lustig war – „Santa Baby" von Robbie Williams und Helene Fischer, außerdem „Jingle Bell Rock" von Brenda Lee –, wir bestellten noch eine Runde und machten uns gegen ein Uhr auf den Heimweg.

Jan und Mayla bogen in Richtung Stadtmauer ab – beiden wohnten außerhalb –, und Lucy und ich blieben allein auf der Straße vor dem Café zurück.

„Also ... ich muss zur Oberen Schmiedgasse“, sagte Lucy. „Da ist meine Bäckerei und dort wohne ich auch.“ Beides wusste ich natürlich inzwischen, aber das ahnte sie ja nicht. Eine merkwürdige Stimmung lag in der Luft. Im Licht der Straßenlaternen und nach dem Lärm im Café wirkte die Stille auf einmal viel zu laut.

„Wohin musst du?“, fragte sie mich.

„Ich wohne momentan in einer kleinen Pension in der Klingengasse“, sagte ich. „Also andere Richtung. Aber ich würde dich gern bis nach Hause begleiten, wenn es dir nichts ausmacht.“

„Ganz im Gegenteil“, sagte sie lächelnd. „Ich würde mich sehr freuen.“

Sie hakte sich bei mir unter und gemeinsam machten wir uns auf den Weg.

„Du willst also nach Rothenburg ziehen?“, fragte sie.

„Ja“, sagte ich. „Das will ich eigentlich schon lange, es hat nur bisher nicht geklappt, aus beruflichen Gründen. Ich freue mich aber drauf, bald wieder in der Nähe meiner Tochter zu sein. Charlie ist der Hauptgrund für meinen Umzug. Die Sache mit der Wohnung gestaltet sich nur schwieriger als gedacht, ehrlich gesagt. Allerdings habe ich nächste Woche ein paar Besichtigungen, vielleicht ergibt sich ja dabei etwas.“

„Einfach mal abwarten, was Mayla organisieren kann“, sagte Lucy. „Glaub mir, sie findet immer eine Lösung.“

„Das ist gut zu wissen.“

Lucy räusperte sich. „Wenn du sagst, dass es aus beruflichen Gründen nicht geklappt hat ... ähm ... liegt das daran, dass du hier auf dem Land nicht genug Aufträge bekommst?“ Eine feine Röte überzog ihre Wangen, was ich süß gefunden hätte, wenn ich nicht so verzweifelt gewesen wäre.

Ich unterdrückte ein Stöhnen. „So ähnlich", presste ich hervor. Ich hatte das Gefühl, mich mit jedem Satz tiefer in die Scheiße zu reiten.

„Tut mir leid, ich habe gemerkt, dass es dir unangenehm ist, darüber zu reden", sagte Lucy schnell. „Ich werde das Thema nicht mehr ansprechen. Jedenfalls freut es mich sehr, dass du nach Rothenburg ziehen willst. Ehrlich gesagt hat es mich ein bisschen abgeschreckt, dass du schon so viel in der Weltgeschichte herumgereist bist."

Erstaunt blieb ich stehen. „Ehrlich?"

Sie nickte, dann seufzte sie. „Das ist so ein Muster bei mir, weißt du?"

Als ich sie nur verständnislos ansah, fuhr sie fort. „Es ist so, dass fast jeder, der mir in meinem Leben etwas bedeutet hat, die Stadt irgendwann verlassen hat. Ich meine, es ist nicht so, dass ich das nicht verstehen kann. Rothenburg ist unglaublich schön und hat eine Menge zu bieten, aber es ist eben keine Großstadt. Die meisten meiner Freunde sind bereits nach dem Abi gegangen, um zu studieren. Damals gab es hier noch keine Hochschule, aber selbst wenn ... das Studienangebot ist ja auch nicht besonders groß. Und viele wollten an die Uni. Und später ging es mir auch immer wieder so. Mein Ex-Freund hat mich verlassen, weil er die Welt sehen wollte. Das war hart, weil ich ja nicht weggehen konnte."

„Konntest du nicht?"

„Na ja ... Nicht wirklich. Es war schon immer klar, dass ich die Bäckerei eines Tages übernehmen würde und es hätte meinen Eltern das Herz gebrochen, wenn ich einfach verschwunden wäre, um was anderes zu machen. Ich habe direkt nach meinem Schulabschluss eine Lehre zur Bäckerin gemacht und dabei schon bei meinen Eltern im Café gearbeitet. Sie sind gestorben, als ich zweiundzwanzig war. Ein Autounfall in der Schweiz. Es war … ein ziemlicher Schock. Ich meine, nicht nur, dass ich meine Eltern verloren hatte, was schlimm genug war, von heute auf morgen musste ich das Geschäft allein führen. Zum Glück war Sandra da, sonst wäre ich durchgedreht.“

Inzwischen hatten wir den Marktplatz überquert und bogen in die Obere Schmiedgasse ein. Es hatte wieder zu schneien begonnen und feine weiße Flocken rieselten auf uns herab.

„Das tut mir sehr leid“, sagte ich. „Das war bestimmt eine sehr schwierige Zeit für dich.“

„Allerdings. Und danach war an Reisen natürlich erst recht nicht mehr zu denken. Ein Studium hat mich nie gereizt, aber die Welt sehen, das wollte ich schon. Ich dachte immer, dass ich noch genug Zeit dafür hätte, aber dann war ich von einem Tag auf den anderen Geschäftsführerin.“

Mir fiel auf, dass sie bei all ihren Erzählungen immer nur davon sprach, dass die Bäckerei der Traum ihrer Eltern war, jedoch nie davon, dass es ihrer war.

„Ich habe jedenfalls vor, zu bleiben“, sagte ich.

„Und das freut mich wirklich. Sehr.“

„Und deine Mitarbeiterinnen können den Laden nicht mal ein paar Tage allein schmeißen?“, fragte ich.

„Oh, das geht schon“, sagte sie. „Zwischen Januar und März, wenn es in der Stadt ruhiger wird. Da war ich auch hin und wieder im Urlaub, mal eine Woche Fuerteventura oder so, aber ... es ist eben nicht das gleiche wie zum Beispiel ein Gap Year nach dem Abi. So was kann man nur einmal machen, diese Chance kommt nicht wieder. Vor allem aber verhindert gelegentlicher Urlaub ja nicht, dass andere Menschen, die mir wichtig sind, mich und die Stadt irgendwann verlassen. So, da wären wir. Das ist meine kleine, aber feine Bäckerei."

Wir blieben auf der Straße zwischen der Schneeballmanufaktur und Crumbs Schneeballenparadies stehen, wobei ich es vermied, einen Blick zu Letzterem zu werfen – aus lauter Angst, er könnte mich verraten.

Stattdessen betrachtete ich das Messingschild über der Tür von Lucys Laden, einen Schneeballen, der sanft im Wind schaukelte, und die liebevolle Schaufensterdekoration in ihrem Café – Schnee aus Watte, Tannenzweige, flackernde LED-Laternen, ein kleiner Schlitten, gefüllt mit Schneeballen sowie eine Kreidetafel, die die neuesten Kreationen anpries. Und eine ...

„Da ist ja eine Katze in deinem Schaufenster!", stieß ich überrascht hervor.

Lucy grinste. „Ja, das ist mein Kater Muffin. Du solltest mal vorbeikommen, wenn das Café geöffnet hat, und ihn kennenlernen. Fass ihn nur nicht am Bauch an. Er tut immer so, als würde er das wollen, aber glaub mir, es ist eine Falle."

Ich schmunzelte. „Ist notiert."

„Also dann ...", sagte Lucy.

„Also dann ..." Ich vergrub die Hände in den Hosentaschen und wartete darauf, dass sie die Tür aufschloss und nach oben zu ihrer Wohnung ging. Stattdessen stand sie jedoch noch einen weiteren Moment vor mir, ein wenig unsicher. Dann trat sie näher und schlang ihre Arme um meinen Hals.

Ein wenig überrumpelt drückte ich sie an mich. Ihr Duft stieg mir in die Nase – Limettenshampoo und Punsch, eine ganz wunderbare Mischung –, und mein Herz schlug schneller.

„Danke für den schönen Abend", murmelte sie an meiner Brust. „Es hat sehr viel Spaß gemacht mit dir. Und danke fürs Heimbringen." Sie löste sich und sah zu mir auf. „Sehen wir uns bald wieder?"

„Natürlich", sagte ich.

„Komm einfach mal vorbei, ich würde mich freuen. Ich gebe dir auch einen Kaffee aus", sagte sie.

„Das werde ich", versprach ich. Innerlich jedoch fühlte ich mich elend, wie der Verräter, der ich war. Mit jedem Mal, dass wir uns sahen, mochte ich sie lieber. Wenn sie jedoch wüsste, wie oft wir uns in Zukunft tatsächlich sehen würden, ob sie nun wollte oder nicht, wäre sie mit Sicherheit nicht mehr sonderlich erfreut.

Und morgen startete bereits der Weihnachtsmarkt, es war also nur noch eine Frage der Zeit, bis sie es herausfinden würde.

17

Lucy

Am nächsten Tag, pünktlich zum ersten Advent, eröffnete endlich der Weihnachtsmarkt – und pünktlich zu diesem Datum wurden ganze Massen von Touristen in die Stadt geschwemmt. Das war großartig, nicht nur, weil es ein gutes Geschäft bedeutete, sondern vor allem deshalb, weil diese Menschen Rothenburg mit Farbe und Leben füllten. Für mich war es die schönste Zeit im ganzen Jahr.

Bereits am frühen Morgen hörte man die Stimmen der Gäste auf den Straßen, Worte in den unterschiedlichsten Sprachen waberten durch die Luft, Kinderlachen hallte durch die engen Gassen und die lauten Vorträge der Fremdenführer ließen mich fühlen, als wäre ich selbst im Urlaub. Mit einem Mal war Rothenburg eine Weltstadt mit internationalem Flair, und in diesen Tagen war ich nicht mehr traurig darüber, nie die Welt bereist zu haben – denn nun kam die ganze Welt zu mir.

Obwohl wir erst um neun öffneten, ging es in meiner Bäckerei an diesem Morgen hektisch zu. Akiko hatte sonntags frei und so mussten Sandra und ich den ersten Tag des Marktes allein stemmen. Wir waren bereits

117

seit drei Stunden auf den Beinen. Sandra hatte um sechs Uhr damit angefangen, die erste Ladung Schneeballen zu backen, während ich die Kaffeemaschine eingeschaltet hatte, mich darum kümmerte, die Vorräte zu überprüfen, die Auslagen zu putzen und zu dekorieren und schließlich die ersten fertigen Gebäcke in Schalen und Etageren zu legen. Muffin lümmelte indessen schnarchend vor dem Kamin.

Nun war es gleich neun und vor der Tür warteten bereits die ersten Kundinnen und Kunden darauf, dass wir öffnen würden.

„Sandra, wir brauchen noch mehr Pistazienzauber und Amaretto-Amour!", rief ich in die Backstube. „Und am besten auch einen größeren Vorrat vom Zimtwunder, es ist die Kreation der Woche und ich bin mir sicher, das kommt bei den Besuchern am Weihnachtsmarkt gut an. Und check bitte mal die Bestellliste, ob ich etwas vergessen habe, ich fahre morgen zum Großmarkt und kaufe ein."

„Alles klar!", kam es aus der Backstube zurück.

Ich schaltete das Radio ein und sofort tönte „Last Christmas" aus den Lautsprechern, als hätte der Song nur auf den ersten Advent gewartet. Schließlich fuhr ich die Kasse hoch und sobald alles bereit war, öffnete ich die Tür, um die Leute reinzulassen.

Im Laufe des Vormittags war ich so sehr mit meiner Arbeit beschäftigt, dass ich kaum die Zeit fand, nachzudenken. Hin und wieder blitzte Nicks Gesicht vor mir auf, seine sturmgrauen Augen, die Grübchen, wenn er lächelte, doch jedes Mal wurde ich schnell wieder abgelenkt. Bereits jetzt war in der Stadt und auch in meiner Bäckerei die Hölle los. Sandra wechselte zwischen dem

Backen und dem Bedienen der Kunden, während ich mich hauptsächlich um die Kasse und das Aufräumen der Tische kümmerte. Gegen elf kam telefonisch eine große Bestellung für eine Weihnachtsfeier rein – man hatte mich über meinen Instagram-Account gefunden, was mich überraschte und freute –, und gegen Mittag schickte ich Sandra in eine Pause, die ich mir selbst nicht gönnte. Bis zum Nachmittag fand ich nicht einmal die Zeit für eine Tasse Tee, doch das störte mich nicht. Ich mochte die Hektik an Tagen wie diesem, es war wie ein Rausch, eine gute Art von Stress, der mich alles andere vergessen ließ.

Gegen vier kam noch einmal eine zehnköpfige Reisegruppe in den Laden, die ordentlich einkaufte, erst danach ebbte der Ansturm ab und es wurde ruhiger. Sandra hatte nun auch Feierabend.

Vor dem Fenster hatte ein heftiger Schneesturm eingesetzt und ich konnte beobachten, wie die Straße sich langsam leerte. Unwillkürlich musste ich an Roman denken, der tapfer in der eisigen Bude ausharrte.

Ich schnappte mir einen der großen To-Go-Becher, füllte ihn mit Kaffee und drückte ihn Sandra in die Hand.

„Du hast am Schrannenplatz geparkt, oder? Kannst du auf dem Heimweg einen Abstecher zu Roman machen? Der würde sich über einen Kaffee bestimmt freuen."

„Soll ich wirklich schon gehen?" Skeptisch warf sie einen Blick nach draußen. „Du hast noch zwei Stunden und Akiko ist nicht da, was, wenn noch mal eine große Reisegruppe kommt?"

Ich winkte ab. „Das schaffe ich schon. Geh! Du bist schon seit zehn Stunden hier.“

Sie schlüpfte in ihren Mantel und griff anschließend nach dem Becher. „Na gut, aber wenn du doch noch Hilfe brauchst, ruf mich an“, sagte sie. „Ich weiß, wie stressig die Weihnachtszeit sein kann.“

„Klar, mache ich“, versprach ich und scheuchte sie aus dem Laden.

Inzwischen war nur noch eine Handvoll Gäste da. Eine Familie mit zwei Kindern, die offensichtlich wild entschlossen waren, sich durch das gesamte Sortiment zu futtern und die Toppings dabei in ihren ganzen Gesichtern zu verteilen, sowie ein etwas älterer Herr, der einen klassischen Schneeballen ganz zivilisiert mit Messer und Gabel aß.

Da ich im Moment nicht gebraucht wurde, verzog ich mich hinter die Theke, wo mein Laptop stand. Ich hatte mich inzwischen wieder von dem gestrigen Reinfall mit dem misslungenen Workshop erholt und bereits neue Ideen im Kopf. Sandra, Mayla und Nick, sie alle hatten recht. Ich durfte nicht aufgeben, nur weil mein erster Versuch ein bisschen in die Hose gegangen war. Ich durfte mich nicht entmutigen lassen, musste weitermachen, neue Ideen finden, und vor allem besser planen.

Während ich mir Notizen machte, wanderte mein Blick immer wieder nach draußen. Da heute Sonntag war, pausierten die Bauarbeiten am Gebäude gegenüber, doch bereits jetzt war zu erkennen, dass es ziemlich schick werden würde. In den wenigen Tagen, die seither vergangen waren, hatte sich bereits einiges getan. Die Fassade war gereinigt und neu gestrichen worden, und was vorher schmutzig-grau gewesen war, strahlte mir nun in einem warmen Braunton entgegen, der fast golden wirkte.

Auch das neue Schild mit dem Schriftzug „Crumbs Schneeballparadies" hing bereits an der Wand. Dass der Laden mit der großen Kette aus Würzburg in Verbindung stand, war auf den ersten Blick allerdings nicht zu erkennen, das Wort „Factory" tauchte nirgends auf. Das charakteristische Messingschild, wie es hier bei allen Geschäften über der Eingangstür hing, war zwar ausgetauscht worden und zeigte nun das Logo der Crumb Factory, einen stilisierten Schneebesen, doch wer es nicht wusste, würde nicht sofort diesen Zusammenhang herstellen.

Selbst die Fenster waren bereits gemacht worden. Die trüben alten Gläser waren gegen neue ausgetauscht worden und man hatte rustikale Rahmen hinzugefügt, die dem Ganzen einen traditionellen Touch verpassten, der eindeutig eine Lüge war. Das ärgerte mich am meisten: Dass Crumb Factory so dreist versuchte, nach traditioneller Handwerkskunst auszusehen, obwohl es das ja ganz offensichtlich nicht war.

Am Freitag hatten sie bereits angefangen, den Eingangsbereich zu renovieren und eine neue Tür eingesetzt – ebenso urig-rustikal, aus dunklem Holz und mit eingesetzten Buntglasfenstern –, um darüber hinwegzutäuschen, dass dort eigentlich nur Fließbandware produziert wurde. Das Ganze war seit Mittwoch so rasant gegangen, dass mir ganz schlecht wurde. Ich wusste nicht, wann die Bäckerei eröffnen würde, aber wenn es in diesem Tempo weiterging, konnte es nicht mehr lange dauern.

Ich zwang mich, den Blick loszureißen und an etwas anderes zu denken: meine Pläne. Von denen hatte ich eine Menge, und es musste noch eine Menge getan werden – etwas, das ich zusätzlich zum Weihnachtsstress stemmen musste.

Der nächste und wichtigste Punkt auf meiner Liste war die Sache mit der Homepage. Da Roman und Finn mit dem Weihnachtsmarkt genug zu tun hatten und ich sonst niemanden kannte, den ich hätte fragen können, hatte ich beschlossen, mich selbst einzuarbeiten. Das war mühsam, aber ich kam voran – wenn auch langsam.

Parallel wollte ich in dieser Woche ortsansässige Geschäfte anfragen, ob sie Interesse an Kooperationen hätten, wie Akiko es vorgeschlagen hatte.

Grundsätzlich hatte ich jedoch vor, mich weiterhin auf Eventmarketing zu spezialisieren und in meinem Café besondere Erlebnisse anzubieten. Dafür hatte ich auch bereits die nächste Idee und ich hatte schon begonnen, Entwürfe für neue Flyer zu erstellen, die ich dieses Mal jedoch professionell drucken lassen wollte.

Ich wusste jetzt schon, dass die nächsten Tage wild würden – und dass ich einige Nachtschichten einplanen musste.

18

Nick

Das Geschäft auf dem Weihnachtsmarkt boomte. Man konnte es nicht anders sagen. Entgegen unserer ursprünglichen Abmachung hatte mich Anton dazu verdonnert, bis zur Eröffnung der neuen Filiale in der Bude auszuhelfen, nun stellte sich allerdings heraus, wie notwendig das war. Schon am ersten Tag wurde unser Stand praktisch überrannt, wir waren bereits am späten Nachmittag ausverkauft und all unsere Flyer mit den Einladungen zur großen Eröffnung losgeworden. Das Ganze hatte unsere Erwartungen mehr als übertroffen und Anton lobte Jan und mich in den höchsten Tönen, worüber ich mich allerdings kaum freute – vor allem, als er erwähnte, dass am Stand der Konkurrenz die meiste Zeit über gähnende Leere geherrscht hatte.

Insgesamt war es am Sonntag genauso gewesen, wie ich es mir vorgestellt hatte: Der Markt war brechend voll und am Nachmittag waren so viele Menschen dort gewesen, dass man sich nicht mehr frei durch die Menge bewegen konnte, sondern sich vom Strom mitschieben lassen musste. Obwohl Rothenburg nur eine Kleinstadt, der Markt urig und gemütlich, irgendwie fast schon intim war, konnte er locker mit den großen aus Nürnberg oder Dresden mithalten. Hier traf sich die ganze Welt, so schien es – und ich liebte es.

Dennoch war ich erleichtert, dass es am Montag und Dienstag etwas ruhiger war. Auch an diesen Tagen waren viele Menschen unterwegs, die großen Touristenmassen blieben jedoch aus. Stattdessen sah ich viele Einheimische und kleinere Reisegruppen.

Trotzdem machten wir auch an diesen beiden Tagen ein gutes Geschäft.

In den drei Tagen dachte ich oft an Lucy. Sie hatte mich eingeladen, sie jederzeit in ihrem Café besuchen zu dürfen, und sie fehlte mir, sodass ich mehrmals mit mir gehadert hatte und kurz davorstand, einfach hinzugehen. Immerhin war es vom Weihnachtsmarkt aus nur ein Katzensprung.

Doch ich hatte mich zurückgehalten. Ich wusste, dass es so nicht weitergehen konnte, und wollte verhindern, dass ich mich bei einem nächsten Treffen noch mehr in mein Lügenkonstrukt verwickeln würde, zumal es nur eine Frage der Zeit war, bis mir alles um die Ohren fliegen würde. Es konnte jeden Augenblick passieren, dass sich Mayla wieder an mich erinnerte oder dass Anton Lucy über den Weg lief und mich verriet. Davon abgesehen hatte sie die Wahrheit verdient. Deshalb hatte ich mir fest vorgenommen, ihr beim nächsten Treffen reinen Wein einzuschenken, auch wenn ich noch nicht wusste, wie ich es anstellen sollte.

Am Dienstagabend schließlich hielt ich es nicht mehr aus und beschloss, sie anzurufen.

Es war kurz nach acht und ich war nach einem langen, erschöpfenden Tag auf dem Markt in der Pension.

Ich schnappte mir mein Handy und wählte die Nummer, die auf ihrem Flyer stand, von dem ich mir einen aufgehoben hatte. Es dauerte nicht lange, da hob sie auch schon ab.

„Hallo?" Sie klang müde, doch sie konnte wohl kaum schon geschlafen haben.

„Hi, ähm, hier ist Nick", sagte ich. „Du weißt schon, der unverschämt gut aussehende Kerl mit der engelsgleichen Gesangsstimme."

Eine kurze Pause entstand. „Nick ... Nick ...", sagte sie nachdenklich. „Nein, tut mir leid. Da klingelt nichts bei mir."

Ich lachte. „Autsch."

„Schön, deine Stimme zu hören", sagte sie dann. „Klingt das sehr traurig, wenn ich dir sage, dass dein Anruf das Highlight meines Tages ist?"

„Ich weiß nicht so recht, was ich jetzt fühlen soll", gab ich zu. „Ich fürchte, ich sollte es traurig finden, aber ich muss zugeben, es gefällt mir, dein Highlight zu sein."

Sie lachte. „Das ist okay. Wenigstens einer, der sich darüber freut."

„Was war los? Willst du darüber reden?"

Sie seufzte und ich konnte praktisch vor mir sehen, wie sie sich müde mit der Hand über das Gesicht rieb. „Es waren ein paar anstrengende Tage", sagte sie dann. „Ich hatte kaum Schlaf. Am Sonntag ging es hier im Laden rund, gestern und heute war es ... okay. Ich meine, es war schon immer was zu tun, aber ehrlich gesagt, hatte ich mir ein wenig mehr erhofft und bin enttäuscht. Auf dem Markt war es wohl auch eher verhalten, obwohl so viele Menschen dort waren. Und dieser blöde Laden von gegenüber zieht echt alle Register. Die haben jetzt angefangen, innen zu renovieren, und Gott, es ist so schön! Ich gebe es ungern zu, aber es sieht einfach unglaublich schick aus. Die haben sogar goldene Kronleuchter. Kronleuchter, Nick! Daneben wirkt mein Café wie eine Müllhalde.“

„Das ist nicht wahr“, sagte ich.

„Hast du die neue Filiale schon gesehen?“

„Ja, ähm …“ Kurz kam ich ins Straucheln. „Ich bin schon ein paar Mal dran vorbeigelaufen.“ Das war keine komplette Lüge, wenn auch natürlich nicht die Wahrheit. Ich hatte sogar geholfen, die altmodischen Kronleuchter auszusuchen.

„Dann weißt du, dass es wahr ist. Aber ich will nicht die ganze Zeit jammern. Wie geht's dir? Hast du deine ersten Tage auf dem Weihnachtsmarkt gut überstanden?“

„Ja, aber es war knapp. Die Leute haben nicht übertrieben. Diese Menschenmassen sind ja der Wahnsinn!“

Sie lachte. „Ja, ich weiß. Ich war bisher noch gar nicht dort, aber Roman, einer der Studenten, die für mich arbeiten, hat es mir erzählt. Vor allem der Sonntag war wohl heftig. Ich habe die letzten Tage im Café gearbeitet und mir die Nächte um die Ohren geschlagen, indem ich versucht habe, eine Homepage zu erstellen. Hast du so was zufällig schon einmal gemacht? Ich habe es mir irgendwie leichter vorgestellt. Es frisst so viel Zeit!“

„Das habe ich tatsächlich schon mal gemacht, ich kann dir helfen“, platzte es aus mir heraus, bevor ich es verhindern konnte. Im nächsten Augenblick wollte ich mich dafür in den Hintern beißen. Ich kniff die Augen zusammen und rieb mir über die Nasenwurzel. Was zur Hölle tat ich hier? Wenn Anton rausfand, dass ich unserer größten Konkurrentin mit ihrem Marketing half, wäre ich meinen Job schneller los, als ich schauen konnte. Ich hatte Lucy angerufen, um die ganze Sache endlich aufzuklären – nicht, um mir noch mehr Probleme aufzuhalsen.

„Echt? Das würdest du tun?", hauchte sie. „Du wärst mir damit eine riesengroße Hilfe, Nick."

„Ja, natürlich." Ich schluckte. Nun konnte ich schlecht wieder zurückrudern. Vielleicht ließ es sich ja verbinden. Ich würde ihr alles beichten und im Anschluss guten Willen zeigen und ihr mit der Homepage helfen. Ja, so würde es vielleicht funktionieren, zumindest versuchte ich, mir das einzureden.

„Und da wir schon dabei sind", sagte sie, „hast du am Samstagabend schon was vor?"

Mein Herz schlug schneller. Wollte sie etwa mit mir ausgehen?

„Bisher nicht", sagte ich.

„Gut. Dann kommst du zu mir ins Café, keine Ausrede. Ich habe eine große Weihnachtsfeier geplant und dieses Mal bin ich mit mehr Struktur an die ganze Sache rangegangen, damit es nicht wieder so ein Flop wird. Wenn alles klappt, wird die halbe Stadt da sein. Du musst Jan auch mitbringen!"

Oje. Damit hatte ich nicht gerechnet. Bis dahin musste ich die Sache unbedingt aufgeklärt haben. Noch mal so einen nervenaufreibenden Abend wie im Café Lebenslust würde ich nicht überstehen.

„Ja, ich … ich komme gern", presste ich hervor.

Falls du mich denn am Samstag überhaupt noch dabei haben willst …

Doch das sprach ich nicht aus. Vielleicht konnte ich es auch jetzt gleich klären? Immerhin war es noch nicht so spät. Aber ich wollte das nicht am Telefon machen.

„Ich bin total erledigt", sagte sie jetzt. „Die letzten Tage waren echt lang."

„Ich hatte gehofft, ich kann dich noch zu einem kurzen Abendspaziergang rauslocken", sagte ich.

Eine kurze Pause entstand, in der sie mit sich zu hadern schien. „Ich liege schon im Bett und schaue ein paar alte Folgen Knight Rider", sagte sie. „Ein anderes Mal, ja?"

Ich räusperte mich. „Klar. Kein Problem." Dann musste ich unwillkürlich grinsen. „Knight Rider, echt? Diese Serie aus den Achtzigern?"

„Ja! Ich liebe diese alten Serien, ich habe eine riesige DVD-Sammlung bei mir zu Hause. Auch MacGyver, das A-Team …"

Nun musste ich lachen. „Ich muss zugeben, ich habe nie eine von denen gesehen, auch wenn ich mich sehr dunkel daran erinnern kann, dass meine Eltern das früher manchmal geschaut haben."

„Du musst mich unbedingt mal besuchen kommen, wir können sie ja mal zusammen ansehen!" Sie klang so begeistert, dass mein Magen ein paar Purzelbäume schlug. „Also, wenn du Lust hast."

„Sehr gern", sagte ich.

„Aber das schaffen wir wahrscheinlich erst nach Weihnachten", sagte sie. „Momentan habe ich zu viel um die Ohren und als Erstes brauche ich eine Homepage. Morgen hat mein Café Ruhetag. Wollen wir uns vielleicht morgen früh treffen? Hast du Zeit? Ich lade dich zum Frühstück ein und danach können wir uns an den Laptop setzen."

„Ich muss erst um elf auf dem Markt sein, also ja. Morgen früh passt gut."

Und dann würde ich es ihr endlich beichten, das nahm ich mir fest vor.

„Das wäre cool. Muss ja nicht so lang sein. Und wenn wir gut vorankommen und dann noch ein bisschen Zeit haben, habe ich auch eine Überraschung für dich. Was hast du für eine Schuhgröße?"

„Meine Schuhgröße?", fragte ich irritiert. „Fünfundvierzig. Warum?"

Sie kicherte. „Wart's ab."

„Da bin ich gespannt", sagte ich.

Doch ich konnte die ganze Zeit über nur daran denken, wie Lucy meine Überraschung wohl auffassen würde.

19

Lucy

Am nächsten Morgen stand ich länger vor meinem Schrank als üblich und entschied mich schließlich für ein waldgrünes Strickkleid zu schwarzen Leggins. Im Badezimmer legte ich leichtes Make-up auf und drehte mein Haar zu sanften Wellen ein. Ich war gerade fertig, als es unten an der Tür klingelte.

Aufgeregt klemmte ich mir meinen Laptop unter den Arm und hastete die Treppen hinab in meinen Verkaufsraum. Dabei sagte ich mir, dass meine Nervosität nur etwas mit der Tatsache zu tun hatte, dass es endlich weiterging, dass ich einen guten Plan hatte und heute eine richtige Homepage bekommen würde ... Und garantiert nichts mit Nick, seinen Grübchen und seinen sturmgrauen Augen.

Muffin folgte mir und lief schnurstracks zu seinem Napf hinter der Theke, nur um dann in ein vorwurfsvolles Maunzen zu verfallen, weil er noch nicht gefüllt worden war.

„Gleich", murmelte ich in Richtung meines Katers, stellte den Laptop auf einem der Tische ab und eilte zur

Tür, um sie zu öffnen. Sofort fuhr ein eisiger Windhauch in meinen Laden und jagte mir eine Gänsehaut über den gesamten Körper.

„Verdammt, ist das kalt!", stieß ich aus.

Über Nacht hatte es wieder unendlich viel geschneit. Die Straße war von einer dicken Schicht bedeckt, die Luft war frisch und klar – aber auch eisig. Das merkte wohl auch Nick, der seinen Schal bis zur Nasenspitze hochgezogen hatte. Obwohl von seinem Gesicht fast nichts zu erkennen war, schlug mein Herz bei seinem Anblick schneller.

„Ich wünsche dir auch einen guten Morgen", sagte er lachend. „Und ja, das ist es!"

„Komm schnell rein", sagte ich und trat zur Seite. „Ich dachte mir, wir machen es uns direkt hier im Café gemütlich. Dann hast du gleich einen guten Einblick, worum es auf meiner Seite gehen soll. Willst du einen Kaffee?"

„Kaffee wäre cool", sagte er lächelnd.

Er schloss die Tür hinter sich, nahm seine Sachen ab und hängte sie an die Garderobe.

„Kommt sofort. Schau dich so lange ruhig ein wenig um, wenn du willst."

Ich ging hinter die Theke, startete Radio, Kaffeemaschine und Wasserkocher und füllte im Anschluss Muffins Napf. Dann schürte ich noch den Holzofen an. Zwar war es dank der Heizung warm genug, doch der Kamin verbreitete eine besondere Atmosphäre, die ich liebte. Es dauerte auch nicht lange, da erfüllte das vertraute Knistern und Knacken den Raum und vermischte sich mit den Klängen von „Snow on the Beach".

Aus dem Augenwinkel beobachtete ich Nick dabei, wie er sich in meinem Café umsah.

An einer Wand blieb er stehen. „Sind das deine Eltern?", fragte er, während er ein gerahmtes Foto betrachtete, das dort hing. Ich kannte das Bild in und auswendig und musste nicht genauer hinsehen, um zu wissen, was er meinte. Es zeigte uns drei vor der Schneeballmanufaktur, ich war damals sechs Jahre alt und sämtliche Sorgen lagen noch in weiter Ferne.

„Ja", sagte ich. „Das war 2000, kurz vor den Sommerferien."

Mit einem lauten Brummen lief der Kaffee in die Tasse und sein Duft verteilte sich sofort im gesamten Raum und vermischte sich mit dem des Kaminfeuers.

„Dann bist das du mit den zwei blonden Zöpfen und dem kunterbunten Kleid?" Nick drehte sich zu mir um und grinste. „Sehr süß."

„Ich war ein großer Fan von Pippi Langstrumpf", erklärte ich. „Ich kann mich nur noch dunkel daran erinnern, aber meine Eltern haben mir später erzählt, dass sie mich wochenlang nicht mehr aus diesem Kleid herausbekommen hätten. Es war eigentlich ein Faschingskostüm, doch ich bestand darauf, es jeden Tag zu tragen. Bis es mir irgendwann nicht mehr passte."

Er lachte. „Ich glaube, eine ähnliche Phase hatte ich mit einem Spiderman-Schlafanzug. Deine Eltern sehen nett aus."

Ich schluckte. „Das waren sie auch. Hier."

Ich reichte Nick seine Tasse und schnappte mir meine eigene, die ich inzwischen mit Früchtetee gefüllt hatte, sowie einen großen Teller mit Plätzchen und Schneeballen. Dann steuerte ich den Tisch an, auf dem ich den

Laptop platziert hatte. Ich setzte mich dabei so, dass ich das Fenster im Rücken hatte und die Fassade von Crumb Factory nicht ansehen musste. Mir war nicht entgangen, dass die Renovierungsarbeiten sich auf der Zielgeraden befanden, und ich hatte keine Lust, dabei zusehen zu müssen.

Nick wollte anscheinend auch nicht nach draußen blicken. Er nahm neben mir Platz und ich klappte den Laptop auf.

„Eine Domain hast du schon, nehme ich an?", sagte er.

„Ja." Ich griff nach der Maus und öffnete die kläglichen Versuche, die mich in den vergangenen Tagen den Schlaf und sämtliche Nerven gekostet hatten. Es sah erbärmlich aus, vor allem gemessen daran, wie viel Zeit ich investiert hatte. „Ich habe die letzten Tage auch schon versucht, daran zu arbeiten, aber egal, was ich mache, am Ende sieht es nie so aus, wie ich es mir vorgestellt habe. Ständig verrutschen irgendwelche Bilder und Texte und sind dann dort, wo sie nicht sein sollen, Links und Weiterleitungen funktionieren nicht, das mit dem Kontaktformular habe ich auch nicht hinbekommen ... Ich fürchte, ich habe kein Talent dafür."

Nick schmunzelte. „Wahrscheinlich mangelt es eher an Geduld."

Er legte seine Hand auf meine, führte die Maus und klickte auf die Startseite. Bis auf ein Bild von meinem Laden zeigte sie bisher nichts an, doch für einen kurzen Augenblick konnte ich mich ohnehin kaum konzentrieren. Nicks Nähe, sein Duft nach Seife, Holz und Schnee und seine warme, raue Hand auf meiner sorgten dafür, dass ich für einen Moment vergaß, was ich sagen wollte.

„Was möchtest du, dass die Leute als Erstes sehen, wenn sie deine Seite besuchen?", fragte er.

Ich atmete tief durch und zwang mich dazu, mich auf die Arbeit zu konzentrieren.

„Dieses Bild", sagte ich. „Die Schneeballmanufaktur von außen mit gut gefüllten und hübsch dekorierten Schaufenstern." Ich merkte selbst, dass ich ein wenig heiser klang, und räusperte mich. „Das habe ich immerhin schon mal hinbekommen. Aber ein Begrüßungstext wäre noch ganz schön. Und das Ganze ein bisschen ansprechender aufbereitet."

Nick führte meine Hand mit der Maus, klickte ein wenig herum und schon öffnete sich ein Feld mit einer Texteingabe.

„Bitte schön. Fangen wir damit an."

„Wie hast du das so schnell gemacht?", stöhnte ich. „Ich habe gestern ewig gebraucht und bin doch nicht vorangekommen."

„Es braucht nur ein bisschen Übung", tröstete er mich. „Bei mir hat es auch ein wenig gedauert, aber wenn man den Dreh mal raushat und verstanden hat, wie es funktioniert, dann geht es irgendwann ganz schnell."

„Du hast das schon öfter gemacht, oder?" Neugierig sah ich ihn an. „Für deinen … äh, Job, oder?" Meine Güte, wieso schoss mir jedes Mal die Hitze ins Gesicht, wenn ich über seine Arbeit redete? Wieso machte mein Kopfkino sich jedes Mal selbständig? Ich war doch keine dreizehn mehr.

„Ja, genau", murmelte er, doch er sah mich nicht an dabei. Sofort ärgerte ich mich darüber, das Thema angeschnitten zu haben. Ich wusste schließlich, dass es ihm unangenehm war, auch wenn ich es mir nicht erklären konnte. Obwohl es meinem Hirn erstaunlich leichtfiel – für meinen Geschmack zu leicht –, ihn mir bildlich als Stripper vorzustellen, so hatte ich doch immer geglaubt, dass diese Menschen irgendwie offener und draufgängerischer waren. Mehr so wie sein Kollege Jan. Dass Nick sich einerseits für Geld auszog, andererseits jedoch so gehemmt war, wenn das Thema zur Sprache kam, schien nicht so recht zusammenzupassen, und machte mich gleichzeitig nur noch neugieriger auf ihn.

Bisher hatte ich mich ihm zuliebe jedoch zurückgehalten und nicht nach Naughty Nick gegoogelt, auch wenn es mich in den Fingern gejuckt hatte.

„Was möchtest du denn schreiben?", riss er mich aus meinen Gedanken, und erst jetzt merkte ich, dass meine Finger bestimmt seit einer Minute über der Tastatur schwebten, ohne etwas zu tippen.

„Wie wäre es mit: Herzlich Willkommen bei Lucys Schneeballmanufaktur – wo sich Tradition und Genuss verbinden", schlug ich vor. Das gleiche hatte ich auch in meine Instagram-Bio gesetzt, nachdem Mayla behauptet hatte, dass mir so etwas wie ein Slogan fehlte. Ich persönlich fand es noch ein wenig zu sperrig, aber bis ich etwas Besseres finden würde, musste es ausreichen.

„Klingt gut", sagte Nick.

Ich tippte und ließ mir im Anschluss von Nick zeigen, wie ich Schriftart und Formatierung ändern konnte. Als ich fertig war, sah meine Startseite schon ganz anders aus und viel mehr nach dem, was ich mir vorgestellt hatte, auch wenn ich noch nicht zu hundert Prozent zufrieden war.

„Welche Seiten hast du sonst noch geplant?", fragte Nick. „Bisher haben wir nur die Startseite, die Seite Über uns und die Kontaktseite ohne Formular. Fehlt noch etwas?"

„Ja, ich hätte gerne noch etwas, wo ich ein paar Impressionen aus dem Laden einbauen kann", sagte ich. „Also Fotos von den Produkten, der Einrichtung … Dann noch eine Seite, auf der das Sortiment im Detail angezeigt wird, wo ich auch die Kreationen der Woche vorstellen kann, eine Seite über die Workshops und Veranstaltungen, die ich in nächster Zeit planen will, vielleicht mit einem Veranstaltungskalender. Oh, und eine Verlinkung zu meinem neuen Instagram-Account!"

Nick lehnte sich zurück und krempelte die Ärmel seines dunkelgrauen Strickpullovers nach oben. Dabei konnte ich nicht umhin, die Muskeln an seinen leicht gebräunten Unterarmen zu bewundern. Schnell sah ich wieder auf den Bildschirm.

„Wie sieht es mit einem Shop aus?", fragte er mich.

Ich schüttelte den Kopf. „Erst mal nicht."

„Das erleichtert die Sache."

Gemeinsam legten wir die fehlenden Seiten an und Nick zeigte mir, wie ich sie meinen Wünschen entsprechend anpassen konnte. Er half mir, ein Kontaktformular einzurichten und einen Link zu Instagram hinzuzufügen, Impressum und die Datenschutzerklärung durften natürlich auch nicht fehlen.

Irgendwann ließ ich eine zweite Tasse Kaffee für ihn aus dem Automaten und während wir arbeiteten, aßen wir die Schneeballen, die ich auf den Tisch gestellt hatte.

„Die sind wirklich großartig", sagte Nick. „Es wäre eine Schande, wenn du dein Geschäft schließen müsstest."

„Danke", sagte ich. „Nun müssen die Leute das nur noch erfahren."

„Und das werden sie. Dafür sorgen wir."

Nach einer Weile sprang Muffin auf seinen Schoß, rollte sich dort zusammen und ließ sich laut schnurrend von ihm streicheln. Ein gutes Zeichen, wie ich fand, denn mein Kater konnte nicht jeden leiden und in der Vergangenheit war auf sein Urteil meist Verlass gewesen.

Während Nick mit den Fingern durch sein wuscheliges Fell strich, erklärte er mir alles, was er wusste, und ich gab mir Mühe es umzusetzen, machte mir Notizen und versuchte so gut es ging, mir alles zu merken. Es wäre übertrieben zu sagen, dass ich ohne ihn verloren gewesen wäre, aber er war mir eine unglaubliche Hilfe. Hätte ich alles selbst herausfinden müssen, hätte es mich Tage, wenn nicht gar Wochen gekostet – Zeit, die ich in der momentanen Situation schlicht nicht hatte.

Deshalb war ich unfassbar glücklich und dankbar für seine Unterstützung, und als wir um kurz nach neun mit dem Gröbsten fertig waren, klappte ich schließlich den Laptop zu. Die Gestaltung stand, jetzt fehlten nur noch Bilder und Texte.

„Das reicht für heute“, sagte ich. „Die ganzen Geschichten über die Bäckerei und das Schneeballenhandwerk kann ich auch abends in Ruhe schreiben, dafür musst du nicht deine kostbare Zeit verschwenden.“

„Das ist doch keine verschwendete Zeit“, widersprach er. „Das ist wichtig für dich! Und davon abgesehen habe ich dich gern in meiner Nähe, egal, was wir machen.“

Seine Worte sorgten für ein Flattern in meinem Magen – eins von der guten Sorte. Ich stand auf und ging hinter den Tresen, wo ich die Überraschung verborgen hatte, die ich ihm versprochen hatte.

„Das ist gut zu hören und mein Stichwort“, sagte ich grinsend. „Dann können wir ja nun zum zweiten Teil des heutigen Programms übergehen.“

20

Nick

„Ich muss zugeben, damit hatte ich nicht gerechnet", sagte ich. „Mir war nicht einmal klar, dass es hier so etwas gibt."

„Ich habe dir ja gesagt, dass ich dir die Stadt zeige, auch abseits der Touristenecken." Lucy grinste. „Und? Hast du das schon mal gemacht?"

„Ja, aber es ist Jahre her. Beim letzten Mal war ich zwanzig oder so."

Ich zurrte den letzten Gurt fest und richtete mich wieder auf. Dabei musste ich zugeben, dass mir ein wenig mulmig zumute war – hauptsächlich deshalb, weil ich fürchtete, mich zu blamieren.

„Es heißt Eiswiese", erklärte Lucy. „Im Sommer findet hier unten das Open Air statt, aber im Winter wird die Fläche mit Wasser geflutet und die Leute können hier Eislaufen gehen."

Sie hatte tatsächlich Schlittschuhe besorgt und mich mit nach unten ins Tal genommen – und dieser Ort war unglaublich. Alles glitzerte weiß, Boden und Bäume waren unter einer dicken Schicht Schnee begraben. Direkt neben uns, nur durch einen schmalen Weg getrennt, rauschte die Tauber entlang, laut und wild, und wir hatten von hier unten einen phänomenalen Blick auf die Türme der Stadt. Auf der anderen Seite erhob sich ein Hügel, der in ein kleines Waldstück überging. Der Duft von Fichten und Kiefern hing in der Luft. Überraschenderweise hatten wir die ganze Eisbahn für uns, vermutlich war es einfach noch zu früh – was es hoffentlich weniger peinlich für mich machen würde.

Lucy düste direkt los und drehte ein paar anmutige Pirouetten über das Eis, während ich langsame und vorsichtige Schritte machte, die alles andere als elegant aussahen. Es war wirklich schon ewig her, seitdem ich auf dem Eis gestanden hatte!

Sie lachte, als sie zu mir sah und bemerkte, wie ich mich abmühte. „Wenn du dich unwohl fühlst, müssen wir das nicht machen!", rief sie mir vom anderen Ende der Wiese aus zu. „Ich dachte nur, es könnte ganz witzig werden."

„Mhm", sagte ich, musste jedoch grinsen. „Das wird es ganz bestimmt. Für dich."

Die Idee war süß gewesen, Lucy konnte ja nicht wissen, dass ich ein solcher Bewegungslegastheniker war. Ich war aber auch abgelenkt, denn noch immer hatte ich ihr mein Geheimnis nicht gebeichtet, dabei hatte ich es mir für den heutigen Morgen fest vorgenommen. Eigentlich war mein Plan gewesen, es ihr gleich am Anfang zu sagen, noch bevor wir die Homepage machen würden. Irgendwie fühlte es sich dann jedoch falsch an, direkt mit der Tür ins Haus zu fallen. Während der Arbeit hatte sich der richtige Augenblick allerdings auch nicht ergeben ... Ganz zu schweigen davon, dass ich den Moment nicht zerstören wollte, weil ich es viel zu sehr genossen hatte, dort mit ihr zu sitzen, Kaffee zu trinken und ihre wunderbaren Schneeballen zu essen. Die im Übrigen eine Million Mal besser waren als alles, was wir mit Crumb Factory zustande brachten.

Lucy war eine absolute Koryphäe auf ihrem Gebiet, das war mir an diesem Morgen klargeworden. Und war es mir bisher nur darum gegangen, dass sie mich nicht hasste, war ich nun überzeugt davon, dass wir ihren Laden retten mussten. Es wäre ein Jammer, wenn dieses Café schließen müsste für etwas, das ganz offensichtlich Stangenware war.

Jedenfalls stand mir das unangenehme Gespräch noch bevor. Und da ich wild entschlossen war, es heute endlich hinter mich zu bringen, musste ich es wohl hier unten tun, beim Eislaufen.

„Was ist los?", rief sie mir zu. „Bist du festgefroren?"

„Haha!", entgegnete ich. Sie drehte noch ein paar Runden, während ich mich langsam wieder an das Gefühl der Kufen unter meinen Füßen gewöhnte. Das Eis knirschte und knackte unter mir, aber nach einigen zaghaften Schritten fühlte ich mich wieder sicherer auf den Beinen. Ich stieß mich vorsichtig ab und ließ mich über die Fläche gleiten – ein wenig wackelig noch, aber mit jeder Minute wurde es besser.

Lucy kam zu mir geschlittert und blieb vor mir stehen. Ihre Wangen waren von der Kälte gerötet, sie strahlte. Ihr Atem bildete einen weißen Schleier in der Luft.

„Na, siehst du, es wird doch. Und zusammen geht es noch ein bisschen leichter."

Sie reichte mir ihre Hand, die in einem roten Wollhandschuh steckte, und zog mich mit sich. Und es wurde tatsächlich leichter. Nach einer Weile war es, als hätte ich es nie verlernt. Gemeinsam glitten wir in großen Kreisen über das Eis, Hand in Hand. Der Wind auf unserer Haut, das Rauschen des Flusses im Ohr.

Nachdem wir fast eine halbe Stunde über die Wiese gefahren waren, gab ich mir schließlich einen Ruck. Ich hatte nur noch eine knappe Stunde Zeit, danach musste ich auf dem Markt arbeiten – und ich musste es ihr heute unbedingt sagen. Ich mochte sie von Tag zu Tag mehr und mein Geheimnis und die Lügen belasteten mich inzwischen so sehr, dass ich regelrechte Magenschmerzen bekam, wann immer ich an die große Eröffnungsfeier dachte, die in Kürze stattfinden würde.

Ich räusperte mich. „Es gibt da noch etwas, über das ich mit dir reden wollte", setzte ich an, während wir langsam zur Mitte der Eiswiese schlitterten.

„Ja?", machte sie. Sie neigte ihren Kopf und sah mit großen Augen zu mir auf.

„Es ... es geht um meinen Job", presste ich hervor.

Sie runzelte die Stirn. „Ich habe gemerkt, dass du nicht so gerne darüber redest", sagte sie. „Das ist okay, wir müssen nicht darüber sprechen. Für mich ist das alles in Ordnung, mir ist nicht wichtig, was du arbeitest, solange du zufrieden damit bist. Wirklich, Nick. Mach dir keine Gedanken."

Ich unterdrückte ein Stöhnen. Jans blöde Geschichte hatte ich für einen kurzen Augenblick total vergessen. Das machte es echt nicht einfacher.

„Nein, das ist es nicht", sagte ich.

„Was ist es dann?" Sie hob meine Hand und drehte darunter eine weitere Pirouette, und in diesem Augenblick passierte es: Ich verlor das Gleichgewicht.

Die Kufen rutschten einfach unter meinen Füßen weg, als würden sie von einer unsichtbaren Kraft nach hinten gezogen. Ich ließ Lucys Hand los, geriet ins Straucheln und merkte wie in Zeitlupe, dass ich nach vorne fiel. Dabei versuchte ich noch, ihr auszuweichen, um sie nicht mit mir zu Boden zu reißen, doch sie war offenbar wild entschlossen, mich aufzufangen und streckte ihre Arme nach mir aus.

Dabei hatte sie natürlich keine Chance. Sie war fast zwei Köpfe kleiner als ich, zierlich und mindestens zwanzig Kilo leichter.

Als ich merkte, dass ich es nicht mehr schaffte, den Sturz abzufangen, dass ich sie unwillkürlich mit mir reißen und unter mir begraben würde, reagierte ich blitzschnell. Noch im Fallen packte ich sie an der Taille und drehte mich, sodass ich schließlich hart auf dem Rücken aufkam, ihren Fall jedoch mit meinem Körper abfederte.

Das Eis knirschte und sprang unter uns, ein scharfer Schmerz fuhr mir die Wirbelsäule entlang und Lucy keuchte auf – erst dann realisierte ich, dass wir auf dem Eis lagen, sie auf mir, und ich sie an mich presste. Unsere Gesichter waren nur Zentimeter voneinander entfernt, ihre Augen waren vor Schreck weit aufgerissen. Mein Herz wummerte wie verrückt.

„Geht's ... geht's dir gut?", keuchte ich.

„Ich weiß nicht ...", stammelte sie. „Glaub schon. Und dir? Das klang übel!"

„Ich glaub, es ist alles okay", sagte ich.

Erst in diesem Moment schien sie zu begreifen, dass sie noch immer auf mir lag. Ihre Wangen wurden noch ein wenig röter und schnell rappelte sie sich auf. Ich lockerte meinen Griff um ihre Mitte, und einen Moment später saß sie rittlings auf mir. Ihre Mütze war bei unserem Sturz von ihrem Kopf gerutscht, und nun strich sie sich verlegen eine Strähne hinter das Ohr.

„Das war … äh … danke, dass du mich aufgefangen hast", stammelte sie. „Mal wieder."

„Danke dass du mich auffangen wolltest." Ich schmunzelte, richtete mich ein Stückchen auf und stützte mich auf den Ellenbogen ab.

Sie machte keine Anstalten aufzustehen. Ihre Hände ruhten auf meiner Brust und sie musterte mich mit einem Gesichtsausdruck, den ich kaum deuten konnte. War es Sorge, ein schlechtes Gewissen? Doch noch etwas anderes lag in ihrem Blick, etwas Neues, Warmes. Sie biss sich auf die Unterlippe.

Eine eigenartige Stimmung hing mit einem Mal in der Luft. Ein paar Sekunden lang lagen wir noch so da, ich auf meine Ellenbogen gestützt, Lucy auf mir, mitten auf dem Eis. Dann räusperte ich mich. „Ähm. Wollen wir wieder aufstehen?"

Wie von der Tarantel gestochen sprang sie auf, als hätte ich sie aus einer Art Trance gerissen.

„O Gott. Ja, klar. Bitte entschuldige!"

Ich rappelte mich auf und verkniff mir ein Grinsen. „Keine Ursache."

Im selben Moment hörte ich ein dünnes Stimmchen hinter mir. „Lucy! Hey, Mama, schau mal, da ist ja Lucy! Und der Papa von Charlie!"

Ich fuhr herum und sah die Frau vom Spielplatz mit ihrer Tochter zur Eiswiese kommen, die ich vor einigen Tagen kennengelernt hatte. Überrascht sah ich dabei zu, wie Nao zu Lucy rannte und ihre Arme um sie schlang.

„Ihr kennt euch?", fragte ich.

Lucy lächelte und streichelte dem Mädchen über den Kopf. „Hey, Süße." Dann wandte sie sich an mich. „Akiko ist meine Mitarbeiterin. Ich wusste gar nicht, dass ihr euch schon kennengelernt habt."

„Neulich auf dem Spielplatz", sagte Akiko, die uns inzwischen erreicht hatte. „Charlie und Nao haben sich direkt angefreundet."

Sie reichte ihrer Tochter ein Paar winziger Schlittschuhe und das Mädchen machte sich gleich daran, sie sich anzuziehen. Und ich verpasste mir innerlich ein paar Ohrfeigen, weil mir klar wurde, dass ich den richtigen Moment mal wieder hatte verstreichen lassen. Und ab morgen würde ich gemeinsam mit Jan damit beginnen, die neue Filiale einzurichten – es war nur noch eine Frage der Zeit, bis wir uns in der Oberen Schmiedgasse über den Weg liefen.

21

Lucy

Am nächsten Morgen konnte ich dabei zusehen, wie sämtliche Baumaschinen von gegenüber abzogen. Die Renovierungsarbeiten waren beendet, das war offensichtlich – und auch wenn ich es ungern zugab, was ich von meinem Café aus sehen konnte, sah großartig aus. Die Farben waren perfekt aufeinander abgestimmt, die Dekoration war minimalistisch, aber geschmackvoll, mit ein paar wenigen hervorstechenden Highlights wie den goldenen Kronleuchtern und ein paar Fotografien von Schneeballen in reichlich verzierten goldenen Rahmen an der Wand.

„Sieh nicht ständig da hin", schimpfte Sandra, als ich gerade die Tische abwischte und kurz meinen Gedanken nachhing. Ertappt riss ich meinen Blick los.

„Das ist leichter gesagt als getan", stöhnte ich. „Siehst du, wie hübsch das alles ist?"

„Unser Café ist auch hübsch!", empörte sich Sandra. „Und außerdem versuchen sie damit doch nur darüber hinwegzutäuschen, dass ihr Essen nicht so gut ist wie unseres. Die Leute sind nicht blöd, die werden das schnell merken."

„Ich hoffe es."

„Du kommst am besten mit mir in die Backstube, solange hier noch nichts los ist", bestimmte sie. „Dann musst du dir das nicht die ganze Zeit anschauen und wir sind schneller mit dem Vorbereiten."

„Absolut", sagte Akiko, die gerade die Spülmaschine ausräumte. „Ich schaff das hier vorne allein, aber wenn uns die Zimtwunder ausgehen, haben wir ein Problem."

Ich presste die Lippen zusammen. Sie hatten recht. Bisher waren noch keine Kunden im Laden und ich wurde hier vorne nicht gebraucht. Es war ohnehin der Plan, dass ich an den Vormittagen gemeinsam mit Sandra in der Backstube arbeiten würde und Akiko sich währenddessen um das Bedienen und Kassieren kümmerte, aber ich schlüpfte jede freie Minute in den Verkaufsraum, um nach draußen zu sehen. Es war wie eine Sucht; als würde Crumb Factory sich plötzlich einfach in Luft auflösen, wenn ich nur lange und finster genug hinüberstarrte.

Sandra und Akiko scheuchten mich in die Küche, und kurze Zeit später war die Schneeballmanufaktur dermaßen voll, dass sich das Problem ohnehin von selbst erledigte. Gegen zehn waren alle Plätze im Café besetzt, bis zur Mittagszeit standen die Leute Schlange und wir hatten alle Hände voll zu tun. Irgendwann ließ ich Sandra allein und wechselte zu Akiko hinter den Tresen, doch selbst dann hatte ich keine Zeit, um nach draußen zu starren und zu schmollen, und das war auch gut so.

Erst gegen eins wurde es langsam wieder ruhiger, was vermutlich daran lag, dass die Leute nun zum Weihnachtsmarkt weiterzogen. Ich konnte nur hoffen, dass es bei Roman genauso gut laufen würde – bisher waren die Verkäufe auf dem Markt nämlich eher mau ausgefallen. Doch heute war wunderschönes Wetter. Es war knackig kalt und auf den Straßen lag noch immer eine dicke Schneeschicht, doch es schneite nicht, es war windstill und sonnig. Wenn das nicht Grund genug war, um die Leute auf den Weihnachtsmarkt zu ziehen, dann wusste ich auch nicht.

„Und? Triffst du dich wieder mit Nick?", fragte Akiko, als sie um zwei Feierabend machte und in ihren Mantel schlüpfte. Das Café war für einen kurzen Augenblick leer und ich nutzte die Gelegenheit, um überall noch einmal über die Tische zu wischen. „Er ist total nett, oder?"

„Wer ist Nick?", mischte sich Sandra ein, die mit dem Backen inzwischen fertig war und mir nun im Café helfen würde.

„Das ist der Mann, den ich am Weihnachtsmarkt kennengelernt habe", erklärte ich. „Ich habe dir davon erzählt, ich habe ihm die Stadt gezeigt."

„Und gestern waren sie auf der Eiswiese", plauderte Akiko aus. „Als ich mit Nao unten angekommen bin, lag er rücklings auf dem Eis und Lucy saß auf ihm."

„Na so was", sagte Sandra verblüfft.

Hitze schoss mir ins Gesicht. „Das war ein Unfall, Akiko! Er ist gestürzt!"

Sie kicherte. „Ja, und weil es so lustig aussah, bist du gleich auf ihn draufgestürzt, oder?"

Mein Gesicht glühte. „Nein, so war das nicht. Es war … also … er hat mich aufgefangen."

„Er ist gestürzt und hat dich dabei aufgefangen? Ja, das klingt total logisch", zog meine Freundin mich auf.

Sandra zog die Brauen nach oben. „Interessante Geschichte."

„Er ist auch Bäcker!", sagte Akiko immer noch grinsend. „Ist das nicht passend?"

„Was, echt?", platzte ich hervor.

Sie runzelte die Stirn. „Das hat er mir zumindest gesagt. Hast du das nicht gewusst?"

Mir wurde klar, dass er Akiko eine Lüge aufgetischt haben musste, da er sich für seinen wahren Job offensichtlich schämte. Oder vielleicht war es gar keine Scham, wurde mir nun bewusst. Vielleicht ging es ihm nur darum, seine Tochter zu schützen. Ich fragte mich, warum mir dieser Gedanke nicht schon eher gekommen war, aber es ergab Sinn.

Wenn ich das gestern richtig verstanden hatte, hatten Charlie und Nao sich miteinander angefreundet, und er wollte mit Sicherheit verhindern, dass Charlie wegen ihm irgendwelchen Vorurteilen ausgesetzt war. Bäcker war etwas Unverfängliches – und möglicherweise ist es ihm deshalb eingefallen, weil er an mich gedacht hat.

Ich war der Meinung, dass er ehrlich zu Akiko sein sollte, doch es lag nicht an mir, diese Entscheidung für ihn zu treffen. Ich nahm mir vor, bei Gelegenheit doch noch einmal mit ihm darüber zu reden, denn früher oder später würde sein Geheimnis auffliegen, wenn er nun ernsthaft nach Rothenburg ziehen wollte. Es war nie gut, neue Freundschaften mit Lügen zu beginnen. Doch das musste er selbst klären, es ging mich eigentlich nichts an.

„Wir sind noch nicht dazu gekommen, uns richtig über unsere Arbeit zu unterhalten", sagte ich ausweichend. „Aber ich glaube, dass er sich beruflich vielleicht sowieso umorientieren will."

„Sicher?", hakte Akiko nach. „Mir hat er erzählt, dass er jetzt nach Rothenburg ziehen will und gerade dabei ist, sich einen neuen Kundenstamm aufzubauen."

„Nun, äh ...“

„Und seht ihr euch jetzt wieder?", hakte Akiko ungeduldig nach. Sie hatte bereits den Türgriff in der Hand und wippte auf ihren Füßen vor und zurück. Ich lachte. Akiko war eine hoffnungslose Romantikerin. Wenn sie irgendwo eine gute Liebesgeschichte roch, vergaß sie all ihre Zurückhaltung und konnte regelrecht aufdringlich werden, was normalerweise so gar nicht ihre Art war.

„Ja", sagte ich schließlich. „Er kommt übermorgen zur Weihnachtsfeier."

Sie stieß ein entzücktes Quietschen aus und selbst Sandra konnte sich nun ein Lächeln nicht mehr verkneifen.

„Na, da bin ich ja gespannt", sagte sie.

„Oje, schon zehn nach zwei", stieß Akiko aus. „Ich muss los, Nao vom Kindergarten holen!"

„Viel Spaß euch beiden", sagte ich. „Genießt das schöne Wetter, wir sehen uns morgen."

Akiko stürmte aus dem Café und aus dem Fenster konnte ich sehen, wie sie die Obere Schmiedgasse hinaufrannte und schließlich um die Ecke verschwand. Kurz darauf betraten auch schon die nächsten Kunden den Laden, ich begrüßte sie freundlich und huschte zurück zu Sandra hinter die Theke.

Das Café füllte sich nach und nach wieder, und während wir arbeiteten, drifteten meine Gedanken zurück zum gestrigen Vormittag. Das Gespräch mit Akiko hatte mich daran erinnert, dass Nick vorgehabt hatte, mit mir über seinen Job zu sprechen, bevor wir auf dem Eis gelandet waren. Danach war die Stimmung so aufgeladen gewesen, dass ich es komplett vergessen hatte, und als Akiko und Nao da waren, hatte es keine Gelegenheit mehr gegeben, sich in Ruhe zu unterhalten. Kurz darauf musste er auch gehen, weil er auf dem Weihnachtsmarkt arbeiten musste.

Ich hatte ihm angeboten, ihn zu begleiten und ihm in seiner Bude ein wenig Gesellschaft zu leisten, was er jedoch vehement, ja, fast schon panisch, abgelehnt hatte.

So gern ich ihn mochte, konnte ich nicht verhindern, langsam misstrauisch zu werden. Irgendwas an der ganzen Geschichte passte vorne und hinten nicht – sein widersprüchliches Verhalten, die Geheimniskrämerei und nun auch noch die Tatsache, dass er Akiko offensichtlich belogen hatte.

Natürlich ging mich sein Berufsleben nichts an, aber ich mochte es nicht, belogen zu werden, Das war mir zu oft passiert. Ich hätte mich gerne enger mit ihm angefreundet, doch sein Verhalten sorgte dafür, dass ich emotional auf Distanz blieb, da ich mir nicht sicher war, ob ich ihm trauen konnte.

Ich beschloss, nach der Weihnachtsfeier noch einmal das Gespräch mit ihm zu suchen. Ich wollte ihm die Möglichkeit geben, sich selbst zu erklären, mir selbst zu erzählen, wie genau er sich die Zukunft in Rothenburg vorstellte und warum er Akiko angelogen hatte.

Doch obwohl ich mir fest vorgenommen hatte, es aus Respekt vor ihm nicht zu tun, konnte ich meine Neugierde am Abend nicht mehr im Zaum halten. Als ich mich nach Feierabend mit einer Tasse Punsch und meinem Laptop in meine Küche setzte, um an der Homepage zu arbeiten, tippte ich Naughty Nick in das Suchfeld bei Google ein.

Ich fand … absolut nichts. Und als ich nach seinem richtigen vollen Namen googeln wollte, fiel mir auf, dass ich den nicht einmal kannte.

22

Nick

Wie durch ein Wunder war mir Lucy am Donnerstag nicht über den Weg gelaufen und ich glaubte auch nicht, dass sie mich gesehen hatte. Während ich mithalf, die neue Filiale zu möblieren, Tische und Stühle aufbaute und mein kleines Büro im Hinterzimmer einrichtete, warf ich immer mal wieder einen Blick über die Straße, doch ich konnte sie in ihrem Café nicht sehen.

Das war allerdings nicht weiter überraschend, denn dort drüben herrschte Hochbetrieb. Den ganzen Tag über hatte sie so viele Kunden in ihrem Laden, dass sie vermutlich kaum aus der Backstube kam. Die Leute standen zeitweise bis auf die Straße an, und wäre Crumb Factory nicht in Rothenburg aufgetaucht, bräuchte Lucy mit Sicherheit nicht um ihre Existenz bangen. Zurecht, sie hatte ein unglaubliches Talent.

Obwohl ich sie nicht sah, stand ich permanent unter Strom, ständig in der Sorge, dass sie oder eine ihrer Mitarbeiterinnen mich entdecken würden. So konnte es nicht weitergehen. Ich musste es ihr endlich sagen, und auch wenn der Zeitpunkt absolut ungünstig war, nahm ich mir an diesem Morgen vor, es auf ihrer Weihnachtsfeier endlich hinter mich zu bringen – dieses Mal wirklich.

***

Am nächsten Tag, dem Freitag, hatte ich frei, da ich zurück nach Würzburg musste, um ein paar Dinge zu erledigen. Ich war bereits seit Tagen nicht mehr zu Hause gewesen und als ich die Tür zu meiner kleinen Wohnung öffnete, stieß ich gegen einen Haufen Briefe, die durch den Türschlitz geworfen worden waren. Ich sah mir alles durch, sortierte Werbung und Unwichtiges aus und legte mir den Rest auf den Wohnzimmertisch.

Dann öffnete ich die Fenster, um frische Winterluft in meine Wohnung zu lassen, denn nach Tagen der Abwesenheit war es stickig hier drin.

Ich öffnete den Kühlschrank, der nichts enthielt, außer ein paar Getränken, nahm mir eine Flasche Wasser und setzte mich auf die Couch, um mich um meine Post zu kümmern.

Vor dem Fenster war der übliche Lärm der Großstadt zu hören. Das konstante Summen des Verkehrs, das gleichmäßige Brummen von Motoren, hin und wieder ein Aufheulen, wenn jemand abrupt beschleunigte oder abbremste. Gelegentlich schnitt das scharfe Geräusch von Autohupen durch die Luft und in der Ferne jaulte ein Martinshorn. Von der Neubaustraße, nur ein paar Blocks entfernt, war das metallische Kreischen der Straßenbahn zu hören, die auf den Schienen durch die Stadt fuhr. Hin und wieder hörte ich das Rumpeln und Scheppern von Lieferwagen.

Es war anders als in Rothenburg. Ungemütlicher und irgendwie hart ... fast so, als wäre die Stadt wütend. Auch in Rothenburg ging es laut zu, vor allem, seit der Weihnachtsmarkt eröffnet hatte, und doch fühlte sich der Lärm der Altstadt anders an. Bunt und lebhaft. Menschlich. Doch das hier ... mit einem Mal kam mir alles grau und trostlos vor. Dabei war es das natürlich nicht, zumindest nicht immer gewesen. Etwas hatte sich verändert. Ich hatte mich verändert.

Ich legte die Briefe auf die Tischplatte und lehnte mich zurück. Dann ließ ich meinen Blick durch die Wohnung schweifen, in der ich die letzten drei Jahre verbracht hatte, und plötzlich hatte ich das Gefühl, als sehe ich sie zum ersten Mal richtig.

Es war eine schicke Wohnung, nicht gerade billig. Sie lag zentral, nahe des Hauptbahnhofs und des Universitätsklinikums – auch die Crumb Factory Filiale, für die ich bislang gearbeitet hatte, war fußläufig zu erreichen. Meine Wohnung war stilvoll und modern eingerichtet, mit Möbeln im Industrial-Stil und neuester Technik. An der Wand hingen ein paar Bilder von modernen Künstlern, gerade Linien, gedeckte Farben, passend zum Rest der Einrichtung, und bis auf ein paar Grünpflanzen gab es keine weitere Dekoration. Ich war hier immer zufrieden gewesen, doch nun kam es mir mit einem Mal kalt und leblos vor.

Nachdem Laura und ich uns getrennt hatten, hatte ich die Ruhe und Ordnung zunächst genossen, auch wenn ich das ihr gegenüber nie erwähnt hatte. Als wir noch zusammen waren, als Charlie noch ganz klein war, hatte überall Chaos geherrscht. Unsere Möbel waren bunt zusammengewürfelt gewesen, stammten zum

Teil noch aus Studienzeiten, in der Küche hatte sich das Geschirr gestapelt und im Schlafzimmer türmten sich Wäscheberge. Mein Schreibtisch wurde unter ganzen Haufen von Büchern und Papier begraben, doch das war nicht schlimm, denn ich war eh kaum dazu gekommen, mich dort hinzusetzen und den Laptop hochzufahren, geschweige denn ein Buch zu lesen. Ich hatte das Chaos gehasst, doch egal, wie viel wir aufräumten und putzten, es nahm niemals ein Ende.

Als ich dann nach der Trennung in meine neue Wohnung gezogen war, hatte ich die Stille und Sauberkeit hier geliebt, es war meine kleine Oase gewesen, mein Rückzugsort von der Hektik des Lebens. Natürlich war mir klar, dass ich damals egoistisch gewesen war. Ich hatte Laura und Charlie mit dem ganzen Stress alleingelassen.

Nicht klargewesen war mir jedoch, welchen Preis ich dafür gezahlt hatte.

Ja, es war nun immer aufgeräumt, ich bekam genug Schlaf ohne Unterbrechungen, musste auf niemanden mehr Rücksicht nehmen. Doch es bedeutete auch, dass ich allein war. Wenn man keine Verantwortung für andere Menschen übernehmen wollte, war Einsamkeit die einzige logische Konsequenz.

Und nun fragte ich mich unwillkürlich, was an all den Wäschebergen, den abgewetzten alten Möbeln und den überall herumliegenden Spielsachen eigentlich so schlimm gewesen war.

Ich schluckte schwer. Nicht zum ersten Mal überfiel mich das schlechte Gewissen, wenn ich an diese Zeiten zurückdachte, mich zurückerinnerte, was für ein katastrophaler Partner und Vater ich gewesen war, wie sehr ich Laura und Charlie im Stich gelassen hatte – für eine aufgeräumte Küchentheke, sauber gefaltete Laken im Schrank und einen Chef, der mich jederzeit fallenlassen würde, sollte ich es eines Tages wagen, nicht mehr nach seinen Regeln zu spielen.

Ich stand auf und schüttelte den Kopf, um die unliebsamen Erinnerungen loszuwerden. Das alles war Geschichte. Nun würde sich alles ändern. Ich war erst kurze Zeit dort, aber bereits jetzt hatte ich Heimweh nach Rothenburg, bereits jetzt spürte ich, dass ich dort hingehörte, dass ich endlich angekommen war. Nun hätte ich die Möglichkeit, meine alten Fehler wiedergutzumachen, Laura eine echte Hilfe zu sein und für meine Tochter da zu sein.

Und mit Lucy könnte ich vielleicht sogar einen richtigen Neuanfang wagen.

Ich musste nur endlich mit ihr reden.

Während ich zu meinem Badezimmer ging, meinen Koffer leerte und Wäsche in die Maschine lud, drifteten meine Gedanken zurück zu unserem Morgen auf dem Eis. Daran, wie sich Lucy angefühlt hatte, als sie auf mir lag. An ihre Wärme, ihren Duft, diese inzwischen bereits so vertraute Mischung aus Puderzucker, Zimt und Limettenshampoo. Und daran, wie sie mich angesehen hatte ...

Vielleicht, so sagte ein leiser, hoffnungsvoller Teil in mir, vielleicht würde sie es mir ja gar nicht so übelnehmen, dass ich der Bösewicht aus der neuen Filiale war. Vielleicht mochte sie mich auch, so wie ich sie mochte, und vielleicht könnten wir beide über die ganze Geschichte lachen und dann gemeinsam nach einer Lösung suchen.

Warum nur fiel es mir so schwer, daran zu glauben?

23

Lucy

„Ich hoffe nur, es wird nicht wieder so ein Reinfall wie bei meinem Workshop", sagte ich, nun bestimmt schon zum fünften Mal. „Das wäre eine Katastrophe."

Ich war unfassbar nervös und konnte es kaum verbergen. Zum einen lag das natürlich an meiner Feier und der Sorge darüber, ob alles glattlaufen würde. Zum anderen aber auch daran, dass ich Nick wiedersehen würde – seit unserem Ausflug auf die Eiswiese hatte ich fast ununterbrochen an ihn gedacht. Ich zerbrach mir den Kopf über seine Geheimniskrämerei und fühlte mich hin- und hergerissen. Einerseits mochte ich ihn bereits jetzt schon viel zu sehr und wollte ihm vertrauen, andererseits wollte ich nicht blauäugig ins offene Messer laufen. Nachdem Felix damals Hals über Kopf verschwunden war, hatte ich mir monatelang den Kopf zerbrochen und mich über meine eigene Naivität geärgert. Rückblickend hatte es viele Anzeichen für seine Unehrlichkeit gegeben, doch ich war so blind gewesen, dass ich sie übersehen hatte. Seitdem war ich vorsichtig geworden, ich wollte nicht, dass mir so etwas noch einmal passierte.

Für den heutigen Abend hatte ich mir jedoch vorgenommen, meine Bedenken erst einmal zu vergessen und einfach nur eine schöne Zeit zu haben. Für ein klärendes Gespräch hätten wir ohnehin nicht genug Zeit und Ruhe, das konnte bis morgen warten.

„Es wäre keine Katastrophe", widersprach Mayla jetzt. Sie legte mir beruhigend eine Hand auf den Arm. „Und es wird auch keine. Ich sehe keinen Grund, weshalb unsere Feier nicht ein voller Erfolg wird, du hast alles richtig gemacht. Du hast Werbung gemacht, alles rechtzeitig angekündigt und wir wissen von mindestens dreißig Leuten, dass sie sicher kommen werden. Außerdem starten wir exakt dann, wenn der Weihnachtsmarkt am Abend schließt, das ist perfekt. Die Leute werden zwangsläufig hier vorbeikommen, wenn sie zum Parkplatz laufen, ich bin mir sicher, es werden einige Menschen hier landen, die nicht einmal von deiner Feier wussten. Das wird richtig gut!"

„Einen Fehler hast du schon gemacht", warf Sandra ein, worauf mir das Herz in die Hose rutschte. Sie dekorierte gerade gemeinsam mit Akiko die Tische mit Orangenscheiben und Tannenzweigen, während sich Nao einen Zweig geschnappt hatte und damit lachend durch das Café fegte, gefolgt von meinem Kater, der das Spiel sichtlich genoss.

„Was für einen Fehler?", stieß ich hervor.

„Du hättest vermutlich einen Türsteher engagieren sollen", sagte Sandra trocken. „Viel mehr als fünfzig Leute wirst du hier nämlich nicht reinkriegen."

Mayla schlug scherzhaft mit einem Geschirrtuch nach ihr. „Gott! Erschreck sie doch nicht so!"

Ich atmete tief durch. „Ihr habt recht", sagte ich entschlossen. „Das wird schon. Haben wir die Karten überall verteilt?"

„Schon erledigt", sagte Mayla. Für die Feier hatte ich extra noch einmal Flyer drucken lassen – dieses Mal professionell – mit Links zu meiner Homepage und Instagram sowie den wichtigsten Infos zu meiner Bäckerei. Nun lagen sie überall aus: Auf dem Tresen, auf den Tischen, auf den Fensterbänken. Auch Roman hatte ich welche mitgegeben, damit er sie auf dem Weihnachtsmarkt verteilte, und Mayla hatte sie in ihrem Hotel ausgelegt.

„Hier. Das hilft." Sie drückte mir eine Tasse mit Glühwein in die Hand und ich lachte. Trotzdem nahm ich dankbar einen Schluck, dann ging ich noch einmal langsam durch mein Café und kontrollierte, ob wir auch nichts vergessen hatten.

Die Schneeballmanufaktur sah an diesem Abend absolut großartig aus.

Ich hatte einen Weihnachtsbaum besorgt, deckenhoch, der nun in der Ecke stand und mit den dutzenden Lichterketten, die wir im Café aufgehängt hatten, um die Wette funkelte. Gemeinsam mit Nao und Akiko hatte ich den Freitagabend damit verbracht, ihn zu schmücken und nun sah er einfach unglaublich aus, behängt mit Strohsternen, Lametta-Girlanden und glänzenden Kugeln in Rot, Gold und Silber. Auf dem Boden darunter hatten wir eine samtige rote Decke drapiert und mit künstlichem Schnee und dekorativen Geschenken geschmückt.

Doch das Beste an meinem Baum war der Geruch, den er verströmte. Im Café roch es nun nicht mehr nur nach Zimt, Punsch und Kaminfeuer, sondern vor allem nach dem frischen Duft der Tannennadeln. Fast wünschte ich, ich könnte meinen Baum das ganze Jahr über hier stehen lassen.

Auch sonst war inzwischen alles bereit für meine Feier: Wir hatten uns alle in Schale geworfen – Mayla und Akiko waren ohnehin immer unglaublich schick angezogen, aber heute hatten auch Sandra und ich unsere bequeme Alltagskleidung gegen hübsche Kleider eingetauscht, meins in Rot und Sandras in Grün. Wir hatten die Weihnachtsdeko noch ein wenig aufgefahren und nun hingen überall im Café Schneeflocken aus Pappe und Papier, außerdem hatten wir noch ein paar weitere Girlanden, Kerzen und Lichterketten besorgt. Zusätzlich zu den üblichen Schneeballen hatten wir eine neue Kreation entworfen, eigens für diesen Abend, den Bratapfeltraum.

Heute Abend schenkten wir Glühwein, Punsch, heiße Schokolade und Tee aus, und das Radio war eine Spur lauter als sonst. Ich hatte auch die Fotostation wieder aufgebaut, die ich bereits an meinem Workshop hatte, denn es hatte sich schnell herausgestellt, dass es eine sehr effektive Werbung war. Nina und Mattie hatten sie fleißig genutzt, die Bilder anschließend auf Instagram geteilt und mich verlinkt, was mir haufenweise neue Abonnenten beschert hatte – so gesehen war der Workshop doch kein großer Reinfall gewesen.

Ich nahm einen weiteren Schluck von meinem Glühwein und langsam breitete sich ein warmes Gefühl in meinem Magen aus.

„Schau mal, die ersten Gäste kommen schon“, sagte Mayla, die in Richtung Tür deutete. Draußen war es bereits dunkel, dicke, wattige Flocken fielen vom Himmel. Die Türglocke bimmelte, als zwei Stammkundinnen mein Café betraten, die an den Wochenenden bereits seit Jahren regelmäßig zu Kaffee und Gebäck hierherkamen und dabei immer sehr experimentierfreudig meine neuesten Rezepte ausprobierten.

„Karin! Bea! Wie schön, dass ihr gekommen seid!“, stieß ich hervor.

„Natürlich, das lassen wir uns nicht entgehen“, sagte Karin. „Ich habe im Internet gesehen, dass es neue Kreationen gibt.“

„Das stimmt“, sagte ich, erfreut darüber, dass meine Onlinemarketingversuche offenbar schon Wirkung zeigten. „Möchtet ihr einen Bratapfeltraum?“

„Sehr gern“, sagte Bea. „Und zwei Tassen Glühwein, bitte. Mensch, hier sieht es ja großartig aus!“ Staunend ließ sie ihren Blick durch mein Café schweifen. „Hast du das alles selber gemacht?“

„Ich hatte Hilfe von den besten Freundinnen der Welt“, sagte ich lächelnd.

„Wirklich schön“, stimmte auch Karin zu. „Du solltest dir überlegen, das immer so zu lassen.“

Ich lachte und als die beiden ihre Mäntel ablegten und sich einen Platz im Café suchten, huschte ich hinter die Theke, um die Bestellung fertigzumachen.

Währenddessen betraten bereits die nächsten Gäste meinen Laden, eine Gruppe von fünf jungen Leuten, die ich nicht kannte. Erst auf den zweiten Blick sah ich, dass Roman dabei war.

Er kam auch direkt zu mir an den Tresen, während
die anderen sich einen Platz suchten.

„Ich habe ein paar Leute von der Hochschule mitgebracht“, sagte er. „Es wollen aber noch mehr kommen,
ich habe gestern in der Statistik-Vorlesung deine neuen
Flyer verteilt. Finn kommt später auch noch. Mein Do-
zent vielleicht auch.“ Er grinste. „Vielleicht kannst du ja
ein bisschen mehr Rum in seinen Glühwein kippen und
ein gutes Wort für mich einlegen, ich fürchte nämlich,
dass meine Karten für die Klausuren schlecht stehen.“

Ich musste lachen. „Und du meinst, deinen Prof abzu-
füllen, ändert daran was?“

Roman vergrub die Hände in seinen Hosentaschen
und legte den Kopf schief. „Wenn er einen guten Abend
hat und mich damit in Verbindung bringt, ja? Vielleicht
wird er dann eher ein Auge zudrücken, wenn er meine
katastrophalen Berechnungen sieht.“

„Ich gebe mein Bestes“, versprach ich. „Wie lief es in
der Bude?“

Sein Blick verdunkelte sich für einen kurzen Augenblick. „Na ja“, sagte er. „Sagen wir so: Wir haben noch
genug für morgen, du brauchst keinen Nachschub
bringen.“

Ein dicker Kloß bildete sich in meinem Hals. „Im
Ernst?“, presste ich hervor. „Aber so viel hatten wir
doch gar nicht. Und heute ist Samstag! War denn nichts
los auf dem Markt?“

Roman wand sich und ich konnte ihm ansehen, dass
ihm das Ganze unangenehm war. Aber ich musste es
wissen.

„Doch, schon“, sagte er dann. „Der Markt war brechend voll. Ich habe auch ein paar Leute angesprochen,

aber die meisten hatten tatsächlich schon an einem anderen Stand Schneeballen gekauft ...“

Ich arrangierte gerade Karins und Beas Bestellung auf einem Teller – zweimal Bratapfeltraum, dazu auf jeden Teller ein Butterplätzchen, ein Vanillekipferl und eine dünne Scheibe Sternfrucht, dazu einen kleinen Tannenzweig zur Deko –, spürte jedoch, wie sich meine Hand mit einem Mal verkrampfte. Ich musste nicht hellsehen können, um zu wissen, wo die Leute die Sachen gekauft hatten.

Es ging also bereits los. Obwohl die neue Filiale noch nicht eröffnet hatte, blieben mir dank Crumb Factory die Kunden weg.

„Aber“, sagte Roman schnell, „ich habe deine Flyer verteilt und die meisten haben versprochen, sich mal deine Homepage anzusehen. Und einige haben auch zugesagt, heute Abend zu kommen.“

Ein schwacher Trost, aber immerhin. „Danke, Roman“, sagte ich. „Geh ruhig zu deinen Freunden, ich komme gleich und nehme eure Bestellungen auf, ja?“

Zwischenzeitlich waren noch mehr Kundinnen und Kunden in mein Café gekommen und der Raum füllte sich allmählich, dabei war es erst kurz nach acht. Ich füllte Karins und Beas Tassen mit Glühwein, stellte alles zusammen auf ein Tablett und versuchte, die düsteren Gedanken an die Konkurrenz und den Weihnachtsmarkt zu verdrängen – ich war wild entschlossen, den heutigen Abend zu genießen.

24

Lucy

Um kurz vor neun war die Schneeballmanufaktur brechend voll. Die Sitzplätze waren längst alle belegt, das schien meine Gäste jedoch nicht zu stören. In Grüppchen standen sie überall im Café verteilt, und ein paar Leute hatten sogar angefangen, auf der kleinen Freifläche vor meinem Weihnachtsbaum zu tanzen, was Sandra dazu veranlasst hatte, die Musik noch ein wenig lauter zu drehen. Die von ihr genannte Grenze von fünfzig Gästen hatten wir längst überschritten – und noch immer strömten Menschen in den Laden. Viele Einheimische waren gekommen, aber auch Touristen, teils aus Japan oder den USA. Die Stimmung war ausgesprochen gut, und so fiel es mir leicht, meine Sorgen für einen Moment zu vergessen.

Muffin hatte sich zwischenzeitlich nach oben in meine Wohnung verzogen. Die Tür stand grundsätzlich offen, solange ich im Laden war, sodass er sich jederzeit frei bewegen und sich zurückziehen konnte, wenn es ihm im Café zu viel wurde.

Akiko verabschiedete sich um neun, da Nao müde wurde. Mayla und Sandra blieben jedoch bei mir und ich war froh, dass sich die beiden bereiterklärt hatten, mich heute Abend zu unterstützen – andernfalls hätte ich die Arbeit nicht stemmen können.

Ich bereitete gerade eine weitere Bestellung vor, als sich ein bekanntes Gesicht aus der Menge schälte.

„Das ist ja der Wahnsinn!", begrüßte mich Nick mit einem Lächeln. „So viele Leute!" Es war so laut, dass er ein wenig schreien musste. Er sah gut aus, wirkte allerdings abgekämpft.

„Ja, oder?" Ich strahlte und kam um die Theke herum, um ihn in eine Umarmung zu ziehen. „Diesmal hat alles wunderbar geklappt. Und es werden immer mehr! Wenn das so weitergeht, muss ich doch irgendwann einen Aufnahmestopp aussprechen."

Obwohl wir die Fenster inzwischen allesamt gekippt hatten und die Eingangstür offen stand, wurde es wärmer und stickiger im Café. Die Gäste schien es bislang allerdings nicht zu stören.

„Ich wäre gern schon früher hier gewesen und hätte dich bei den Vorbereitungen unterstützt, aber auf dem Weihnachtsmarkt ging es total rund", entschuldigte sich Nick. „Ich bin nicht früher losgekommen."

„Ja, ich habe schon gehört, dass es heute wieder sehr voll war", sagte ich. Roman hatte rechtzeitig schließen können, weil er keine Kunden hatte. Bei Nick war es wohl besser gelaufen – aber Weihnachtsschmuck ging auf dem Markt eben immer.

„Was geht denn hier ab?", ertönte eine Stimme von der Seite.

Ich wirbelte herum und blickte in Jans grinsendes Gesicht. Er hatte sein dunkelblondes Haar zu einem Man Bun gebunden und trug ein enges weißes T-Shirt zu ausgewaschenen Jeans. „Eine Party, und ich bin gar nicht eingeladen?“

„Natürlich bist du eingeladen!“, stieß ich hervor. „Ich dachte, dass Nick dich mitbringt!“

Nick kratzte sich hinterm Ohr. „Habe ich wohl vergessen“, murmelte er, was ich ihm allerdings nicht glaubte. Nicht zum ersten Mal hatte ich das Gefühl, etwas stand zwischen den beiden – etwas, worüber Nick nicht mit mir sprechen wollte. Als wären sie gar nicht wirklich miteinander befreundet, sondern mehr so, als wäre ihm Jans Anwesenheit unangenehm. Vermutlich hatte es damit zu tun, dass Jan so unverblümt sein Geheimnis verraten hatte. Ich konnte Nicks Vorsicht verstehen.

„Macht ja nichts, ich war gerade drüben und habe es zum Glück gesehen“, sagte Jan.

„Wo drüben?“, hakte ich nach.

Er stutzte einen Augenblick, dann wurde sein Grinsen breiter.

„Na, draußen auf der Straße“, sagte er fröhlich. „Wo denn sonst? Also, was kannst du empfehlen? Du hast ja richtig abgefahrene Sorten auf deiner Karte, habe ich gesehen. Ich dachte immer, dieses Zeug gibt’s nur mit Puderzucker oder Zimt.“

Ich straffte die Schultern. „Bei Crumb Factory vielleicht“, sagte ich, „aber bei mir nicht.“

Jan lachte. Er warf einen Blick zu Nick, den ich nicht deuten konnte – und der funkelte finster zurück.

„Sternenstaub klingt gut“, sagte Jan dann an mich gewandt. „Mit Vanille, Mandel und Eierlikör. Den würde ich gerne bestellen.“

„Kommt sofort“, sagte ich. „Möchtest du auch etwas, Nick?“

„Ein Glühwein wäre gut.“

„Alles klar.“

Er wirkte heute dermaßen niedergeschlagen, dass mir selbst schwer ums Herz wurde. Zu gerne hätte ich ihn getröstet – aber dafür hätte ich erst einmal wissen müssen, was es war, das ihn belastete. Ich wollte ihn jedoch auch nicht bedrängen.

Aus dem Augenwinkel sah ich, dass er von zwei Gästen in Beschlag genommen wurde, die ihn offensichtlich kannten. Einen Augenblick später stellte sich Jan zu mir an die Theke.

„Wie geht's dir, Lucy?“, fragte er. „Läuft das Geschäft gut?“

Sein Gesichtsausdruck und Tonfall waren freundlich, und doch lag etwas Lauerndes darin, das ich nicht einschätzen konnte. So nett Jan immer auftrat, ich traute ihm nicht – und das hatte nicht nur damit zu tun, dass er Nick im Café Lebenslust so hatte auflaufen lassen, er hatte etwas an sich, das bei mir sämtliche Alarmglocken schrillen ließ.

„Ich bin ganz zufrieden“, sagte ich unverbindlich.

„Ja? Wie kommst du mit der neuen Konkurrenz zurecht?“

Unwillkürlich ballte ich die Fäuste. „Noch hat das Geschäft ja nicht eröffnet“, wich ich aus. „Wir werden sehen, wenn es so weit ist. Hier, bitte schön.“

Ich reichte ihm den Teller mit dem bestellten Schneeballen und nahm sein Geld entgegen. Meine Hoffnung, er würde sich nun ins Getümmel stürzen, schwand jedoch dahin, als er sich über den Tresen beugte und verschwörerisch zwinkerte.

„Du weißt schon, dass du Nick ziemlich den Kopf verdreht hast, oder? Er redet den ganzen Tag von dir, er mag dich wirklich gern.“

Ich schluckte. Das zu hören, ließ mein Herz schneller schlagen, und gleichzeitig war die Versuchung groß, Jan über Nick auszufragen. Doch ich riss mich zusammen.

„Ich mag ihn auch sehr gern“, sagte ich nur und machte mich daran, die nächste Bestellung vorzubereiten, in der Hoffnung, dass Jan im Halbdunkel nicht sah, wie sich meine Wangen gerötet hatten.

„Ich weiß, dass er ein bisschen reserviert ist“, sagte Jan. „Aber das hat einfach mit den schlechten Erfahrungen zu tun, die er gemacht hat. Die meisten Frauen reagieren nicht besonders gut auf seinen Job. Und die Tatsache, dass er in Würzburg als Escort gearbeitet hat, macht es natürlich nicht einfacher.“

Ich verschluckte mich schier an meiner eigenen Spucke. „Er hat … was?“

Jan wurde bleich und schlug sich die Hand vor den Mund. Wenn es gespielt war, wovon ich ausging, dann konnte er das wirklich gut. „Sag bloß, das hat er dir nicht gesagt? O Gott, bitte entschuldige! Ich dachte echt, er hätte es dir erzählt, wo ihr doch inzwischen so viel zusammen unterwegs seid. Bestimmt wird er es dir noch sagen. Du weißt von nichts!“

„Also … also ist er gar kein Stripper?“

Jan schüttelte den Kopf, dann nickte er. „Na ja, das macht er auch hin und wieder, doch. Aber sein Hauptgeschäft war bisher ein anderes. Bitte entschuldige, ich dachte wirklich, du wüsstest das.“

Meine Gedanken überschlugen sich. Ich räusperte mich und fuhr mir mit der Hand durch das Haar. Nick hatte also als Escort gearbeitet. Vergangenheitsform. Das sollte keine Rolle spielen. Nein, es spielte keine Rolle, korrigierte ich mich. Natürlich konnte ich nicht abstreiten, dass mich diese Offenbarung ein wenig schockierte, noch mehr machte sie mich jedoch wütend auf Jan. Was fiel ihm ein, die Geheimnisse seines Freundes so offenherzig an Fremde auszuplaudern? Nun verstand ich jedenfalls, warum Nick in seiner Gegenwart so unglücklich wirkte. Und ich verstand, warum er ein solches Geheimnis um seine berufliche Situation machte.

„Nick wird es mir mit Sicherheit erzählen, wenn er so weit ist", sagte ich mit hoch erhobenem Kinn. „Ich denke nicht, dass es dafür deine Hilfe braucht. Vielleicht solltest du mit anderen Leuten in Zukunft lieber über die Dinge reden, die dich etwas angehen."

Jan hob abwehrend die Hände. „Okay, wow", sagte er. „Es war ja keine Absicht." Dann grinste er. „Aber schön zu wissen, dass du ihn so verteidigst, das würde ihn bestimmt freuen. Na gut, ich stürze mich mal ins Getümmel. Wir sehen uns, Lucy."

Damit verschwand er in der Menge und ich hatte Mühe, meinen rasenden Puls wieder unter Kontrolle zu bringen. So ungern ich es zugab, ein Teil von mir war fast dankbar für Jans Erklärung, denn nun wusste ich, was es mit den Lügen und der Geheimniskrämerei auf sich hatte. Natürlich war das eine Information, die man nicht einfach so mit Fremden teilte, noch dazu in einer kleinen Stadt wie Rothenburg, in der sich Gerüchte verbreiteten wie ein Lauffeuer. Zu allem Überfluss wohnten Nicks Ex-Frau und seine Tochter in dieser Gegend, ein weiterer Grund, vorsichtig zu sein – die wollte er mit Sicherheit schützen. Ich konnte ihn verstehen, und je länger ich darüber nachdachte, desto wütender wurde ich auf Jan. Nick wollte offensichtlich einen Neuanfang wagen, deswegen wollte er Würzburg verlassen und hierherziehen. Und sein angeblicher Freund wusste nichts Besseres zu tun, als ihn zum Stadtgespräch zu machen, noch bevor er überhaupt eine Wohnung gefunden hatte.

Während ich die anderen Bestellungen fertigmachte, beruhigte ich mich nur langsam. Wenn es Nick so schwerfiel, über seine Vergangenheit zu sprechen, wollte ich ihn nicht dazu drängen. Auf der anderen Seite war es jedoch unnötig, dass er sich so viele Sorgen darüber machte, zumindest wenn es um mich ging – und das sollte er wissen.

Ich füllte zwei Tassen mit Glühwein, dann wandte ich mich an Mayla und Sandra.

„Meint ihr, ihr kommt hier für eine halbe Stunde allein zurecht?", fragte ich. „Ich könnte ein wenig frische Luft vertragen. Und ich würde Nick gerne mitnehmen."

„Das ist kein Problem, lasst euch Zeit." Sandra grinste. „Frische Luft soll gesund sein."

„Wir kriegen das schon hin", stimme Mayla zu.

Und so bahnte ich mir einen Weg durch die Menschen zu Nick, der inzwischen mit Jan an einem freien Tisch saß. Ich warf Jan einen bösen Blick zu und erntete dafür ein Zwinkern und Grinsen.

„Hier, der geht auf mich“, sagte ich und drückte Nick
die Tasse mit seinem bestellten Glühwein in die Hand.
„Komm mit, ich will dir was zeigen.“

25

Nick

Ich folgte Lucy hinter die Garderobe und dann die gewundenen Stufen der alten Holztreppe hinauf. Doch anstatt im ersten Stock durch die angelehnte Tür zu treten, die offensichtlich zu ihrer Wohnung führte, ging sie weiter. Eine zweite Tür gab es im nächsten Stockwerk, doch die war verschlossen und wurde ebenfalls von ihr ignoriert, genauso wie die im dritten Stock.

„Wo bringst du mich hin?", fragte ich verwundert.

Das Treppenhaus wurde immer enger, die Stufen immer schmaler und sie knarzten bei jedem Schritt. Die Glühbirne hier oben hatte außerdem schon halb den Geist aufgegeben, sodass unsere Umgebung nur noch von einem schwachen orangen Schimmer beleuchtet wurde. Die Musik und das Stimmengewirr der Party hörte ich irgendwann nur noch gedämpft, auch der Duft nach Tanne und Plätzchen versiegte. Stattdessen roch es nach altem Holz und Staub.

„Das wirst du schon sehen", sagte sie nur. „Wir sind gleich da."

Endlich hatten wir das Ende des Treppenhauses erreicht. Lucy stieß eine Tür auf, ein eisiger Luftzug wehte herein und trug den Geruch von Schnee mit sich.

Ich trat hinter ihr über die Schwelle und staunte nicht schlecht: Wir waren draußen. Der vordere Teil des Hauses, der zur Oberen Schmiedgasse hinführte, war von einem Dachgiebel bedeckt, doch die Rückseite bestand aus einer großzügigen Dachterrasse, auf der wir nun standen.

Der Schnee knirschte unter unseren Füßen, als ich Lucy zur Brüstung folgte. Erst jetzt erkannte ich, dass wir von hier oben aus einen atemberaubenden Blick über Rothenburg hatten. Die Dächer waren mit einer dünnen Schneeschicht bedeckt, im Hintergrund leuchtete die Stadtmauer in einem sanften Braun und in der Ferne, weit dahinter, funkelten die Lichter der Stadt und der umliegenden Dörfer. Und noch immer fielen dicke Flocken vom Himmel.

Lucy lehnte sich mit der Hüfte gegen das Geländer und grinste mich an. „Ziemlich cool, oder?“

„Allerdings. Ich wusste gar nicht, dass du hier eine Dachterrasse versteckst.“

Ich stellte mich neben sie und ließ den Blick über die nächtliche Stadt schweifen.

„Man kann sie von unten aus auch nicht sehen“, sagte sie. „Im Sommer bin ich oft hier oben, das ist meine Entschädigung dafür, dass ich keinen Garten habe. Tatsächlich hatte ich mir kurz überlegt, die Party auf dem Dach stattfinden zu lassen, aber es wäre zu umständlich gewesen. Wir hätten viel zu viel vorbereiten müssen, außerdem ist die Stadt Rothenburg ein wenig empfindlich, was Lärmbelästigung nach 22 Uhr angeht.“ Sie grinste. „Und ich hätte dich nicht damit überraschen können.“

„Überraschung gelungen“, sagte ich lächelnd. „Bist du zufrieden mit deiner Feier?“

„Absolut! Besser hätte es nicht laufen können.“ Ihr Gesicht verfinsterte sich für einen kurzen Augenblick. „Dafür läuft es auf dem Markt anscheinend nicht so toll ... Die Konkurrenz fängt schon an, mir die Kunden wegzunehmen.“

Ich schluckte. Das war mein Stichwort, es ihr endlich zu sagen. Wieso nur war es so schwer? Nicht zum ersten Mal verfluchte ich mich dafür, es nicht schon längst hinter mich gebracht zu haben. Hätte ich diese Sache doch gleich am Anfang geklärt. Sie wäre sauer auf mich gewesen, aber ich hätte das Ganze retten können, davon war ich inzwischen überzeugt. Hätte ich es ihr schon an ihrer Stadtführung erzählt, wären wir inzwischen vermutlich längst an dem Punkt, wo wir uns wieder vertragen hatten und gemeinsam nach einem Ausweg suchen konnten.

Nun stand mir alles noch bevor – und mit jedem weiteren Tag, den ich sie belog, wurde es unwahrscheinlicher, dass sie mir verzeihen würde. Ich musste es ihr sagen. Jetzt.

Ich räusperte mich.

„Hör mal“, setzte ich an. „Also, was deine Konkurrenz betrifft ...“

Sie schüttelte energisch den Kopf. „Bitte entschuldige“, unterbrach sie mich. „Ich wollte nicht schon wieder damit anfangen. Für heute hatte ich mir fest vorgenommen, mich nicht mit solchen Dingen zu beschäftigen.“ Sie atmete tief durch, dann lehnte sie ihren Kopf gegen meine Schulter. „Die nächsten Wochen werden wahrscheinlich schwer genug werden. Da will ich wenigstens diesen einen Abend genießen und mir keine Sorgen um die Zukunft machen müssen."

Innerlich stöhnte ich auf. Ich wollte ihr wirklich nicht ihren Abend ruinieren, aber so konnte es nicht weitergehen. Eine ganze Weile standen wir so an der Brüstung und blickten in die Nacht, schweigend, Lucys Kopf an meiner Schulter.

Es hätte schön sein können, doch ich konnte die Situation nicht genießen. Mühsam suchte ich nach den richtigen Worten, doch ich fand sie nicht. Vielleicht gab es die richtigen Worte für meine Lage auch nicht.

„Es gibt noch etwas, über das ich mit dir reden muss", zwang ich mich schließlich zu sagen. Ich schluckte und löste mich von ihr, trat einen Schritt zurück, um ihr in die Augen sehen zu können. „Ich weiß, dass der Zeitpunkt nicht optimal ist, und ich will dir wirklich nicht deinen Abend verderben, aber die Wahrheit ist, dass ich schon eine ganze Weile auf den perfekten Moment warte, und irgendwie kommt er nicht. Es geht um meinen Job. Ich war nicht ganz ehrlich zu dir."

Ich machte eine kurze Pause und holte tief Luft.

„Jan hat mir schon alles erzählt", platzte sie hervor. „Ich weiß, dass du mich angelogen hast."

„Was?", stieß ich aus.

Sie nickte und schlang die Arme um ihren Oberkörper. Erst jetzt fiel mir auf, dass sie eine Gänsehaut hatte. Es schneite noch immer und sie trug nur ihr dünnes Kleid. „Ja. Gerade, unten", fuhr sie fort. „Um ehrlich zu sein, war ich etwas schockiert. Und wütend. Und ... ich weiß auch nicht so richtig, was ich jetzt fühlen soll, Nick. Es wäre besser gewesen, es aus deinem Mund zu hören, aber ich verstehe auch, dass du Angst vor meiner Reaktion hattest. Das ist … keine leichte Situation."

Sie fuhr sich mit der Hand durch das Haar und fing an, vor mir auf und abzugehen. So aufgewühlt hatte ich sie noch nie gesehen; ich konnte es ihr nicht verübeln.

„Aber ein Job ist nur ein Job", sagte sie dann, mehr zu sich selbst als zu mir. „Und er macht dich nicht zu einem schlechten Menschen, oder?"

„Das vielleicht nicht, aber es macht die Lage nicht unbedingt einfacher", gab ich zu.

„Sag mir nur eins", bat sie dann und blieb abrupt stehen. „Wirst du diese Arbeit behalten? Ich … ich mag dich wirklich unglaublich gern und ich will nicht kleinlich sein, aber ich bin mir nicht sicher, ob ich damit umgehen kann."

Ich stieß den Atem aus, eine Mischung aus Schuldgefühlen und Erleichterung durchflutete mich. Es war zu einfach, viel zu einfach. Sie hätte stinksauer sein müssen, es wäre ihr gutes Recht gewesen. Mindestens aber hätte sie es verdient gehabt, dass ich es ihr selbst sagte. Es war nicht fair, dass ich aus dieser Nummer so leicht herausgekommen war. Doch Jan hatte es mit Sicherheit nur gut gemeint und was immer er zu ihr gesagt hatte, er schien es gut verpackt zu haben, wenn sie es so gefasst aufnahm. Ich schuldete ihm definitiv ein Bier.

„Ich weiß es nicht", sagte ich, und es war die Wahrheit. „Zuerst schon, aber inzwischen bin ich mir nicht mehr sicher. Auch deinetwegen. Mir ist klar, dass ich eine ganze Menge erwarten würde, wenn ich dich darum bitte, das zu tolerieren, es ist nur so, dass ich momentan keine wirkliche Alternative habe. Es ist nun mal mein Job. Ich mache das seit vielen Jahren und ich kann nichts anderes.“

Sie trat näher und legte eine Hand an meine Wange. Ein sanfter Ausdruck trat in ihre Augen. „Sag doch so was nicht“, flüsterte sie. „Du kannst mit Sicherheit eine ganze Menge anderer Sachen! Mach dich nicht kleiner, als du bist.“

Ich wusste nicht, was ich darauf erwidern sollte. Mit einem Mal war sie viel zu nah, so nah, dass ich die Schneeflocken auf ihren Haaren zählen konnte. Sämtliche Worte blieben mir im Hals stecken. Wie automatisch nahm ich ihr die Tasse ab und stellte sie zusammen mit meiner auf das Geländer neben mich. Dann legte ich meine Hände an ihre Taille und zog sie noch näher zu mir. Ich konnte noch immer kaum glauben, dass ich es endlich hinter mich gebracht hatte und dass sie es mir nicht wirklich übelnahm, mehr noch, dass sie offensichtlich das gleiche fühlte wie ich. Sie legte den Kopf in den Nacken und sah zu mir auf, so viel Wärme im Blick, dass ich spüren konnte, wie sämtliche meiner Zweifel und Bedenken fortgespült wurden.

„Vielleicht kann ich dir helfen“, sagte sie jetzt. „Ein Neuanfang ist sicher schwer, aber du musst das nicht allein durchstehen, weißt du? Wir können vielleicht gemeinsam eine Lösung finden.“

Ich nickte. „Das klingt gut“, sagte ich und hörte dabei selbst, wie heiser meine Stimme klang. Und dann überwand ich die letzten Zentimeter zwischen uns und küsste sie.

26

Lucy

Nicks Hand lag auf meiner Taille und drückte mich an sich, dabei fühlte es sich an, als würde sie Löcher durch den dünnen Stoff meines Kleides brennen. Mit einem Mal spielte die Kälte hier oben keine Rolle mehr, mir war so warm, dass ich schier dahinschmolz. Doch es waren nicht nur seine Berührungen, die mich schwindelig werden ließen – die Gewissheit, dass nun nichts mehr zwischen uns stand, dass es keine Geheimnisse mehr gab, das war es, was mich in den siebten Himmel beförderte.

Es spielte keine Rolle, was er in der Vergangenheit getan hatte. Mich interessierte nur, was vor uns lag.

Zum ersten Mal seit langer Zeit gab mir ein Mann das Gefühl, dass ich mit meinen Problemen nicht allein war, dass er mich nicht einfach hängenlassen würde, sobald es schwierig wurde. Das hatte er getan, als er mir mit meiner Arbeit geholfen hatte, und er tat es jetzt, indem er mir zeigte, dass es ihm nicht gleichgültig war, wie es mir ging. Dass er bereit war, mit mir zusammen nach einer Lösung zu suchen, auch wenn das bedeutete, dass er vielleicht etwas dafür aufgeben musste.

Und dass er mich nun so zärtlich küsste, als hätten wir alle Zeit der Welt, das war das Sahnehäubchen auf der Torte. Ich schlang meine Arme um seinen Nacken und zog ihn noch näher zu mir.

Dann jedoch wurde ich von einem lauten Knall in die Realität zurückkatapultiert, als die Terrassentür aufflog.

„Er ist komplett außer Kontrolle", hörte ich eine Stimme, und widerwillig löste ich mich von Nick. Irritiert drehte ich mich um und sah Mayla aus der Tür stürmen.

„Wer?", fragte ich atemlos.

„Ich unterbreche euch zwei Turteltauben nur ungern, aber Muffin sitzt im Baum und rastet total aus", sagte Mayla. „Er richtet ein riesiges Chaos an und wir kriegen ihn da nicht raus."

„Was?!"

Ich warf einen Blick zu Nick. Der sah ein wenig verwirrt aus.

„Muffin?", fragte er.

„Mein Kater." Ich stöhnte. „Wir müssen nach unten und ihn da rausholen. Wahrscheinlich ist er ins Café gelaufen und ausgeflippt, weil so viele Leute da sind. Komm!"

Ich griff nach seiner Hand und zog ihn hinter mir her, dann folgten wir Mayla die Stufen hinab.

Im Café angekommen sah ich sofort, was sie meinte: Der Baum stand zwar noch, schwankte jedoch bedrohlich hin und her und dutzende Kugeln lagen zerbrochen auf dem Boden. Die Gäste hielten glücklicherweise Abstand, nur Sandra stand vor dem Baum und versuchte, Muffin herauszulocken, allerdings vergeblich.

Ich bahnte mir einen Weg durch die Menge und suchte nach meinem Kater, was gar nicht so einfach war. Die Äste der Tanne waren so dick und buschig, dass ich ihn auf den ersten Blick nicht fand.

Ich schob das Grünzeug zur Seite und dann sah ich ihn endlich: Er hatte sich an den Stamm geklammert und starrte mich mit weit aufgerissenen Augen und gesträubtem Fell an. Ein herzzerreißendes, vorwurfsvolles Maunzen brach aus ihm hervor.

„Komm her, mein Schatz", säuselte ich, und streckte die Arme nach ihm aus. „Komm, ich hol dich hier raus und bring dich nach oben in die Wohnung, da hast du deine Ruhe."

Er quittierte meine Annäherungsversuche jedoch mit einem Fauchen und kletterte noch weiter nach oben, woraufhin sich die Spitze des Baumes gefährlich bog.

Ich stieß ein Stöhnen aus und fuhr mir durch das Haar. Hätte ich doch nur die Wohnungstür zugemacht. Aber wer hätte auch ahnen können, dass er bei all dem Trubel zurück ins Café laufen würde?

Meine Gäste hatten allesamt aufgehört, miteinander zu reden oder zu feiern – stattdessen hatte sich nun eine riesige Traube um mich, Muffin und den Baum herum gebildet, und die Leute warfen mir allerlei ungebetene Ratschläge zu.

„Versuch es doch mal mit Leckerchen!"

„Das arme Tier!"

„Hört er denn nicht auf seinen Namen?"

„Vielleicht sollten wir einen Tierarzt rufen? Man kann ihn sicher betäuben."

Für einen Moment kniff ich die Augen zusammen und rieb mir mit den Fingern über die Schläfen. Am besten wäre es, all diese Leute wären leise und würden für ein paar Minuten mein Café verlassen, aber das konnte ich wohl schlecht verlangen.

Einen Augenblick später stand Nick neben mir, legte mir tröstend eine Hand auf die Schulter und reichte mir ein Paar dicker Männerhandschuhe aus Wildleder.

„Hier", sagte er. „Vielleicht hilft das was?"

„Es verringert wenigstens das Verletzungsrisiko", murmelte ich. „Danke."

Ich zog die Handschuhe über und griff erneut in den Baum. Sandra tauchte neben mir auf, sie war zwischenzeitlich in meiner Wohnung gewesen und hatte die Transportbox geholt. An sich keine schlechte Idee, ich müsste Muffin nur aus dem Baum pflücken, ihn in die Box befördern und könnte ihn dann gefahrlos nach oben in meine Wohnung tragen.

Doch da hatte ich die Rechnung ohne meinen Kater gemacht. Sobald der Blick seiner gelben Augen auf die Kiste fiel, die er mit dem Tierarzt in Verbindung brachte, war es vorbei mit dem kläglichen Rest seiner Geduld. Er stieß ein weiteres lautes Fauchen aus und sprang nach oben in die Baumkrone. Das war zu viel für den billigen Ständer, der seine Kapazitätsgrenzen ohnehin längst erreicht hatte. Die Spitze bog sich noch weiter, und dann verlor der Baum das Gleichgewicht und kippte um.

Mit einem lauten Scheppern und Klirren landete er auf dem Boden und riss dabei gleich noch ein paar Lichterketten und Wandbilder mit sich. Hinter mir schrie jemand auf. Die Kugeln zerbarsten in tausend Einzelteile, Scherben verteilten sich auf dem Boden, und Muffin machte gleichzeitig einen riesigen Satz über all das Chaos hinweg, schoss durch die Menschenmenge, dann die Treppe hinauf und verschwand in meiner Wohnung. Am Rande bekam ich mit, dass irgendwas hinter mir blitzte, doch ich war viel zu schockiert, um meine Aufmerksamkeit darauf zu lenken oder darüber nachzudenken.

Nick starrte mich mit großen Augen an. „Bist du verletzt?"

„Ich ... ich glaube nicht", stammelte ich. „Und ihr?"

Er schüttelte den Kopf. Sandra und Mayla, die ebenfalls ganz vorne standen, taten es ihm gleich.

Ich warf einen Blick über die Schulter und stellte erleichtert fest, dass auch von meinen Gästen offensichtlich niemand irgendwelche Scherben abbekommen hatte.

Dann wandte ich mich wieder Nick zu. Einen kurzen Moment lang starrten wir uns an, immer noch leicht unter Schock – und dann brachen wir beide in Gelächter aus.

Mayla und Sandra stimmten ein, und kurz darauf ging auch hinter uns alles wieder zur normalen Tagesordnung über. Die Leute nahmen wieder Platz an ihren Tischen, Mayla huschte hinter die Theke und schnappte sich Besen und Schaufel.

„Wir bringen das in Ordnung", sagte sie. „Geh du lieber mal nach oben und schau nach Muffin, nicht dass er verletzt ist."

Nick nahm ihr einen Besen ab und nickte. „Wir haben das hier im Griff."

Ich streifte seine Handschuhe ab. „Danke euch“, sagte ich.

Gerade wollte ich mich auf den Weg machen, da schälte sich jemand aus der Menge – ein Mann in einem blauen Trainingsanzug, schätzungsweise Mitte fünfzig. Er trug eine beeindruckende goldblonde Föhnwelle auf dem Kopf und ein breites Grinsen im sonnengebräunten Gesicht. Ich hatte ihn noch nie zuvor gesehen, doch er kam geradewegs auf mich zu, wobei er in die Hände klatschte, als wäre das ganze Spektakel eben ein eigens für ihn inszeniertes Theaterstück gewesen.

„Was für eine Show!“, rief er. „Grandios! Großartig!“

Verwirrt schüttelte ich ihm die Hand, die er mir reichte, aus dem Augenwinkel sah ich, wie Nick sich neben mir versteifte.

„Anton Gruber“, stellte der Mann sich jetzt vor. „Mir gehört die Bäckerei gegenüber. Ich wollte drüben gerade Feierabend machen und habe gesehen, dass hier noch der Bär steppt, da dachte ich mir, das ist ein guter Anlass, um mich und meine Mitarbeiter einmal vorzustellen, immerhin werden wir in Zukunft Nachbarn sein – aber ich sehe, Nick haben Sie bereits kennengelernt.“

27

Lucy

„Nick?", brachte ich hervor, hochgradig verwirrt. Unwillkürlich verschränkte ich die Arme vor der Brust.

Diesem Mann gehörte also die Crumb Factory? Nun, er sah ungefähr genauso unsympathisch aus, wie ich mir meinen neuen Konkurrenten vorgestellt hatte. Doch was hatte er mit Nick zu schaffen?

„Anton ist mein Chef", mischte Nick sich jetzt ein, der noch immer neben mir stand und sich sichtlich unwohl fühlte. „Ihm gehört die Crumb Factory, doch in der neuen Filiale werden hauptsächlich Jan und ich arbeiten. Anton ist nur bis zu Eröffnung hier, sobald das Geschäft angelaufen ist, wird er wieder in der Zentrale arbeiten."

„Moment mal." Mein Hirn brauchte einige Sekunden, um das Gehörte zu verarbeiten. Ich trat einen Schritt zurück, brachte Abstand zwischen ihn und mich. „Du und Jan ... Ihr arbeitet für Crumb Factory?"

Verwirrt sah er mich an. „Ja?", sagte er. Das Wort kam lang gezogen aus seinem Mund und klang mehr wie eine Frage.

„Also ... also, auf dem Weihnachtsmarkt?", hakte ich nach. Das war doch wohl ein Scherz. Das war also der

Bekannte, dem er auf dem Markt aushalf? Hatte Jan nicht irgendwas von Weihnachtsschmuck erzählt?

„Momentan arbeite ich auf dem Markt, aber nach Weihnachten dann in der neuen Filiale", sagte Nick. Er lächelte, was allerdings ein wenig schief aussah. Meine Reaktion schien ihn zu verstören – doch was hatte er denn erwartet?

„Dann bist du gar kein Escort?", platzte ich hervor. „Das war auch eine Lüge?"

„Ein Escort?!" Entsetzt riss er die Augen auf, und gleichzeitig brach Anton Gruber neben ihm in lautes Gelächter aus.

„Er hat Ihnen erzählt, er sei ein Callboy?", japste er. „Das ist ja köstlich!" Er brüllte vor Lachen.

Langsam ging mir der Kerl auf die Nerven. Ich fuhr zu ihm herum. „Bitte verlassen Sie mein Café", fauchte ich. „Das hier ist eine geschlossene Veranstaltung."

„Seit wann?"

„Seit gerade eben."

Ich wandte mich wieder Nick zu und stemmte die Hände in die Hüften. „Du hast mich belogen!"

Ich konnte es nicht fassen! Er war also derjenige, der nach Rothenburg gekommen war, um mir meinen Traum zu zerstören – doch nicht nur das! Er hatte die ganze Zeit über gewusst, wer ich war. Er hatte sich bei mir eingeschmeichelt, um meine Geschäftsgeheimnisse auszuspionieren. Er kannte meine Speisekarte und mein neues Marketingkonzept. Und zu allem Überfluss hatte er sich einen Spaß daraus gemacht, mit mir zu flirten und mir falsche Hoffnungen zu machen, nur um mich dann derart auflaufen zu lassen. Unwillkürlich tauchten Bilder vor meinem inneren Auge auf, wie er an den Abenden mit Jan und diesem schmierigen Anton in der Kneipe saß, wie sie sich darüber lustig machten, wie dumm ich war und wie er ihnen in allen Details von meinen Plänen und kläglichen Versuchen erzählte, meinen Laden zu retten … Hitze schoss mir in die Wangen, als mir klar wurde, dass sie sich heute Abend auch noch über den Kuss auslassen und sich dabei über mich und meine Naivität amüsieren konnten.

Das war zu viel. Ich ballte die Hände zu Fäusten.

„Verschwindet aus meinem Café", fauchte ich. „Ihr alle drei!"

„Lucy, warte mal", setzte Nick an. „Ich glaube, wir haben uns da missverstanden, es ist nicht …"

„Ich will, dass ihr geht", unterbrach ich ihn. Tränen der Wut brannten hinter meinen Lidern und gewaltsam drängte ich sie zurück. Mayla und Sandra tauchten an meinen Seiten auf, mit verschränkten Armen und finsteren Blicken standen sie wie meine Bodyguards neben mir. Aus dem Augenwinkel sah ich, dass die anderen Gäste mir verstohlene und neugierige Blicke zuwarfen, dass die ganze Szene trotz des Lärmpegels im Café nicht unbeobachtet blieb. Doch in diesem Moment hätte es mir nicht gleichgültiger sein können.

„Wir können auch die Polizei rufen, wenn euch das lieber ist", sagte Sandra gelassen.

Nick warf mir einen verzweifelten Blick zu, doch Anton Gruber lachte immer noch. Dann legte er einen Arm um Nick und zog ihn fort.

„Callboy", hörte ich ihn noch glucksen, während er ihn zur Tür schleifte und unterwegs noch Jan einsammelte. „Was für eine wunderbare Geschichte! Das musst du mir gleich unbedingt erzählen!"

Eine Sekunde später bimmelte die Glocke an meiner Tür und die drei waren verschwunden. Ich warf einen Blick zu meinen Freundinnen. Erschüttert starrten sie mich an.

„Er hat dir erzählt, er sei ein Callboy?", fragte Sandra nach einer langen Pause.

„Ich dachte, er sei Stripper", sagte Mayla.

Mir fiel ein, dass er zu Akiko gesagt hatte, dass er Bäcker sei. Er hatte sie unabhängig von mir kennengelernt, mit seiner Tochter auf dem Spielplatz. Er wusste nicht, dass sie mit mir arbeitete, dass wir Freundinnen waren, und so war sie die einzige Person, zu der er ehrlich sein konnte. Und ich war so ein Schaf, dass ich es nicht kapiert hatte.

Doch jetzt ergab alles einen Sinn.

„Jetzt fällt es mir auch wieder ein!", stieß Mayla plötzlich hervor. „Weißt du noch, als ich ihn zum ersten Mal gesehen habe, damals bei der Karaokenacht? Ich habe doch gesagt, dass er mir bekannt vorkommt!"

„Mhm", machte ich nur. Mit einem Mal fühlte ich mich unglaublich müde.

„Er war es damals gewesen, der mit mir bei der Stadtverwaltung saß. Als ich dort war wegen der Unterschriften für meine Umbaumaßnahmen."

„Ja, das klingt logisch", sagte ich nur. Ich wünschte, es wäre ihr früher aufgefallen. Das hätte mir eine Menge Ärger und Kummer erspart, aber ich konnte es ihr ja schlecht zum Vorwurf machen. Wäre ich selbst nicht so blauäugig gewesen und hätte ein bisschen nachgedacht, hätte ich auch allein darauf kommen können. Es hätte ja schon gereicht, wenn ich einfach mal über den Weihnachtsmarkt gelaufen wäre und nach seinem

Stand gesehen hätte – doch ich war so sehr mit meinen Sorgen und neuen Plänen beschäftigt gewesen, dass ich das Offensichtliche übersehen hatte.

„Könnt ihr euch hier kurz allein um das Chaos kümmern?", fragte ich schwach. „Ich komme gleich und helfe mit, aber ich möchte vorher noch nach Muffin schauen."

„Natürlich", sagten Mayla und Sandra gleichzeitig.

Ich drehte mich um, bahnte mir einen Weg durch all die Leute, die ich kaum noch wahrnahm, und machte mich auf den Weg nach oben. Dieser Abend hatte sich von einem Traum zu einem absoluten Albtraum entwickelt. Nun hoffte ich nur, dass es Muffin wenigstens gut ging. Dass er irgendwelche Verletzungen hatte und ich mit ihm in die Tierklinik fahren müsste, wäre wirklich das Letzte, was ich heute Abend noch gebrauchen konnte.

Als ich in meiner Wohnung ankam, schlummerte er jedoch friedlich in seinem Körbchen. Ich untersuchte sein Fell und seine Pfoten, konnte jedoch nichts entdecken. Immerhin etwas.

Trotzdem blieb ich noch einen Moment in meiner Wohnung. Ich ging in mein Schlafzimmer, ließ mich auf mein Bett fallen und heulte in meine Kissen.

Es dauerte eine ganze Weile, bis ich mich überwinden konnte, wieder nach unten zu gehen, und als ich es schließlich tat, hatten Sandra und Mayla das größte Chaos bereits beseitigt.

28

Nick

„Was zur Hölle hast du dir dabei gedacht?“, fuhr ich Jan an.

Wir waren Anton losgeworden – zum Glück – und saßen nun in Gela's Lounge, einer gemütlichen Kneipe nur wenige Straßen von Lucys Bäckerei entfernt.

Jan, der bis vor Kurzem noch ein breites Grinsen aufgesetzt hatte, sah jetzt zerknirscht aus. „Es sollte nur ein Witz sein“, murmelte er.

„Das war ein beschissener Witz!“, sagte ich. „Ich wollte alles aufklären und sie meinte, sie wüsste schon Bescheid. Ich dachte, du hättest ihr die Wahrheit gesagt.“

„Wieso sollte ich ihr die Wahrheit sagen?“, fragte er, sichtlich überrascht. „Du hattest mich gebeten, es nicht zu tun.“

Ich stöhnte auf. „Ja. Aber ich dachte, es versteht sich von selbst, dass du ihr nicht stattdessen irgendwelche Lügengeschichten auftischst.“

Nun grinste er doch wieder. „Ehrlich gesagt fand ich es ziemlich lustig. Ich muss immer noch lachen, wenn ich mir dich als Stripper oder Callboy vorstelle. Naughty Nick. Eigentlich unglaublich, dass sie mir das abgekauft hat. Aber du bist selber schuld. Wärst du von Anfang an ehrlich gewesen, wäre es gar nicht so weit gekommen."

Ich nahm die Brille ab, legte sie vor mich auf den Tresen und rieb mir müde über die Augen. „Denkst du, das weiß ich nicht?"

Natürlich war mir klar, dass ich Jan nicht die Schuld in die Schuhe schieben konnte. Er war ein Idiot, aber er hatte recht – ich hatte es verdient. Wäre ich einfach ehrlich gewesen, wäre das Ganze nicht passiert. Erneut drifteten meine Gedanken zurück zu der Situation im Café. Lucys Blick würde mich vermutlich für den Rest meines Lebens verfolgen. Diese Mischung aus Verwirrung, Ungläubigkeit, Enttäuschung, Schmerz ... Ein dicker Klumpen bildete sich in meinem Magen und blieb dort liegen wie ein Felsbrocken.

„Ich bin mir sicher, sie wird es verkraften", sagte Jan. „Sie hätte es ja offenbar sogar verkraftet, dass du dein Geld mit Sex verdienst. Sie mag dich. Du hättest sehen sollen, wie sie dich verteidigt hat, als ich ihr dein vermeintliches Geheimnis erzählt habe. Sie war richtig wütend auf mich."

„Zurecht."

Er lachte. „Sieh es mal so: Sie wird dich bald jeden Tag in ihrer Nähe haben, ob sie will oder nicht. Da wird ihr wohl kaum was anderes übrigbleiben, als sich irgendwie mit dir und deiner Anwesenheit in der Stadt abzufinden."

„Wow", sagte ich. „Du bist echt keine Hilfe."

Er nippte an seinem Bier. „Habe ich nie behauptet."

Eine Weile saßen wir schweigend an der Bar, dann räusperte er sich. „Im Ernst, Nick. Was wirst du jetzt tun?"

Ich seufzte. „Ich weiß es nicht. Ich will die Sache in Ordnung bringen, aber mit einer einfachen Entschuldigung wird es nicht getan sein. Lucy hat Angst um ihre Existenz, zurecht. Anton lässt sich nicht von seinem Konzept abbringen, was natürlich auch verständlich ist. Ich sitze zwischen den Stühlen."

„Wenn Anton rausfindet, dass du ihr hilfst, sich gegen seine Firma durchzusetzen, wird er sowieso nicht gerade begeistert sein, um es mal vorsichtig auszudrücken", sagte Jan. „Und ich bin das eigentlich auch nicht, wenn ich ehrlich bin. Ich hänge an meinem Job."

Ich dachte bei mir, dass die Chancen für Lucy ohnehin schlecht standen, doch ich brachte es nicht übers Herz, das auszusprechen. Es lag nicht daran, dass sie nicht gut gewesen wäre; ihr Café war wunderschön, das Essen fantastisch. Aber die Erfahrung hatte gezeigt, dass die großen Konzerne in solchen Konstellationen fast immer gewannen. Wir hatten einfach viel mehr Möglichkeiten, vor allem finanzielle.

„Hast du sie denn mal gefragt, ob sie Lust hätte, bei uns zu arbeiten?", schlug Jan vor. „Ihr Kram ist der Hammer, wenn Anton das Zeug mal probieren würde, würde er sie mit Kusshand nehmen, da bin ich mir fast sicher. Davon abgesehen mag ich sie auch. Sie ist irgendwie süß."

„Ich kann sie ja mal fragen", sagte ich. „Sollte sie irgendwann wieder mit mir reden."

Doch irgendwie bezweifelte ich es. Beides. Dass sie jemals wieder mit mir sprechen würde, aber auch, dass sie ihren Traum einfach aufgeben und bei uns anfangen würde. Eine bessere Idee hatte ich allerdings auch nicht.

***

Am Dienstagvormittag hatte ich endlich ein paar Besichtigungstermine. Mayla hatte sich nicht mehr gemeldet – und würde das vermutlich auch nicht mehr tun –, trotzdem hatte ich vier Angebote gefunden, die infrage kamen: zwei über Online-Portale, eine über die örtliche Zeitung und eine über Akikos Bekannte.

Die erste der vier Wohnungen lag sogar in der Altstadt, direkt am Marktplatz. Sie war auch wunderschön: Große, helle Räume, dunkler Parkettboden und stuckverzierte Wände. Schnell stellte ich jedoch fest, dass diese Wohnung für mich unbezahlbar war, außerdem hatte sie keinen Garten.

Die nächsten beiden waren zwar günstiger, allerdings zu weit außerhalb, nicht sonderlich schön und auch zu klein.

Erst bei der letzten hatte ich mehr Glück. Wie vermutet, war der Heckenacker ein Stadtteil von Rothenburg, und zwar einer, der hauptsächlich aus Wohngebieten bestand. Obwohl es von der Bäckerei aus fast eine halbe Stunde Fußmarsch war, verliebte ich mich sofort in die Gegend. So sehr ich den Trubel und das internationale Flair der Altstadt mochte, das hier konnte ich nur als friedlich bezeichnen. Es war so ruhig, dass es mir ländlich vorkam, ein krasser Gegensatz zu all der Hektik und dem Rummel, dem ich in den vergangenen Tagen auf dem Weihnachtsmarkt ausgesetzt gewesen war.

Mir wurde klar, dass dieser Kontrast vielleicht sogar genau das war, was ich nach all der Zeit in Würzburg brauchte. Ich sehnte mich nach Entschleunigung und wenn ich meine Tage in der Filiale in der Altstadt verbringen würde, wäre die Ruhe hier vermutlich eine echte Wohltat.

Während ich nach der entsprechenden Adresse suchte, sah ich mich neugierig um.

Die meisten Häuser waren im Toskana-Stil erbaut worden und hatten gepflegte kleine Gärten ringsherum. Auf meinem Weg kam ich auch direkt an zwei Spielplätzen und einem Kindergarten vorbei, ein untrügliches Zeichen dafür, dass dies hier eindeutig eine Gegend für Familien war. Hin und wieder hörte ich einen Hund bellen, in manchen Gärten spielten Mütter mit ihren Kindern, bauten Schneemänner oder warfen Schneebälle – ansonsten war es angenehm still hier draußen. Kein einziges Auto war auf den schmalen Straßen unterwegs.

Als ich die notierte Adresse schließlich erreicht hatte, stand ich vor einem modernen Haus, das sich optisch von den anderen abhob. Die Fassade war mit einer rötlichen Holzverkleidung versehen worden, das spitz zulaufende Dach von dunklen Schindeln bedeckt, auf denen nun allerdings eine dicke Schicht Schnee lag. Trotzdem leuchtete das rote Haus in der schneeweißen Umgebung förmlich.

Eine kleine Veranda erstreckte sich entlang der Vorderseite, geschützt von einer hölzernen Überdachung. Ein paar rustikale Holzmöbel standen dort. Um das Haus herum verlief ein kleiner gepflegter Garten, in dem ein paar Spielgeräte standen – eine Schaukel und ein kleines Klettergerüst.

In der offenen Eingangstür stand bereits Christina, Akikos Bekannte, mit der ich telefoniert hatte. An ihre Seite drückte sich ein etwa vierjähriger Junge, der mich halb schüchtern, halb neugierig betrachtete.

„Hi, ich bin Nick", stellte ich mich vor und reichte Christina die Hand. Dann wandte ich mich an den Kleinen: „Und wer bist du?"

„Tim", nuschelte er und versteckte sich noch ein bisschen mehr hinter Christina.

„Wir haben dich schon von Weitem gesehen, deswegen sind wir schon mal rausgekommen, falls du es nicht findest", sagte Christina. „Auch wenn unser Haus eigentlich fast nicht zu übersehen ist, oder?" Sie lachte.

„Deine Beschreibung war ziemlich akkurat. Es ist wunderschön. Die ganze Gegend ist das", sagte ich.

„Komm rein, dann führe ich dich rum", sagte sie. „Möchtest du einen Kaffee?"

Ich lehnte dankend ab und folgte Christina und Tim die Treppe hinauf in den ersten Stock.

„Ich habe das Haus zusammen mit meinem Ex-Mann gekauft", erklärte sie. „Es war eigentlich nie geplant gewesen, dass wir es vermieten, aber manchmal kommen die Dinge eben anders als gedacht. Wir haben uns getrennt, er ist nach Köln zu seiner neuen Freundin gezogen und ich habe nun so viel Platz, den ich überhaupt nicht brauche."

Sie stieß die Tür auf und wir fanden uns in einem hellen, schmalen Flur wieder, von dem drei Türen wegführten.

„Eigentlich sollten hier oben mal ein Schlafzimmer und zwei Kinderzimmer sein, aber Tim und ich haben im Erdgeschoss mehr als genug Platz für uns beide", erklärte sie, während sie mich durch die gemütlichen kleinen, doch hellen Räume führte. „Na ja, und die Sache mit dem zweiten Kinderzimmer hat sich erstmal ohnehin erledigt. Ich habe hier eine kleine Küchenzeile einbauen lassen und du kannst dir selbst überlegen, wie du es dir einrichtest. Ob du hier eine große Küche und das Wohnzimmer in einem anderen Raum haben willst oder eine offene Wohnküche, das bleibt dir überlassen. Einen Balkon gibt es auch."

Sie öffnete die entsprechende Tür und ich warf einen Blick nach draußen. Wir befanden uns auf der Südseite des Hauses und der Balkon gab die Sicht auf den zugeschneiten Garten und die umliegenden Wohnhäuser frei. In der Ferne sah ich die Türme der Jakobskirche. Unwillkürlich musste ich an Lucy denken. An den ersten Tag mit ihr, ihre Stadtführung und die Geschichte über den Meister und seinen Hund. Eine Sekunde später drifteten meine Gedanken ab. Ihr süßes Lächeln und ihre schönen Augen. Ihre Hand in meiner, ihre Lippen auf meinen ... Ein Kloß bildete sich in meinem Hals und ich räusperte mich. Schnell verscheuchte ich die Erinnerungen.

Dann folgte ich Christina und Tim in die nächsten beiden Zimmer und besichtigte noch das winzige Bad. Insgesamt war die Wohnung nicht besonders groß, doch ich liebte sie bereits jetzt. Sie war sauber, hell und gemütlich, und in Gedanken war ich bereits dabei, sie einzurichten. Die Aufteilung war perfekt für Wohnküche, Schlafzimmer und Kinderzimmer für Charlie.

Über die Miete hatten wir bereits am Telefon gesprochen, und so wollte ich am liebsten direkt zusagen. Nach wochenlanger Suche war ich mir sicher, dass ich nichts Besseres finden würde.

„Akiko hat erzählt, dass du niemanden findest", sagte ich, während wir die Treppen wieder nach unten gingen und Christina mich in ihre eigene Wohnung bat. Sie war fast genauso geschnitten, mit dem einzigen Unterschied, dass die Räume ein wenig großzügiger waren, da es keine Dachschrägen gab.

Sie nahm am Küchentisch Platz und bedeutete mir, mich zu setzen. Tim kletterte auf ihren Schoß und griff nach einem Becher mit Kakao, der auf dem Tisch stand.

„Na ja, das stimmt nicht ganz", sagte sie jetzt. „Es gab schon ein paar Leute, die Interesse hatten, aber bisher schimmerte bei allen durch, dass sie nur eine Übergangslösung suchten, und ich hätte ganz gerne jemanden hier, der ein bisschen länger bleibt als nur ein paar Monate. Würdest du allein hier einziehen?"

„Ja, aber ich hätte an zwei oder drei Tagen die Woche vermutlich meine Tochter bei mir", erklärte ich. „Deswegen war es mir auch wichtig, dass es drei Zimmer sind, und bisher war es unglaublich schwer, etwas Passendes zu finden. Das hier wäre perfekt, sogar Spielplätze sind in der Nähe."

„Wie alt ist deine Tochter?", fragte Christina.

„Charlie ist fünf."

Tims Augen strahlten. „Ich bin auch fast fünf! Sie kann mit mir spielen! Ich hab ein Spielhaus im Garten! Und ich hab richtig viele Autos! Mag sie Autos?"

Ich schmunzelte. „Charlie liebt Autos!"

„Ich auch!“ Tims Stimme überschlug sich fast vor Begeisterung.

Christina streichelte ihm lächelnd über den Kopf. „Nick will sich mit Sicherheit erst noch in Ruhe überlegen, ob er hier einziehen möchte“, sagte sie. Dann wandte sie sich an mich: „Er hat mich angefleht, jemanden zu nehmen, der ein Kind hat“, sagte sie. „Aber das ist gar nicht so einfach. Für die meisten Familien ist die Wohnung zu klein. Also überleg es dir.“

„Da muss ich nicht lange überlegen“, sagte ich. „Die Wohnung ist ein Traum.“

„Das freut mich. Ich habe noch ein paar andere Bewerber, aber nach den Besichtigungen möchte ich mich entscheiden. Ich würde mich im Lauf der nächsten Wochen bei dir melden und dir Bescheid geben.“

Ich versuchte, mir meine Enttäuschung nicht zu sehr anmerken zu lassen. Natürlich wollte sie auch anderen Wohnungssuchenden eine Chance geben, trotzdem hatte ich gehofft, dass ich sofort eine Zusage bekommen würde. Nun hieß es erneut warten – und hoffen, dass Akiko, die inzwischen mit Sicherheit auch schon von meinem Verrat wusste, mir keine Steine in den Weg legen würde.

29

Lucy

„Du siehst wirklich übel aus", stellte Sandra in ihrer trockenen, lakonischen Art fest, während sie sich mir gegenüber an den Tisch setzte. Es war Mittwoch, ich hatte Ruhetag, Sandra und Akiko hatten frei. Trotzdem war ich frühmorgens mit meinen Freundinnen unten, weil ich sowieso nicht mehr schlafen konnte und sie mich offensichtlich nicht allein lassen wollten.

„Deine Komplimente waren auch schon mal besser", erwiderte ich müde.

Mayla nahm neben mir Platz und griff nach einem Schneeballen mit Himbeerglasur. „Aber sie hat recht", sagte sie sanft. „Wann hast du zum letzten Mal mehr als drei Stunden geschlafen, Süße?"

„Keine Ahnung", gab ich zu. „Vor dem Desaster mit der Weihnachtsfeier, vermute ich." Ich griff nach meiner Tasse, die entgegen meiner Gewohnheiten mit Kaffee gefüllt war, und nahm einen großen Schluck. Unwillkürlich verzog ich das Gesicht. Guter Gott, war dieses Zeug bitter! Wie konnte Nick so viel davon trinken?

Mühsam versuchte ich, sein Bild aus dem Kopf zu bekommen, doch es gelang mir kaum. Immer wieder sah ich ihn vor mir, oben auf der Dachterrasse … Und dann im Café, in dem Moment, als er aufgeflogen war.

Ein heftiger Stich zuckte durch meine Brust und etwas in meinem Magen verkrampfte sich.

„Das war doch kein Desaster", sagte Mayla und lenkte mich damit von meinen Gedanken an Nick ab. „Es lief doch toll! So viele Leute waren da! Hast du die ganzen Fotos gesehen?"

„Ja, aber hast du das auch?", fragte ich düster. „Das bezweifle ich nämlich."

Sie wusste, worauf ich anspielte. Instagram wurde geschwemmt von Bildern meiner Feier, das Café war auf allen verlinkt worden und ich hatte Massen an neuen Followern gewonnen. Die meisten Leute hatten sich positiv geäußert und von dem schönen Abend und meinen Gebäcken geschwärmt, aber irgendjemand hatte Bilder und Videos von der Katastrophe mit Muffin im Baum gemacht, und die waren einfach nur schrecklich. Auf einem Bild zog ich eine fürchterliche Grimasse und holte mit der Hand aus, als würde ich ihn schlagen wollen – was natürlich nicht der Fall gewesen war –, auf einem anderen war das Chaos nach dem Umsturz des Baumes zu sehen.

Und ein Reel, das den kompletten Vorfall von Anfang bis Ende zeigte, ist förmlich viral gegangen. Am Mittwochmorgen hatte es fast 100.000 Aufrufe.

Mayla grinste. „Es gibt keine schlechte Publicity."

„Da bin ich mir nicht so sicher."

„Wie geht es jetzt mit Nick weiter?", fragte Akiko vorsichtig. Muffin hatte sich auf ihrem Schoß zusammengerollt und schlief so friedlich, als könnte er kein

Wässerchen trüben. „Hat er dir gesagt, warum er dich belogen hat?“

„Nein, aber ich habe auch keine Lust, mit ihm zu reden“, sagte ich. Tatsächlich hatte Nick sowohl am Sonntag als auch am Montag versucht, mich anzurufen, danach hatte er eine WhatsApp mit einer langen, fadenscheinigen Entschuldigung geschrieben, die ich jedoch nur überflogen und danach gleich gelöscht hatte.

Vielleicht glaubte ich ihm sogar, dass keine böse Absicht hinter alledem gesteckt hatte, doch ehrlich gesagt waren mir seine Gründe egal. Er konnte es noch so sehr als Missverständnis hinstellen, die Wahrheit war, dass er mich tagelang belogen und bewusst hinters Licht geführt hatte. Und sein Kumpel Jan hatte sich zusätzlich einen Spaß daraus gemacht, mich zu veräppeln. Spätestens seit der Sache mit Felix reagierte ich auf Lügen absolut allergisch. Ich versuchte immer, den Menschen die Möglichkeit zu geben, ehrlich zu mir zu sein, indem ich sie nicht bedrängte oder unter Druck setzte. Genauso hatte ich es auch bei Nick getan, und trotzdem hatte er beschlossen, mich zu verarschen. Ich war mir sicher, dass ich ihm das nicht würde verzeihen können.

„Aber ihr werdet euch in Zukunft immer wieder über den Weg laufen“, gab Akiko zu bedenken. „Wenn der Laden drüben erst aufgemacht hat. Ich habe gesehen, dass nächste Woche schon die Eröffnung sein soll.“

„Großartig“, sagte ich matt, dabei war mir klar gewesen, dass es nicht mehr lange dauern konnte. Immerhin waren die Renovierungsarbeiten so gut wie fertig. „Ich weiß auch nicht genau. Vielleicht lasse ich Fensterläden anbringen, die ich dann schließen kann, wenn er drüben ist. Dann muss ich ihn nicht sehen."

„Das beruhigt sich schon wieder", sagte Sandra. „Und ich bleibe dabei, in ein paar Monaten ist er wieder weg."

„Vielleicht sollte ich mein Café auch einfach schließen", sprach ich schließlich das aus, was mir seit meiner Feier immer wieder im Kopf umhergespukt war.

Die letzten drei Tage hatte ich genug Zeit gehabt, um über alles nachzudenken, und obwohl Mayla recht hatte und es nicht so schlecht gelaufen war, war ich mir inzwischen fast sicher, dass meine Bemühungen ohnehin nicht ausreichen würden. Sicher, ich konnte weiter an meiner Webpräsenz arbeiten, konnte Workshops, Seminare und Events anbieten, aber letzten Endes würde das alles vermutlich nicht ausgleichen, dass Crumb Factory eben viel billiger war und größere Mengen produzieren konnte.

Wollte ich wirklich, dass der Rest meiner beruflichen Laufbahn ein täglicher Kampf ums Überleben sein würde? Noch dazu einer, den ich zwangsläufig eines Tages verlieren würde?

Vielleicht war es wirklich an der Zeit, aufzugeben. Besser ein Ende mit Schrecken als ein Schrecken ohne Ende. So hieß das doch, oder?

„Das wirst du nicht tun", sagte Sandra. „Denk nicht mal dran!"

Ich schluckte. Ich wusste nicht genau, ob es am Schlafmangel lag oder an der allgemeinen Verzweiflung und Hoffnungslosigkeit, die mich erfasst hatte, aber nun sprach ich etwas aus, das ich immer für mich behalten hatte.

„Vielleicht soll es ja einfach so sein", sagte ich. „Wenn ich ehrlich bin ... mag ich Schneeballen nicht einmal besonders." Ich blickte auf die Tischplatte, ein wenig beschämt. Aber es stimmte. Sie waren okay, aber irgendwie trocken, zumindest die Standardvariante. Ich wusste, viele Leute liebten sie und natürlich hätte ich das als Bäckereibesitzerin niemals offen zugegeben, aber die Wahrheit war, dass es sehr viele andere Gebäcke gab, die ich lieber mochte. Zimtsterne zum Beispiel. Oder Lebkuchen.

Akiko schnappte nach Luft, als hätte ich ihr soeben offenbart, dass ich in meiner Freizeit Hundewelpen würgte. Aber Sandra und Mayla verzogen keine Miene.

„Das ist uns klar", sagte Mayla dann nach einer langen Pause. Ihr Mundwinkel zuckte. „Glaubst du, uns ist nicht aufgefallen, dass du beim Kaffee immer die ganzen Plätzchen futterst, statt die Schneeballen, die du uns hinstellst?"

Mein Blick schoss hoch. „Was, echt?"

Sandra grinste. „Hat uns bisher nicht gestört. Mehr Pistazienzauber für uns."

„Aber das ist doch blöd", stöhnte ich. „Das Café war der Traum meiner Eltern und Großeltern. Sie haben so viel Geld, Zeit und Mühe hier reingesteckt, ich kann das doch nicht einfach aufgeben."

„Du hast es gerade selbst gesagt", sagte Mayla. „Der Traum deiner Eltern. Nicht deiner."

„Und wenn ich schließe, wäre ich arbeitslos. Und Sandra und Akiko auch", fuhr ich fort. „Ich kann nicht einfach schließen, ich trage Verantwortung."

„Das ist ja auch nicht unbedingt nötig", sagte Akiko, die sich anscheinend von dem Schock über meine Beichte erholt hatte. „Vielleicht ist es wirklich an der Zeit, was Neues zu machen, aber das muss ja nicht heißen, dass wir schließen müssen. Wenn wir ein bisschen überlegen, fällt uns bestimmt eine andere Möglichkeit ein. Uns ist doch bisher immer was eingefallen."

Mayla und Sandra nickten heftig.

Ich verstand, was Akiko meinte. Aber mir wollte nichts einfallen. Und ich hatte auch keine Energie mehr, um darüber nachzudenken. Ich war traurig und müde, und wollte mich am liebsten bis Weihachten in meinem Bett verkriechen und schlafen.

Akiko räusperte sich. „Aber es gibt noch etwas anderes, das ich dich fragen wollte", sagte sie nun. „Am Montag hat Nao Geburtstag und ich habe Nick und seine Tochter eingeladen ... Ich dachte, es wäre vielleicht ganz gut, wenn er dabei bleibt, weil sich die beiden ja noch nicht gut kennen, außerdem hat er versprochen, mir bei der Schatzsuche zu helfen. Ich könnte es aber total verstehen, wenn du das nicht möchtest. Ich kann sie wieder ausladen."

Ich schluckte. Wir hatten die Feier bei mir im Café geplant, und Akikos Tochter war wirklich die letzte Person, die ich in meine Streitereien mit hineinziehen wollte.

„Nein, das ist absolut in Ordnung", sagte ich. „Die Kinder können nichts dafür. Und Nick und ich können uns sicher ein paar Stunden zusammenreißen, ohne uns gegenseitig an die Gurgel zu gehen. Das werden wir in Zukunft sowieso müssen, also alles gut."

Insgeheim graute mir jedoch bereits vor dem Tag.

30

Nick

Lucy wollte nicht mit mir reden. Ich hatte versucht sie anzurufen, um persönlich mit ihr zu sprechen, doch sie drückte mich weg, also probierte ich es mit einer Nachricht über WhatsApp, doch es kam keine Antwort. Ich war mir nicht einmal sicher, ob sie sie überhaupt gelesen hatte, denn sie hatte die Lesebestätigung ausgeschaltet.

Dass sie mir keine Möglichkeit gab, an sie heranzukommen oder mit ihr zu sprechen, erfüllte mich mit einer gewissen Verzweiflung. Andererseits konnte ich es ihr kaum verübeln. Mehrmals hatte ich mit dem Gedanken gespielt, sie einfach in ihrer Bäckerei zu besuchen, doch sie hatte mir sehr deutlich zu verstehen gegeben, dass sie keinen Kontakt wünschte – und ich glaubte nicht, dass es die Lage besser machen würde, wenn ich mich ihr aufzwang, also ließ ich es bleiben.

Stattdessen versuchte ich am Mittwochabend noch einmal mit Anton zu reden und ihm den Vorschlag zu unterbreiten, dass wir Lucy vielleicht abwerben könnten – doch er lachte mich nur aus und nannte mich einen Hornochsen.

An diesem Abend fragte ich mich zum ersten Mal, warum ich seit so vielen Jahren für ihn arbeitete. Nach meinem abgebrochenen Studium hatte ich eine Lehre zum Bäcker gemacht, im Anschluss den Meister. Kurz darauf wurde ich zum Filialleiter der größten Crumb Factory Niederlassung in Würzburg befördert, wo mir meine BWL-Kenntnisse zugutekamen, auch wenn ich das Studium damals nicht beendet hatte. Von da an arbeitete ich zehn Stunden am Tag, hatte kaum jemals am Wochenende frei und musste klaglos Antons Launen über mich ergehen lassen. Und das war es dann.

Ich hatte die letzten Jahre damit verbracht, einem Mann und seiner Firma gegenüber loyal zu sein, der sich einen feuchten Kehricht um mich und meine Bedürfnisse scherte.

***

Am Donnerstag hatte ich frei und verbrachte den Tag mit meiner Tochter. Ich holte sie mittags vom Kindergarten ab und fragte sie, was sie am liebsten machen wollte. Es war ungewöhnlich mild an diesem Nachmittag und der Schnee hatte sich von den Straßen verabschiedet, worüber ich ein wenig traurig war; ich hatte gehofft, wir könnten Schlittenfahren. Doch Charlie hatte anscheinend ohnehin ihre eigenen Pläne.

„Ich will zum Weihnachtsmarkt", sagte sie. „Da gibt es ein Karussell!"

„Stimmt, das ist gleich neben meinem Stand", sagte ich lächelnd. „Damit willst du fahren?"

„Ja! Und Crêpe essen!"

„Na, dann machen wir das doch."

Gemeinsam schlenderten wir über den Markt, Charlies kleine Hand in meiner, und zum ersten Mal konnte ich mir die anderen Stände richtig ansehen – bisher war ich ja immer nur in meiner Bude gewesen. Heute hielt sich der Andrang auch in Grenzen, und so hatte ich die Möglichkeit, all die Eindrücke richtig in mir aufzunehmen.

Die Luft war erfüllt vom Duft nach Lebkuchen, heißen Maronen und Glühwein. Aus Lautsprechern tönte „O Tannenbaum" und hallte über den Marktplatz. Vor dem großen Weihnachtsbaum, der in der Mitte des Platzes stand, blieb Charlie stehen und posierte für Fotos, die ich ihrer Mutter schicken sollte.

Im Anschluss wollte sie sich jeden einzelnen Stand ansehen. Wir betrachteten handgefertigte Weihnachtsdekorationen, handgemachte Kerzen und filigrane Schnitzarbeiten. Passierten Bratwurststände und Schmuckhändler, Holzspielzeug und Flammkuchen ... Als wir uns Lucys Bude näherten, schlug mein Herz schneller, doch dann stellte ich gleichermaßen enttäuscht wie auch mit einer gewissen Erleichterung fest, dass sie nicht selbst darin war, sondern ein junger Mann, den ich auch auf ihrer Feier gesehen hatte.

Schnell ging ich weiter. Charlie verliebte sich in ein Paar gestrickter hellblauer Handschuhe, die ich ihr kaufte, und bis wir am Kirchplatz ankamen, wo das Karussell stand, hatte sie bereits ihre zweite Tasse Kinderpunsch getrunken sowie eine riesige Portion Zuckerwatte verdrückt. Ich warf einen Blick zu unserem Stand und winkte Jan zu, der heute in der Bude war, doch der sah mich gar nicht – kein Wunder, obwohl Donnerstag war und nicht so viele Besucher auf dem Markt wie an den Wochenenden, standen sie bei uns wieder Schlange und er hatte alle Hände voll zu tun.

Ein Stich fuhr in meine Brust, als ich daran dachte, dass an Lucys Bude kaum jemand angestanden hatte. Ich schob die Gedanken an sie und die Arbeit beiseite und versuchte stattdessen, mich auf Charlie zu konzentrieren, auf das Hier und Jetzt.

Während sie mit dem Karussell fuhr, dachte ich darüber nach, dass dies meine Zukunft sein konnte – dass es von nun an immer so sein konnte. Natürlich nicht der Markt, der würde in zwei Wochen wieder schließen, aber unbeschwerte Nachmittage mit meiner Tochter. Die würden von jetzt an keine Seltenheit mehr sein, und der Gedanke daran machte mich für einen Moment so glücklich, dass ich Lucy und meine Sorgen tatsächlich für kurze Zeit vergaß.

„Gehst du mit mir zum Weihnachtsdorf?", fragte Charlie mit schokoladenverschmiertem Gesicht, nachdem sie unzählige Runden mit dem Karussell gefahren war und ihren Crêpe verdrückt hatte.

Grinsend wischte ich ihr mit einer Serviette über die Wangen. „Hast du nicht langsam genug von Weihnachten?"

Empört sah sie mich an. „Wie kann man denn genug von Weihnachten haben?!"

Ich lachte. „Na gut. Und wo ist dieses Weihnachtsdorf?"

„Neben dem Markt!", rief sie aufgeregt. „Das ist total toll, ich zeig es dir!"

***

Ich folgte ihr in die Herrengasse und in einen Laden hinein, vor dessen Tür ein weihnachtlich dekorierter Transporter sowie ein riesiger Nussknacker aus Holz standen. Als wir das Geschäft betraten, staunte ich nicht schlecht. „Geschäft" war eigentlich eine Untertreibung – es wirkte vielmehr wie ein kleiner weihnachtlicher Erlebnispark.

Charlie griff nach meiner Hand und zog mich mit sich, bis hin zu einer Wand, die von Stofftieren bevölkert wurde. Es wurde ein kleines Dorf dargestellt und diverse Motoren trieben die Tiere an, sodass sich alles an der Wand ununterbrochen bewegte: Affen blickten aus Fenstern, Hasen kletterten Leitern hinauf, Bären winkten uns entgegen ...

„Das ist so cool!", quietschte Charlie. „Ich wünschte, ich könnte hier wohnen."

Wir sahen dem Treiben eine Weile zu, dann gingen wir weiter, Charlie voran, ich folgte ihr. Wir schlängelten uns durch verwinkelte, schmale Gänge, die links und rechts von hohen Regalen gesäumt wurden, die über und über mit glitzerndem Weihnachtsschmuck beladen waren. Und obwohl das Geschäft riesig war, wiederholten sich die Kugeln nicht. Es gab sie in allen Größen, Farben, Mustern und Formen. Wir sahen Christbaumkugeln in Form von Fahrzeugen, Musikinstrumenten, allen möglichen Tieren oder Pflanzen, Lebensmitteln, Haushaltsgegenständen ... Es gab nichts, was es nicht gab.

Ich fand sogar eine Kugel in Form eines Schneeballen, und da konnte ich nicht widerstehen und nahm sie mit.

Irgendwann lichtete sich der schmale Gang und mit einem Mal befanden wir uns auf einer Art Empore, die den Blick auf ein richtiges kleines Dorf freigab: Ein Stück unter uns, in der Mitte einer größeren Freifläche, stand ein riesiger, sich drehender weißer Weihnachtsbaum, von oben bis unten mit glitzernden Kugeln behängt.

Die Regale dort unten hatten die Form von Fachwerkhäuschen und die Decke über allem war mit dunklen Stoffen verhangen und funkelnden Sternen geschmückt, sodass dieser Bereich des Geschäfts wie ein winterliches kleines Dorf aussah.

„Das ist unglaublich", brachte ich hervor.

„Es ist toll, oder? Ich liebe diesen Laden", schwärmte Charlie.

„Und das bauen die hier jedes Jahr extra zu Weihnachten auf?" Ich konnte es kaum fassen. Was das für eine Arbeit bedeuten musste!

„Nee, das ist hier immer."

„Immer?" Charlies Antwort verwirrte mich. „Wie meinst du das?"

„Das Weihnachtsdorf hat das ganze Jahr über geöffnet", mischte sich eine Stimme neben mir ein. Ich drehte mich um und blickte in das freundliche Gesicht einer Verkäuferin, die eine Art Dirndl trug. „Nicht nur zum Weihnachtsmarkt."

„Sie verkaufen das ganze Jahr über Weihnachtssachen?", fragte ich nach.

Die Verkäuferin lachte angesichts meiner verwirrten Miene. „Ja", sagte sie. „Wir verkaufen diese Sachen das ganze Jahr über. Haben Sie nicht gewusst, dass Rothenburg auch als Weihnachtsstadt bekannt ist? Für viele Besucher ist dieses Geschäft ein fester Bestandteil der Tour."

„Ehrlich gesagt dachte ich immer, das bezöge sich nur auf den Weihnachtsmarkt", gestand ich. „Der ist ja auch ziemlich bekannt."

„Das ist er", stimmte sie zu. „Und er ist auch wunderschön, aber das Weihnachtsdorf gehört auch dazu. Es gibt hier auch ein Weihnachtsmuseum, falls Sie sich das ansehen möchten. Oder sie bleiben einfach im Laden. Gehen Sie ruhig nach unten und sehen sich um, weiter hinten gibt es auch noch ein großes Karussell aus Holz."

„Ja, aber keins zum Fahren", erklärte Charlie mit leicht enttäuschtem Gesicht. „Da bin ich auch schon mal drauf reingefallen. Das ist nur zum Angucken."

Die Verkäuferin lachte. „Auf dem Weihnachtsmarkt gibt es eins zum Fahren, warst du da schon?"

„Ja", sagte Charlie mit einem Strahlen. „Ich durfte fünf Runden fahren!"

„Das klingt ja super. Und für welche Fahrzeuge hast du dich entschieden?"

„Für das Pferd natürlich!", sagte Charlie.

„Wenn Sie sagen, der Laden steht das ganze Jahr über so wie er ist", hakte ich noch einmal vorsichtig nach, „heißt das dann auch, dass die Kunden das ganze Jahr über Weihnachtssachen kaufen? Sie müssen mir das natürlich nicht beantworten, aber ich kann mir das kaum vorstellen. Wer geht denn im Sommer in ein Weihnachtsgeschäft?“

Jetzt grinste die Frau. „Sie würden sich wundern“, sagte sie. „Es gibt genug Menschen, denen die Weihnachtszeit viel zu kurz ist und die auch im Sommer hier reinkommen, ja. Und es sind nicht nur die Touristen, sondern auch Einheimische, die immer wieder hierherkommen. Ich schätze, für viele ist es wie ein kleiner Urlaub für den Kopf. Einfach mal eine halbe Stunde Weihnachten, egal um welche Jahreszeit. Eine halbe Stunde heile Welt, den Alltagsstress vergessen und sich wieder wie ein Kind fühlen, das mit leuchtenden Augen zum ersten Mal im Jahr den Weihnachtsbaum ansieht. Glauben Sie mir, das kommt nicht nur im Winter gut an.“

„Papa, komm jetzt“, drängelte Charlie und zupfte an meinem Hosenbein. „Ich will dir noch das Holzkarussell zeigen! Und weiter vorne gibt es dann noch ganz viele Kuckucksuhren, die sind auch total toll, aber man darf sie leider nicht anfassen.“

Ich verabschiedete mich von der Verkäuferin. „Vielen Dank“, sagte ich. „Das war sehr interessant.“

„Keine Ursache. Wenn Sie noch Fragen haben, sprechen Sie uns einfach an.“

„Das werde ich.“

Fragen hatte ich in diesem Augenblick keine mehr, aber eine Idee war mir gekommen. Ich hatte keine Ahnung, ob es eine gute Idee war und ob es klappen würde, ob Lucy das überhaupt wollte … Doch ich musste es einfach probieren.

Und während ich meiner Tochter durch den Rest des Ladens folgte, mir in Ruhe alles ansah und gebührend bestaunte, nahm sie in meinem Kopf immer mehr Gestalt an.

Vielleicht hatte ich die Lösung für unsere Probleme gefunden.

31

Lucy

Am letzten Tag der Woche war meine Laune auf dem absoluten Tiefpunkt angelangt – es war Freitag der 13., wie passend. An diesem Morgen ging so ziemlich alles schief. Die erste Ladung Schneeballen misslang, Muffin fegte eine Tasse auf den Boden und sorgte mal wieder für Scherben, und als ich einen Blick auf die Verkaufszahlen aus der Bude warf, stürzte mich das in eine regelrechte Krise.

Mir war klar, warum es auf dem Markt so miserabel lief: Weil die Konkurrenz dort schon aktiv war. Diese Zahlen waren wie ein Blick in die Zukunft, sie zeigten mir, was mich in Kürze auch in meinem Laden erwarten würde.

Zu dem ganzen Frust gesellte sich dann noch die Trauer über Nicks Verrat. Ich wollte es nicht, wollte nicht mehr an ihn denken und wollte ihm auch nicht hinterherheulen – und doch konnte ich es nicht abstellen, was mich zunehmend nervte. Ich hatte genug andere Probleme, dass ich jetzt auch noch Tag und Nacht an meinen neuen Konkurrenten denken musste und traurig darüber war, dass er mich nur ausgenutzt hatte, war vollkommen unnötig.

„Ich denke, du solltest ein bisschen an die frische Luft", sagte Sandra um die Mittagszeit. „Mach eine Pause."

Akiko stimmte zu. „Gerade ist es doch relativ ruhig hier. Mach einen Spaziergang, hol dir was zu essen auf dem Markt."

Ich dachte mir im Stillen, dass ich garantiert nicht auf den Markt gehen würde. Die Gefahr, dort Nick über den Weg zu laufen, war mir zu groß, außerdem wollte ich nicht sehen, wie sich die Leute an seinem Stand drängten, während an meinem gähnende Leere herrschte.

Aber frische Luft war dennoch eine gute Idee. Vielleicht würde mir das helfen, den Kopf freizubekommen.

„Es macht euch wirklich nichts aus?"

„Nun geh schon", sagte Sandra und scheuchte mich aus dem Laden.

***

Ich wusste, wo ich hingehen würde – dahin, wo es mich immer hintrieb, wenn mir alles zu viel wurde. Ich hüllte mich in meinen Mantel, zog die Strickmütze auf den Kopf und machte mich auf den Weg zu meiner Bank.

Nachdem es in den letzten beiden Wochen so herrlich geschneit hatte, hatte nun Tauwetter eingesetzt. Die Luft war feucht und ungewöhnlich mild, die Kopfsteinpflaster zu meinen Füßen schimmerten nass. Sämtlicher Schnee war innerhalb eines einzigen Tages geschmolzen, und nun floss das braune Wasser in den

Rinnsalen die Obere Schmiedgasse hinab. Das Wetter war genauso trostlos, wie ich mich fühlte.

Ich bog vor dem Marktplatz links ab, damit ich um den Kirchplatz und damit auch Nicks Bude einen weiten Bogen machen konnte. Ich nahm den Umweg über den Burggarten und brauchte so ein wenig länger, bis ich schließlich am Ziel war, aber dafür war ich niemandem über den Weg gelaufen, den ich nicht sehen wollte.

An meiner Bank hatte ich Glück: Obwohl die Stadt voller Menschen war, war ich hier allein. Ich stellte mich an die Mauer, ließ den Blick über das Tal schweifen und atmete tief durch. Der gewünschte Effekt setzte sofort ein: Wie immer, wenn ich hier war, erfasste mich nach kurzer Zeit eine unglaubliche Ruhe, konnte ich nach wenigen Atemzügen abschalten.

Der Lärm aus der Altstadt war hier nicht mehr zu hören, nur das Rauschen der Bäume und das Zwitschern der Vögel erfüllten die Luft.

Dann jedoch fiel mein Blick auf die inzwischen aufgetaute Eiswiese im Tal, und sofort musste ich wieder an Nick denken. An seine kläglichen Versuche, auf den Schlittschuhen das Gleichgewicht zu halten ... Ich biss mir auf die Lippe, um ein Grinsen zu unterdrücken. Einen Augenblick später drifteten meine Gedanken jedoch schon weiter – an den Moment, als wir gestürzt waren. Seine Hände um meine Taille, wie er mich gehalten hatte.

Für einen kurzen Augenblick war die Erinnerung so präsent, dass ich sogar dachte, seine Stimme zu hören. Ich unterdrückte ein Stöhnen. Wieso konnte mein

Gehirn mich nicht einfach mit diesen Gedanken in Ruhe lassen?

„Lucy?"

Nun war ich mir absolut sicher, seine Stimme zu hören. Ich fuhr herum – und da stand er. Neben meiner Bank!

Unwillkürlich schlang ich die Arme um den Oberkörper. Ich hasste es, dass ein Teil von mir sich darüber freute, ihn zu sehen – gleichzeitig wollte ich nicht mit ihm reden, wollte ihn nicht einmal ansehen, und so wand ich den Blick wieder ab und starrte nach unten ins Tal. Aus dem Augenwinkel sah ich, dass er neben mich trat. Er trug seine karierte Flanelljacke, keine Mütze. Das Haar stand ihm vom Wind in zwanzig verschiedene Richtungen.

„Ich kann verstehen, wenn du nicht mit mir reden willst", sagte er jetzt. Ich presste die Lippen zusammen, um mich nicht zu einer patzigen Antwort hinreißen zu lassen. Doch mein Mund machte sich selbständig.

„Sicher, dass du das verstanden hast? Warum bist du dann hier?"

Er räusperte sich. „Weil ich gerade im Café war und Sandra gesagt hat, du hättest frische Luft schnappen müssen", sagte er dann. „Da dachte ich mir, dass du vielleicht hier bist. Du musst auch nicht mit mir reden, wenn du das nicht willst. Aber bitte hör mir zu. Mir ist klar, dass ich dir die Wahrheit hätte sagen sollen. Ich habe den richtigen Moment verpasst und dann habe ich ihn nicht mehr gefunden. Es war so schwer."

War das sein Ernst? Es war so schwer? Was glaubte er, wie schwer die Situation für mich war – erwartete er jetzt, dass ich Mitleid mit ihm hätte?

„Der richtige Moment wäre gewesen, als ich dich nach deinem Job gefragt habe", sagte ich durch zusammengebissene Zähne. „Und nein, das wäre nicht schwer gewesen. Ich arbeite für Crumb Factory. Siehst du? Ich habe es gesagt. War ganz einfach."

Er öffnete den Mund und wollte etwas erwidern, doch ich kam ihm zuvor. Nun drehte ich mich doch zu ihm herum, um ihm ins Gesicht sehen zu können. Wütend funkelte ich ihn an.

„Oder als du mir mit der Homepage geholfen hast. Als wir auf dem Eis waren. Oder bei der Karaoke-Nacht. Lauter gute, passende Momente. Aber stattdessen hast du deinen Freund dazu angestiftet, mich anzulügen, damit ihr euch über mich lustig machen könnt, während ihr hinter meinem Rücken meine Existenz zerstört – als hätte das nicht schon gereicht."

Betroffen sah er mich an. „Wir haben uns nicht über dich lustig gemacht, Lucy!", stieß er hervor. „Und ich habe Jan auch nicht angestiftet. Wenn überhaupt, wollte sich Jan über mich lustig machen. Er fand es nicht gut, dass ich nicht ehrlich war und wollte mich ärgern."

Er fuhr sich mit der Hand durchs Haar, woraufhin es nur noch wilder aussah.

„Aber deswegen bin ich nicht hier. Ich weiß, dass du recht hast. Ich weiß, dass Jan recht hatte, dass ich hätte ehrlich sein müssen. Und ich kann nichts tun, um das ungeschehen zu machen. Ich kann mich nur bei dir entschuldigen. Es tut mir unfassbar leid, Lucy. Ich wollte das alles nicht. Weder dir deine Existenz zerstören noch dich verletzen. Wenn es irgendetwas gibt, das ich tun kann, damit du dich besser fühlst, dann lass es mich wissen."

Er sah so deprimiert aus und wirkte so aufrichtig, dass ich spürte, wie mein Widerstand bröckelte. Doch ich würde mich nicht schon wieder von seinem Hundeblick täuschen lassen.

„Das kannst du", sagte ich. „Du kannst meinen Wunsch respektieren und mich in Ruhe lassen."

Er schluckte. „Das werde ich", sagte er. „Wenn du das möchtest. Aber eine Sache wollte ich dir trotzdem noch sagen, nur für den Fall, dass es dich interessiert. Ich habe mit Anton gesprochen, noch bevor ich aufgeflogen bin. Ich habe versucht, die Dinge in Ordnung zu bringen, nachdem ich dich kennengelernt habe. Ich wollte ihn dazu bringen, das Sortiment noch einmal zu überdenken, und ich habe ihn gebeten, nach einer Lösung zu suchen, die ortsansässige Geschäfte nicht in Gefahr bringt, aber er wollte nichts davon hören."

Das glaubte ich ihm sogar. Ich hatte Anton nur kurz kennengelernt, doch er hatte wie jemand gewirkt, der es gewohnt war, dass die Leute nach seiner Pfeife tanzten – und der über Leichen ging, um zu bekommen, was er wollte.

„Als das nicht funktioniert hat, habe ich beschlossen, dir zu helfen", fuhr Nick fort. „Und parallel habe ich nach dem richtigen Augenblick gesucht, um dir die Wahrheit zu sagen, aber irgendwie kam jedes Mal etwas dazwischen und ich ... ehrlich gesagt hatte ich auch ziemliche Angst, dass du mich dann hassen würdest."

Einen Moment lang wusste ich nicht, was ich darauf erwidern sollte.

„Und dann hast du gedacht, die Lügen machen das Ganze besser?", presste ich nach einer Weile schließlich hervor. „Dir muss doch klar gewesen sein, dass ich es irgendwann herausfinden würde, spätestens wenn du drüben arbeitest. Oder dachtest du, du könntest dich ewig vor mir verstecken?"

Er lachte, doch es klang nicht wirklich fröhlich. „Ich habe offensichtlich überhaupt nichts gedacht, Lucy."

„Ja, so kommt es mir auch vor." Ohne dass ich es wollte, zupfte ein Grinsen an meinem Mundwinkel. Ich presste die Lippen zusammen und wandte den Blick ab, bevor er es noch sah.

„Aber eigentlich bin ich noch aus einem anderen Grund hier", sagte er dann. „Wenn es für dich keine Option ist, vergiss es einfach nach diesem Gespräch wieder. Ich verspreche, ich werde dich dann in Ruhe lassen. Aber möglicherweise habe ich eine Lösung für dein Problem gefunden. Eine Möglichkeit, wie wir dein Café retten können."

32

Lucy

Ich musste mittags wieder ins Café, da ich Sandra und Akiko nicht zu lange allein lassen konnte – der große Ansturm kam erfahrungsgemäß immer erst am Nachmittag und Akiko musste um zwei gehen.

Doch obwohl ich immer noch sauer war, war ich auch neugierig auf Nicks Idee – und hatte ihn deshalb für den Abend eingeladen, damit er mir in Ruhe erzählen könnte, was er sich überlegt hatte. Als ich nun also Feierabend machte, Sandra nach Hause ging und ich den Rest aufräumte und für den nächsten Tag vorbereitete, wartete ich auf Nick. Ich legte noch einmal Holz im Kamin nach und holte meinen Laptop aus der Wohnung, falls wir ihn brauchen würden. Ich hatte keine Ahnung, was Nick mir heute Abend vorschlagen würde, aber ich war verzweifelt genug, dass ich keine Chance ungenutzt lassen und es mir wenigstens anhören wollte.

Und obwohl ich es nicht wollte, spürte ich eine gewisse Aufregung, die nichts mit seinen Plänen zu tun hatte. Ich gab es nur ungern zu, doch er hatte mir in den vergangenen Tagen gefehlt. Dass wir nun wieder miteinander redeten, fühlte sich auf eine Art gut an, auch wenn ich ihm seine Lügen nicht verzeihen konnte.

Um kurz vor acht stand er schließlich vor der Tür und ich ließ ihn herein. Draußen regnete es in Strömen und er war ziemlich durchnässt.

„Danke, dass du mir diese Chance gibst", begrüßte er mich, während er seine Jacke an die Garderobe hängte. Er hielt eine Flasche Glühwein in die Höhe. „Ich habe dir auch was mitgebracht, als kleine Entschädigung. Das ist der gute, vom Weingut Glocke!"

Ich zog eine Braue in die Höhe. „Willst du mich abfüllen, damit ich vergesse, was du mir angetan hast?"

„Gott, nein!", stieß er entsetzt hervor. „Ich will mich nur entschuldigen, Lucy. Es tut mir so leid, du kannst dir kaum vorstellen, was ich für ein schlechtes Gewissen habe."

„Na gut. Also dann, danke. Trinkst du eine Tasse mit mir?"

„Sehr gern."

Ich nahm den Wein entgegen, ging hinter den Tresen und kippte die Flasche in meinen kleinen Glühweinkocher. Während der sich darum kümmerte, das Getränk auf die richtige Temperatur zu bringen, kam ich wieder nach vorne und nahm an dem Tisch Platz, auf dem ich bereits meinen Laptop bereitgelegt hatte. Nick setzte sich mir gegenüber und kaum hatte sein Hintern die Sitzfläche berührt, sprang auch schon Muffin auf seinen Schoß.

Dieser Verräter!

„An dich habe ich auch oft gedacht", murmelte Nick, während er anfing, meinen Kater hinter den Ohren zu kraulen. Muffin warf seinen Motor an und ließ ein lautes Schnurren hören. „Hast du dein Abenteuer gut überstanden?"

Ich schnaubte. „Als ich in meine Wohnung kam, lag er in seinem Körbchen und hat selig geschlafen“, erzählte ich. „Und als ich ihn nach Verletzungen untersucht habe, hat er mich angesehen, als wüsste er nicht, wovon ich rede. Als hätte ich mir alles nur eingebildet.“

Nick lachte. „Ja, das sieht ihm ähnlich. Gut, dass nichts passiert ist.“

„Ja, darüber bin ich wirklich froh.“

„Aber der Abend hat sich gelohnt, oder?“, fragte Nick. Nun grinste er. „Jedenfalls für Muffin. Er ist jetzt ein Internetstar.“

Ich stöhnte auf. „Du hast die Videos gesehen?“

„Natürlich! Und ich habe mich für dich gefreut. Die Sichtbarkeit ist bestimmt gut für dich und dein Geschäft.“

„Auf meine Verkaufszahlen wirkt sich das aber nicht aus“, murmelte ich. „Vor allem, was den Markt betrifft. Der Weihnachtsmarkt war immer ziemlich wichtig für mich, Weihnachten war immer die umsatzstärkste Zeit im Jahr – und nun gehen alle nur noch zu dir ... also zu Crumb Factory. Dabei hat euer Laden noch nicht einmal eröffnet. Da kann ich mir jetzt schon denken, wie das in Zukunft laufen wird.“

Ich konnte sehen, wie er schluckt. „Nun, das ... das ist sicher ärgerlich“, sagte er schließlich. Was sollte er auch sonst sagen?

Müde winkte ich ab. „Ehrlich gesagt überlege ich, mein Café zu schließen“, gab ich zu. „Ich höre mir deine Ideen sehr gern noch an, weil ich noch immer nach einer Alternative suche, aber auf lange Sicht wird es ohnehin darauf hinauslaufen.“

Er öffnete den Mund und wollte anscheinend protestieren, doch dann schloss er ihn wieder – vermutlich, weil er mir insgeheim recht gab.

Ich fuhr fort. „Ich habe dir ja schon mal gesagt, dass ich an dem Laden hänge, weil er das Erbe meiner Eltern ist", sagte ich, „aber die Wahrheit ist, dass es immer ihr Traum war, nicht meiner. Und nun bin ich an einem Punkt, an dem nicht mehr in meiner Hand liegt, was passieren wird. Deine Firma wird nicht einfach wieder verschwinden, das ist mir klar. Meine einzige Chance ist, dass ich weitermache und kämpfe, so lange, bis es eben irgendwann doch nicht mehr geht. Und dieser Punkt wird sehr wahrscheinlich kommen. Ich möchte nicht, dass die nächsten Monate oder Jahre ein einziger Kampf um meine Existenz werden – noch dazu für etwas, das nie mein eigener Traum gewesen ist. Ich bin jetzt schon müde, Nick. Wahrscheinlich ist jetzt ist die Zeit dafür, dem Ganzen ein Ende zu setzen, kurz und schmerzlos."

Ich stand auf und ging zu meiner Theke, um zwei Tassen mit Glühwein zu füllen. Obwohl alles die Wahrheit war, überkam mich eine seltsame Wehmut bei dem Gedanken daran, mein Café schließen zu müssen. Das und Angst vor der Zukunft. Ich versuchte, diese lähmenden Gefühle abzuschütteln.

„Das einzige Problem ist", fuhr ich fort, „dass ich dann einen neuen Job brauche. Und nicht nur ich, auch Akiko und Sandra. Wenn es irgendwie geht, hätte ich gerne eine Lösung, die die beiden miteinschließt, denn ich möchte sie nur ungern im Stich lassen. Ich habe Glück, weil mir das Haus hier gehört. Also entweder vermiete ich die Ladenfläche, was mir zusätzliche Einnahmen bringen würde. Dann müsste ich hier allerdings umbauen, weil meine Wohnung ja nur über den Laden zu erreichen ist. Oder ich mache ein neues Geschäft auf, irgendwas ganz anderes, etwas, das nichts mit Schneeballen zu tun hat. Nur habe ich keine Ahnung, was das sein könnte."

Ich setzte mich und schob eine der Tassen zu Nick, die andere vor mich. Weißer Dampf stieg daraus hervor und der würzige Duft nach Nelken und Zimt stieg mir in die Nase.

„Wie wäre es mit einem Weihnachtscafé?", sagte Nick.

Ich nippte vorsichtig an meiner Tasse. „Ein Weihnachtscafé?", wiederholte ich skeptisch. „Also ein Café, das nur an Weihnachten geöffnet hat?"

Er schüttelte den Kopf. „Nein, es hätte das ganze Jahr über geöffnet. Lucy, ich weiß, du liebst Weihnachten. Und du bist eine begnadete Bäckerin, es wäre ein Jammer, wenn du deine Bäckerei schließen müsstest. Aber vielleicht solltest du wirklich aufhören, Schneeballen zu verkaufen und stattdessen auf ein anderes Sortiment umsteigen. Ich habe deine Plätzchen probiert, die sind der Hammer."

Ich grinste. „Danke. Aber ich kann mir nicht vorstellen, dass die Leute im Sommer noch Weihnachtsplätzchen essen möchten."

„Bist du dir da sicher?", hakte er nach. „Ich war gestern mit meiner Tochter im Weihnachtsdorf und da war die Hölle los. Da drin waren so viele Menschen, dass wir uns kaum frei bewegen konnten, wir mussten uns von der Masse mitschieben lassen. Ich dachte zuerst, dass der Laden extra zur Weihnachtszeit jedes Jahr so hergerichtet wird, doch die Verkäuferin meinte, er stünde das ganze Jahr über so da – und dass er auch das ganze Jahr über Kunden hätte. Vermutlich nicht so viele wie momentan, das ist mir klar. Aber irgendwie scheint es sich ja doch zu lohnen, die Nachfrage scheint da zu sein – auch im Sommer."

Erneut nippte ich an meinem Glühwein. Nick hatte recht – das Weihnachtsdorf und das dazugehörige Museum waren ein Highlight hier in Rothenburg, nicht nur für die Touristen und nicht nur im Winter. Könnte ich so etwas auch in meinem Café haben – Ganzjahresweihnachten? Ich persönlich würde mich damit definitiv wohlfühlen – denn es stimmte, ich liebte diese Zeit und sie war immer viel zu schnell vorbei –, aber würde es auch Kunden anziehen?

„Du könntest dein Café das ganze Jahr über entsprechend dekoriert lassen", fuhr er fort. „Mit dem Baum und den Lichterketten und allem Drum und Dran. Das ganze Jahr über Glühwein, Stollen und Plätzchen anbieten, Weihnachtsmusik laufen lassen, den Kamin anschüren ..."

Ich lachte. „Ich glaube, wenn es im Sommer richtig heiß ist, lasse ich den Kamin besser aus."

„... eine weihnachtliche Fotoecke", fuhr er unbeirrt fort. „Kerzen, Girlanden, Kränze und Schneeflocken ... Ehrlich, Lucy, ich glaube, das würde richtig gut laufen. Und so was gibt es hier noch nicht."

„Weil das ziemlich schräg ist", lachte ich. Doch ich musste zugeben, dass mir die Idee gefiel. Es stimmte, zu Käthe Wohlfahrt gingen die Leute das ganze Jahr über. Dort war immer Weihnachten, Sommer wie Winter, und die Leute liebten es. Und nicht nur das – auch ich liebte es, wenn ich ehrlich war. Auch ich ging gerne zum Weihnachtsdorf, auch im Sommer, um einfach mal abzuschalten und eine halbe Stunde heile Welt und Winterzauber zu spüren.

Was sprach dagegen, es auszuprobieren? Zu verlieren hatte ich an diesem Punkt nicht mehr wirklich etwas.

„Ich kann übrigens kaum glauben, dass du mich ernsthaft für einen Callboy gehalten hast", wechselte Nick nun abrupt das Thema. Seine grauen Augen funkelten, seine Wangen waren ein wenig gerötet vom Glühwein und auch ich spürte, wie der Stress von mir abfiel und meine Wut sich langsam, aber sicher auflöste.

Ich prustete los. „Wieso nicht, Naughty Nick? Ihr zwei habt das sehr überzeugend rübergebracht."

„Und dass du damit so entspannt umgegangen bist. Als wäre das überhaupt kein Thema für dich."

Nun kam ich ins Straucheln. „Na ja, also ... so ganz egal war es mir nicht, aber ich wollte nicht voreingenommen sein. Du warst immer höflich und freundlich und es wäre mir unfair vorgekommen, dich aufgrund von so was zu verurteilen. Außerdem hat Jan durchblicken lassen, dass es Vergangenheit wäre und du dir einen neuen Job suchen würdest ..." Ich strich mir verlegen eine Strähne hinter das Ohr. Die Wahrheit war simpel. Ich hatte ihn verdammt gern gemocht und das hat mich sämtliche Warnzeichen ignorieren lassen. Doch das würde ich ihm nicht auf die Nase binden.

Er verzog das Gesicht. „Jetzt verstehe ich auch, warum du so aufmunternd reagiert hast, als ich sagte, dass ich nichts anderes kann. Fast mitleidig."

„O mein Gott." Ich lachte so sehr, dass ich mich an meinem Glühwein verschluckte. Der Alkohol stieg mir langsam zu Kopf. „Das hatte ich komplett vergessen", würgte ich hervor, als ich mich von meinem Hustenanfall erholt hatte. „Du hast also das Backen gemeint?"

„Natürlich!"

„Ich bleibe trotzdem bei meiner Antwort", sagte ich. „Du kannst noch eine Menge anderer Dinge, Nick. Webseiten erstellen zum Beispiel. Gute Geschäftsideen haben. Zuhören."

Und küssen, dachte ich mir im Stillen.

Aber das sprach ich nicht aus.

Stattdessen kicherte ich: „Nur Singen gehört nicht unbedingt zu deinen Stärken."

33

Lucy

Die nächsten zwei Abende verbrachte ich damit, gemeinsam mit meinen Freundinnen ein neues Konzept für mein Café zu erstellen – mal wieder.

Doch im Gegensatz zum letzten Mal, als wir lediglich grobe Ideen für halbgare Feste und Workshops aufgeschrieben haben, hatte ich dieses Mal ein unglaublich gutes Gefühl und massenhaft eigener, ganz konkreter Einfälle – und sehr viel Spaß dabei. Überrascht stellte ich zudem fest, dass Sandra, Mayla und Akiko sofort Feuer und Flamme waren. Ich hatte mit deutlich mehr Skepsis gerechnet, doch die blieb aus. Sie fanden die Idee großartig, brachten viele eigene Vorschläge ein und bis auf ein paar hochgezogener Augenbrauen, die sich jedoch ausschließlich auf die Tatsache bezogen, dass ich wieder mit Nick geredet hatte, kam keine einzige negative Reaktion.

Das bestätigte mir noch einmal: Ich war auf dem richtigen Weg.

Nick hatte ich insofern verziehen, dass ich nicht mehr jedes Mal vor Wut kochte, sobald ich an ihn dachte. Der Freitagabend im Café war nett gewesen, und dass er sich so viele Gedanken gemacht hatte und mir helfen wollte, rechnete ich ihm hoch an. Mir wurde klar, dass er nichts von alldem in böser Absicht getan hatte, dass es ihm nicht darum gegangen war, mich auszunutzen oder sich über mich lustig zu machen.

Doch es änderte nichts an der Tatsache, dass er mit seinen Lügen etwas zwischen uns kaputt gemacht hatte. Sicher, viel war da noch nicht gewesen. Aber es war doch so: Wenn man einen Menschen kennenlernte, musste man ihm eine Art Vertrauensvorschuss geben. Der musste nicht besonders hoch sein, doch wenn dieses kleine Stück Vertrauen bereits in den ersten Tagen oder Wochen missbraucht wurde, war es ratsam, sich von diesem Menschen fernzuhalten.

So nett er auch war, ich hatte nicht mehr das Gefühl, dass ich mich auf Nick verlassen konnte, und ich ertappte mich immer wieder dabei, wie ich auch andere Dinge, die er mir erzählt hatte, infrage stellte. Die Geschichten über seine Vergangenheit in München oder Würzburg, die Geschichten über seine Reisen, seine Ex und seine Tochter ... Ich wusste nicht mehr, was ich ihm glauben konnte, und das waren denkbar schlechte Voraussetzungen für eine Freundschaft.

Nachdem wir in Zukunft sowas wie Nachbarn sein würden, war es natürlich gut, wenn ich ihn nicht bis aufs Blut hasste. Doch davon abgesehen würde ich versuchen, ihm so gut wie möglich aus dem Weg zu gehen.

***

Am Montag war es schließlich so weit und Naos fünfter Geburtstag stand an. Sie hatte drei Kindergartenfreundinnen eingeladen sowie Nick und seine Tochter Charlie, die ich an diesem Nachmittag zum ersten Mal sehen würde.

Die Schneeballmanufaktur hatte normal geöffnet, ich hatte jedoch eine Ecke für die Kinder reserviert. Dafür hatten wir die vorderen Tische ein wenig näher zusammengeschoben, sodass weiter hinten etwas mehr Platz war. Den Weihnachtsbaum hatte ich ein Stück nach vorne gezogen, sodass er als eine Art Abtrennung und Sichtschutz diente und die Kinder dahinter ungestört feiern konnten. Gemeinsam mit Sandra hatte ich mich um die entsprechende Dekoration gekümmert.

Nachdem Akikos Schicht um zwei beendet war, ging sie Nao vom Kindergarten abholen. Der Treffpunkt für ihre Gäste lag am Weihnachtsmarkt, von dort aus führte eine Schatzsuche durch die Stadt sie gegen vier zu meinem Café. Als die Kinder gemeinsam mit Akiko und Nick eintrafen, waren sie allesamt völlig aufgekratzt, vor allem Nao. Sie lachten und schrien und redeten wild durcheinander und brachten massenhaft Trubel in mein Café. Kaum zu glauben, wie ein paar solcher Knirpse es schafften, den Laden derart aufzumischen.

Mayla, die sich den Nachmittag extra freigehalten hatte, stand bei mir und Sandra hinter der Theke, und als die kleine Truppe durch die Tür getreten war, stimmten wir sofort ein Geburtstagsständchen an. Wir waren gut besucht an diesem Nachmittag und die Gäste stiegen nach wenigen Takten in das Lied mit ein. Nao strahlte über alle Backen. Sie trug ein pinkes Prinzessinnenkleid und zur Feier des Tages ein silbernes Diadem auf dem Kopf.

„Alles Gute zum Geburtstag, Süße“, sagte ich, als unser Ständchen beendet war. Ich war um die Theke herumgekommen, ging in die Hocke und umarmte die Kleine. „Kommt mit, wir haben was vorbereitet.“

Ich führte die Kinder in die eigens vorbereitete Nische. Während sie Platz nahmen und Sandra hinter die Theke huschte, um den Geburtstagskuchen und Getränke zu holen, stellte sich Nick neben mich.

„Und?“, fragte er. „Hast du über meine Idee nachgedacht?“

Ich hatte nicht vor, erneut den Fehler zu machen und ihm allzu viel über meine Pläne zu erzählen, also nickte ich nur. „Ja, ich werde es machen“, sagte ich schlicht, ohne auf Details einzugehen. „Die Idee war gut. Danke, Nick.“

„Keine Ursache. Das war das Mindeste.“

Eine Weile standen wir schweigend nebeneinander und beobachteten die Kinder dabei, wie sie sich über Kuchen und Limo hermachten, doch die Unbefangenheit, die ich noch bis vor kurzem in seiner Gegenwart gespürt hatte, war verschwunden. Unwillkürlich hatte ich die Arme vor der Brust verschränkt und war einen halben Schritt zur Seite getreten, das Schweigen fühlte sich unangenehm an, und als Akiko sich zu uns stellte und fragte, ob wir zum nächsten Programmpunkt übergehen konnten, atmete ich erleichtert auf.

„Na gut, dann verschwinde ich mal“, sagte Nick. „Wenn irgendwas ist, ruft einfach an, ich bin gleich gegenüber.“

„Sicher?“, hakte ich nach. „Ich dachte, du wolltest bleiben?“

Er machte eine vage Handbewegung in Richtung der Kinder. „Ich denke, Charlie kommt ganz gut zurecht", sagte er. Ich warf einen Blick auf die Kleinen und es stimmte, Charlie hatte sich direkt in die Gruppe integriert, obwohl sie außer Nao niemanden kannte. Sie alle waren in ein angeregtes Gespräch über irgendeine Disney-Serie vertieft, kicherten und giggelten und schienen sich blendend zu verstehen.

Noch einmal Kind sein, dachte ich wehmütig. Noch einmal so schnell und unkompliziert Freundschaften schließen.

„Du hast vermutlich recht", sagte ich zu Nick. Innerlich war ich froh darüber, dass er gehen würde.

„Ich komme dann um halb sieben und hole sie ab, wie besprochen", sagte er. Er hob die Hand zum Gruß, drehte sich um und verließ mein Café. Ich blickte ihm noch einen Moment lang nach – einerseits erleichtert darüber, dass er nun wieder weg war, andererseits traurig darüber, dass sich das zwischen uns nun so entwickelt hatte.

Am Freitagabend war es fast wie vorher gewesen, aber daran war wohl der Glühwein schuld. Würde es nun immer so sein? Wäre ich immer froh, wenn ich ihn nicht sehen müsste und könnte seine Anwesenheit nur mit Alkohol ertragen?

„Sollen wir die Sachen für die Plätzchen holen?", fragte Akiko und riss mich damit aus meinen Gedanken.

„Ja!", sagte ich. „Das machen wir!"

***

Den Rest des Nachmittags kümmerten sich Akiko und Mayla um die kleine Truppe. Es wurden Butterplätzchen gebacken und verziert, Geschenke ausgepackt, außerdem standen noch ein paar Kinderspiele auf dem Programm. Muffin, der zwischenzeitlich nach unten gekommen war, hatte sich zu den Kindern gesellt und genoss die Aufmerksamkeit, die er von ihnen bekam, denn sie banden ihn in jedes Spiel mit ein.

Sandra und ich bekamen von alledem jedoch nur am Rande etwas mit, denn wir arbeiteten vorne im Café und kümmerten uns um unsere anderen Kunden. Ruckzuck war der Nachmittag vorbei, Sandra und Mayla verabschiedeten sich gegen sechs. Die Kinder bekamen Sandwiches zum Abendessen und danach trudelten auch schon die Eltern ein, um ihre Kleinen abzuholen.

Am Ende verließ jedes Kind die Feier mit strahlenden Augen und einer Tüte selbstgebackener und verzierter Weihnachtsplätzchen. Charlie blieb als letzte übrig. Nao schwebte im siebten Himmel.

„Das war die beste Feier von allen“, sagte sie und schlang ihre Arme um meine Beine. „Danke, Lucy!“

Lächelnd streichelte ich ihr über den Kopf. „Gern geschehen“, sagte ich. „Jederzeit wieder. Du hast tolle Freundinnen.“

„Kann ich mit Charlie noch ein bisschen bleiben?“, wandte sie sich an Akiko. „Bitte? Nur noch eine halbe Stunde, wir wollen noch zusammen unsere Ketten fertigmachen!“

Charlie hatte Nao ein Schmuck-Bastelset geschenkt und die beiden hatten es zwischenzeitlich ausgepackt, um sich gegenseitig Ketten zu basteln.

„Charlie wird gleich abgeholt und Lucy möchte sicher ihren Laden schließen und in ihr Bett", sagte Akiko. „Trefft euch doch ein andermal und macht es dann fertig."

„Biiitte!", jammerten nun beide im Chor und blickten mit großen Augen zu uns auf.

„Also mich würde es nicht stören", sagte ich. „So eilig habe ich es nicht. Ich muss sowieso noch mal zum Markt."

„Für mich ist es auch kein Problem", ertönte eine Stimme neben mir. Ich fuhr herum. Nick war reingekommen, um seine Tochter abzuholen, doch nun zuckte er die Schultern. „Ich muss auch noch mal zum Markt hoch und könnte Charlie danach mitnehmen."

Akiko runzelte die Stirn. „Das macht euch nichts aus?"

Ich schluckte. Ich hatte nicht unbedingt vorgehabt, mit Nick gemeinsam zum Weihnachtsmarkt zu gehen, doch nun konnte ich auch keinen Rückzieher mehr machen.

„Natürlich nicht", sagte ich deshalb. „Wir gehen kurz nach oben und sind in einer halben Stunde wieder da, bis dahin können die beiden ihre Ketten fertigmachen und ihre Limo austrinken."

„Na gut", sagte Akiko. „Danke. Ich räume in der Zwischenzeit hier auf, damit du nachher nicht mehr so viel zu tun hast."

„Das wäre nett."

Sie wandte sich ab, um sich an die Arbeit zu machen. Nick warf mir einen Blick zu und lächelte. Er beugte sich zu mir. „Ist das okay für dich?", fragte er leise, sodass nur ich ihn hörte. Sein Atem streifte meinen Hals und der sanfte Luftzug sorgte dafür, dass mir ein wenig schwindelig wurde. Ich schloss für einen kurzen Moment die Augen und atmete tief durch. Großer Fehler – sofort stieg mir Nicks inzwischen so vertrauter, warmer Duft in die Nase und vernebelte mir das Hirn.

„Klar", log ich dann. Ich straffte die Schultern. Mit ihm allein zu sein, war das Letzte, was ich wollte.

Oder?

34

Lucy

Schweigend gingen wir nebeneinander die Obere Schmiedgasse entlang. Inzwischen war es bereits kurz vor sieben, der Markt würde gleich schließen und ich musste noch die Abrechnung machen, das Geld abholen und die Tageseinnahmen zur Bank bringen.

„Wie war die Feier?", fragte Nick nach einer Weile.

„Gut", sagte ich.

Danach schwiegen wir wieder. Es war nicht so, dass ich absichtlich abweisend sein wollte, doch aus irgendeinem Grund konnte ich es nicht verhindern. Ich war befangen in seiner Gegenwart, als hätte ich es mit einem komplett anderen Menschen zu tun als dem, den ich kennengelernt hatte, einem Fremden – und irgendwie war dem ja auch so.

„Jan hat heute Abend noch einen Termin und mich gebeten, mich um den Tagesabschluss und das Aufräumen zu kümmern", plauderte er weiter. „Das sollte aber schnell erledigt sein. Hast du danach Lust, noch eine Runde mit mir spazieren zu gehen? Die Kinder sind bestimmt froh, wenn sie noch ein paar Minuten länger zusammen haben, die scheinen sich ja echt gut zu verstehen."

„Ich denke, die Zeit reicht ihnen", wich ich ihm aus. „Ich bin auch ziemlich erledigt und froh, wenn ich früh nach Hause komme. Und Akiko mit Sicherheit auch."

„Okay", sagte er nach einer kurzen Pause.

Inzwischen hatten wir den Marktplatz erreicht, wo ich mich erleichtert zu Roman an den Stand gesellte. Nick ging weiter zum Kirchplatz und sobald er außer Sichtweite war, atmete ich auf und wandte mich Roman zu. Der war bereits dabei aufzuräumen.

„Na, wie läuft's heute?", fragte ich. Eher eine rhetorische Frage. Das Wetter war leider immer noch nicht wirklich weihnachtlich, sondern vielmehr nasskalt. Es nieselte und die Luft war viel zu warm, schwer und feucht, weshalb vermutlich auch so wenig Besucher auf dem Markt waren. Roman drehte sich um.

„Hey Lucy!" Er strahlte, als er mich sah, eine Sekunde später verzog er das Gesicht. „Willst du das wirklich wissen?"

Ich schluckte schwer und sah mich um. Inzwischen war der Platz fast menschenleer. „Ich glaub, die Antwort kann ich mir selbst geben. War den ganzen Tag so wenig los?"

„So ziemlich, ja. Bei dem Wetter kann man sich auch echt Besseres vorstellen."

„Allerdings." In Gedanken driftete ich zurück zu meinem neuen Plan. Schlechtes Wetter zur Zeit des Weihnachtsmarktes war nicht unüblich. Wirklich weiße Weihnachten und idyllisches Winterwetter mit dicken weißen Flocken und knackiger Kälte waren doch eher eine Seltenheit. Ein Argument mehr für mein Weihnachtscafé. Wenn das alles funktionieren würde, könnten die Leute in Zukunft einfach in mein Café kommen, sobald es draußen zu regnerisch und hässlich wäre.

„Möchtest du noch einen Glühwein? Ich gebe dir einen aus."

„Alkohol während der Arbeitszeit ist verboten", sagte Roman. „Ist das ein Test?"

Ich lachte. „Nein, keine Sorge, du hast meine Erlaubnis. Ich glaube nicht, dass sich hier die nächsten paar Minuten noch viel tut. Ich schlage vor, du machst die Bude fertig und ich hole dir zwischenzeitlich dein verdientes Feierabendweinchen."

„Ich würde es nie wagen, dir zu widersprechen."

„Das will ich auch hoffen. Mit oder ohne Schuss?"

Er grinste. „Wenn du schon so fragst."

„Alles klar."

Ich hastete zum Stand nebenan, besorgte das bestellte Getränk und für mich einen Punsch und kehrte zurück zu Roman. Inzwischen war er auch mit den Aufräumarbeiten fertig und während wir gemeinsam tranken und Roman mir von seinem Tag auf dem Markt erzählte, sah ich aus dem Augenwinkel, wie die anderen Buden nach und nach ihre Klappen schlossen.

Schließlich schlug die Uhr sieben und die verbliebenen Besucher des Weihnachtsmarktes blieben stehen und blickten nach oben zu den Fenstern der Ratstrinkstube, die sich in diesem Augenblick öffneten und den Blick auf das kleine Schauspiel von Tilly und Nusch freigaben: Zu jeder vollen Stunde wurde hier die berühmte Szene aus dem Meistertrunk gezeigt, eine beliebte Touristenattraktion. Handys wurden gezückt, Blitzlicht flackerte über den Platz.

Roman trank indessen den letzten Schluck seines Glühweins und schulterte dann seinen Rucksack.

„Wir sehen uns dann morgen", sagte er.

„Ja, bis morgen, Roman." Ich wandte den Blick von der Ratstrinkstube ab, deren Fenster sich gerade wieder schlossen, und betrat schließlich meine Bude, um mich um die Kasse zu kümmern. Ich traute Roman und Finn und wusste, dass sie den Tagesabschluss auch allein hinbekamen, aber wann immer ich es schaffte, machte ich ihn am liebsten selbst, um den Überblick zu behalten.

Ich schloss die Ladenklappe, sodass ich mich im Halbdunkeln befand. Das Innere des Standes wurde lediglich von einer Lichterkette beleuchtet, welche die hintere Holzwand zierte. Als ich mich über das Kassenbuch beugte und im Dämmerlicht einen Blick auf die Einnahmen warf, wurde mir sehr schnell klar, dass es wie befürchtet mau aussah. Vorsichtig blätterte ich durch die vergangenen Tage, wobei ich feststellte, dass es seit Beginn des Marktes immer weiter bergab gegangen war.

Ich unterdrückte ein Seufzen und kümmerte mich darum, im Stand alles fertigzumachen. Kaum hatte ich alles erledigt, klopfte es an der Tür. Eine Sekunde später wurde sie auch schon aufgeschoben, ein Schwall kühler Luft strömte in die Bude und Nick streckte seinen Kopf herein.

„Bist du fertig?", fragte er. „Wollen wir zurückgehen?"

„Fast", sagte ich. „Komm ruhig rein, ich muss nur noch alles zusammenpacken."

Nick schob sich in meinen Stand und zog die Tür hinter sich zu. Fast im selben Moment merkte ich, dass es eine schlechte Idee gewesen war, ihn hereinzubitten. Der Platz hier drin war beengt und mit einem Mal war er mir viel zu nah, war mir seine Präsenz überdeutlich bewusst, obwohl er sich offensichtlich Mühe gab, genug Abstand zu mir zu halten.

Plötzlich war die Luft schwer und viel zu warm, und die Lichterkette fühlte sich falsch an, die Beleuchtung viel zu dunkel und schummrig. Unwillkürlich trat ich einen Schritt zurück, brachte mehr Abstand zwischen uns.

Ich wandte mich ab und packte das Geld aus der Kasse in die kleine Geldtasche, die ich dann in meine Handtasche steckte. Dann ließ ich meinen Blick noch einmal über die Vorräte schweifen und notierte in meinem Handy, was ich am nächsten Tag an Nachschub würde bringen müssen – viel war es nicht.

Nick räusperte sich. „Wird das jetzt immer so sein?", fragte er.

Ich drehte mich zu ihm um und hoffte, dass er mir meine Unruhe nicht anmerkte. Er hatte sich gegen den Tresen gelehnt und die Hände in den Taschen seiner Flanelljacke vergraben.

„Was meinst du?", fragte ich.

Er seufzte und fuhr sich mit der Hand durch das Haar. „Zwischen uns, meine ich. Du siehst mich kaum an und redest nur noch das Nötigste mit mir. Wird das nun immer so sein, wenn wir uns begegnen?"

Ich schluckte schwer. „Ich weiß es nicht", sagte ich dann wahrheitsgemäß.

Er trat einen Schritt näher, sein Blick wurde weich. „Ich bin nicht dein Feind, Lucy. Das will ich auch nicht sein."

„Das weiß ich, Nick, keine Sorge", sagte ich. „Es ist alles gut."

„Sicher? Du wirkst nämlich nicht so. Ehrlich gesagt behandelst du mich wie einen Fremden."

Ich schloss meine Tasche und warf mir den Riemen über die Schulter. Dann erst drehte ich mich komplett zu ihm um.

„Irgendwie bist du das ja auch, oder?", sagte ich. „Eigentlich weiß ich nicht wirklich was über dich. Das meiste war ja gelogen. Die Sache mit der Tochter stimmt offensichtlich."

Für einen Moment schien es ihm die Sprache zu verschlagen. „Alles, was ich dir gesagt habe, stimmt", sagte er dann betroffen. „Alles, bis auf die Sache mit dem Job. Das verspreche ich dir."

Ich sagte nichts, also fuhr er fort. „Ich kann nichts tun, als mich zu entschuldigen, Lucy. Ich wollte dich nicht anlügen und ich wollte dir auch nicht deinen Traum kaputtmachen. Vielleicht kann ich das nicht nachfühlen, weil ich selber noch nie einen richtigen Traum hatte, aber ich weiß, wie es ist, wenn das eigene Leben in Scherben vor einem liegt und man sich komplett neu finden muss. Das ist ein beschissenes Gefühl."

„Allerdings", murmelte ich. So begeistert ich von der neuen Idee war, machte mir der Gedanke an einen Neuanfang doch auch Angst. Das Leben war einfacher, wenn die Dinge sich nicht änderten. Einfacher – aber vielleicht auch ein wenig langweilig, wenn ich ehrlich war. Die letzten acht Jahre hatte es nie wirkliche Überraschungen oder große Veränderungen gegeben.

„Wobei, so ganz stimmt das nicht", sagte Nick jetzt. „Einen ganz konkreten Traum gab es vielleicht nicht, aber nach der Schule war ich mir sicher, dass ich irgendwas Künstlerisches machen will. Ich wollte nie in einem langweiligen Bürojob festsitzen, das war eine absolute Horrorvorstellung für mich."

„Warum hast du dann BWL studiert? Oder war das auch eine Lüge?"

„Nein, das war keine Lüge." Er verzog das Gesicht. „Ich war jung und planlos und meine Eltern redeten mir ins Gewissen, dass ich was Vernünftiges lernen soll. Das ging aber schief, wie du weißt. Meine Noten waren passabel, aber mir ging es zu dieser Zeit psychisch nicht gut. Ich glaube, dass es immer irgendwann schiefgeht, wenn man etwas nur aus Vernunftgründen macht. Man kann sich einiges schönreden, aber wenn man für eine Sache nicht wirklich brennt, wird man immer unter seinen Fähigkeiten bleiben. Und wahrscheinlich auch nicht glücklich werden."

Ich schluckte. Er konnte es nicht wissen, aber was er da beschrieb, das war nicht nur sein Leben – sondern vor allem auch meins, wie mir in den letzten Tagen immer mehr bewusst wurde.

„Andererseits hat man eben nicht immer die Wahl. Die Ausbildung zum Bäcker später war vielversprechend", fuhr er fort. „Sie war abwechslungsreich und kreativ, und hat mir unerwartet viel Spaß gemacht. Aber in dem kleinen Betrieb konnte ich nicht übernommen werden. Kurzzeitig dachte ich danach über eine eigene Bäckerei nach, bildete mich sogar in Richtung Konditorei weiter und legte beide Meisterprüfungen ab. Eine Zeit lang fantasierte ich von einem eigenen Café, so wie deins. Etwas, wo ich mich kreativ ausleben könnte, aber dann habe ich Anton auf einer

Messe kennengelernt, und er hat mir ein so gutes Jobangebot gemacht, dass ich nicht ablehnen konnte – zumal Laura gerade schwanger war und wir keine finanziellen Risiken eingehen wollten. Damals dachte ich, dass die Sicherheit bei Crumb Factory die bessere Wahl wäre, als das Risiko einzugehen und mich selbstständig zu machen.“

Eine Weile lang schwieg ich. „Und, war sie das?“, fragte ich schließlich.

Er lachte, aber es klang nicht fröhlich. „Ich weiß es nicht. Lange Zeit war es schon okay. Keine Ahnung, ob es anders besser gelaufen wäre, das spielt ja jetzt auch keine Rolle mehr. Nun bin ich hier. In Würzburg war ich zum Schluss Filialleiter einer riesigen Niederlassung und hatte wieder mehr mit Buchhaltung und Bürokram zu tun, als mir lieb war, aber hier in Rothenburg habe ich irgendwann hoffentlich wieder ein paar mehr Freiheiten und kann wieder ein wenig kreativer werden ... Entschuldige, das langweilt dich alles sicher total. Wollen wir zurückgehen?“

Ich schwieg eine Weile, dann nickte ich. „Ja, lass uns gehen“, sagte ich.

Wir traten nach draußen und ich schloss meine Bude ab, dann machten wir uns auf den Weg zurück zur Schneeballmanufaktur. Doch den ganzen Weg über und auch den ganzen restlichen Abend, nachdem Nick und Charlie, Akiko und Nao längst gegangen waren und ich im Café die Lichter gelöscht hatten, spukten mir Nicks Worte im Kopf herum.

Wenn man für eine Sache nicht wirklich brennt, wird man immer unter seinen Fähigkeiten bleiben. Und wahrscheinlich auch nicht glücklich werden.

35

Nick

Am Dienstag hatte ich Standdienst, während in der Filiale alles für die große Eröffnungsfeier am nächsten Tag vorbereitet wurde. Der Andrang auf dem Markt hielt sich in Grenzen, was mir nur recht war. Ich war müde und ausgelaugt. Die letzten Wochen waren aufreibend gewesen und zu allem Überfluss konnte ich an kaum etwas anderes denken als an Lucy und ihre grünen Augen. Vor allem daran, wie sich der Ausdruck darin verändert hatte. Bis zur Weihnachtsfeier hatte in ihrem Blick so viel Wärme und Offenheit gelegen, nun wirkte sie komplett verschlossen.

Das war meine Schuld. Ich hatte es vermasselt.

Gott, was war in mich gefahren? Warum hatte ich sie bloß belogen? Lucy hatte mir vertraut, mich angelächelt, als würde ich bereits zu ihr gehören. Und ich wusste nichts Besseres zu tun, als dieses Vertrauen zu zerstören.

Immer wieder sah ich ihr Gesicht vor mir, den Ausdruck darin, als sie von meiner Lüge erfuhr, und jedes Mal war es, als schnürte mir jemand die Luft ab.

So viele Chancen waren verstrichen, ihr die Wahrheit zu sagen – so viele Momente, in denen ich den Mund hätte aufmachen können. Aber meine Antwort war Schweigen gewesen und jetzt konnte ich es nicht mehr rückgängig machen. Wieso war ich nur so feige und egoistisch gewesen?

Das Letzte, was ich wollte, war, sie zu verlieren. Nun war genau das geschehen und ich wusste, sie würde mich nie wieder so ansehen, wie sie es vorher getan hatte.

Immerhin redete sie überhaupt noch mit mir, doch das war ein schwacher Trost. Nun wären wir bald Nachbarn, zumindest tagsüber während der Arbeit. Die Vorstellung, dass wir uns in Zukunft mit dieser vorsichtigen, höflichen Distanz begegnen würden, war so viel schmerzhafter, als sie hätte sein sollen. Mir wurde klar, dass Lucy in den vergangenen zwei Wochen zu einem festen Bestandteil meiner Zukunftspläne geworden war, dass ich mich darauf gefreut hatte, sie in meinem Leben zu haben. Dass ich mich in sie verliebt hatte, in ihre herzliche, offene Art, in ihre hübschen Augen und ihr warmes Lächeln. Und dass ich gehofft hatte, mehr für sie sein zu können als nur ein Freund. Jetzt war ich nicht einmal mehr das.

Die Einzige, die mich davon abhielt, komplett in meiner Trauer zu versinken, war Charlie. In den vergangenen Wochen hatte ich sie häufiger gesehen als im gesamten letzten Jahr, und das war ein unglaublich gutes Gefühl.

Nach der Geburtstagsfeier hatte sie sogar bei mir in der Pension übernachtet, am Morgen hatte ich sie in den Kindergarten gebracht. Noch immer hatte ich keine Zusage für eine Wohnung bekommen und langsam zweifelte ich daran, dass Christina sich noch melden würde. Neue Angebote gab es allerdings auch nicht, und so saß ich wie auf glühenden Kohlen. Mir war klar, dass ich nicht auf Dauer in der Pension bleiben konnte, und so würde mir nichts anderes übrigbleiben, als von Würzburg aus zu pendeln, was bei den Arbeitszeiten in einer Bäckerei eher unvorteilhaft war – und nicht wirklich das, was ich mir für meine Zukunft vorgestellt hatte, immerhin hatte ich gehofft, in Rothenburg zur Ruhe kommen zu können. Zwei Stunden Autofahrt täglich waren nicht unbedingt das, was ich unter stressfrei verstand, aber vielleicht geschah ja noch ein Wunder.

„Hallo, ich hätte gern einen Knusprigen Kollegen, bitte."

Die Stimme riss mich aus meinem Gedankenkarussell. Eine Frau war an meinen Stand getreten und zeigte auf die Puderzuckerschneeballen in der Auslage.

„Natürlich, kommt sofort", sagte ich. Nicht zum ersten Mal fragte ich mich, ob es wohl ein Gesetz gab, in dem festgelegt war, dass die Produkte in Bäckereien möglichst lächerliche Namen bekommen mussten, um als echte Backwaren durchzugehen.

Ich verpackte den Schneeballen und nahm das Geld entgegen. Als ich mich dem nächsten Kunden zuwenden wollte, der zwischenzeitlich an meinen Stand getreten war, stellte ich fest, dass es Anton war.

„Na, wie läuft's heute?", fragte er. Er trug einen dunkelblauen Daunenmantel über seiner Jogginghose und sein übliches breites Grinsen zur Schau, bei dem er mehr Zahnfleisch zeigte, als nötig war. Anton war momentan die letzte Person, die ich sehen wollte, trotzdem zwang ich ein Lächeln auf mein Gesicht.

„Es gab schon bessere Tage, aber der Dienstag ist immer ein wenig mau", sagte ich. „Wie kommt ihr in der Filiale voran?"

„Gut, gut. Es gibt etwas, worüber ich mit dir reden will, hast du eine Minute?"

„Klar", sagte ich ein wenig überrumpelt. Wenn Anton mit mir reden wollte und es auf diese Art ankündigte, wusste ich, dass mir nicht gefallen würde, was er zu sagen hatte. Es bedeutete entweder schlechte Nachrichten oder dass er irgendwelche Pläne über den Haufen geworfen hatte und von mir erwartete, dass ich flexibel sein und mich, ohne zu murren, auf seine neuen Ideen einlassen würde. Flexibilität war Anton sehr wichtig – allerdings nur die seiner Mitarbeitenden.

„Machst du uns einen Kaffee?", fragte er.

„Sicher." Während ich zwei Tassen mit dem schwarzen Gold volllaufen ließ, überlegte ich fieberhaft. Ein leiser Teil in mir hoffte, dass er sich meine Vorschläge zu Herzen genommen hatte und deswegen mit mir sprechen wollte. Dass er Lucy abwerben wollte. Oder dass er noch einmal über die Sache mit einem Sortimentswechsel nachgedacht hatte.

Als ich mich jedoch zu ihm umdrehte und ihm die Tasse reichte, überraschte er mich – und es war keine gute Überraschung.

„Ich würde dich gerne nach Schweinfurt versetzen", sagte er ohne lange um den heißen Brei herumzureden.

Eine Weile lang herrschte Stille, der Satz hing zwischen uns in der Luft und verpuffte schließlich. Ich war mir nicht sicher, ob ich ihn richtig verstanden hatte.

„Wie bitte?", fragte ich schließlich. Ich konnte selbst hören, wie tonlos es klang.

Anton räusperte sich. „Ich weiß, du hast dich jetzt auf Rothenburg eingeschossen, aber soviel ich weiß, hast du immer noch keine Wohnung gefunden, oder? Mit dem Wohnungsmarkt ist es schwierig hier. Na ja, das ist es überall, aber in Schweinfurt habe ich einige Bekannte, da könnte ich dir helfen. Tatsache ist, dass mein Filialleiter dort gekündigt hat und jetzt brauche ich jemanden, der in der Lage ist, eine große Filiale mit vielen Mitarbeitern zu führen, und da kommst eigentlich aktuell nur du infrage. Du hast das in Würzburg jahrelang gemacht und du hast es drauf."

„Aber was ist mit Rothenburg?", brachte ich hervor.

Anton lachte. „Ach, die Niederlassung ist doch winzig, für so was findet sich auch jemand anderes. Das kann vielleicht sogar der Jan, wenn ich ihn richtig einlerne."

Für einen Augenblick fehlten mir die Worte. Schweinfurt war absolut nicht das, was ich mir für meine Zukunft vorgestellt hatte. Erstens wollte ich weg aus der Großstadt, zweitens lag die Stadt hinter Würzburg – noch weiter weg von Charlie. Wenn ich dort arbeiten und wohnen würde, hätte ich nicht nur wieder den gleichen Stress und die gleichen aufreibenden Arbeitszeiten wie früher, ich könnte meine Tochter in Zukunft wahrscheinlich noch weniger sehen als es in der Vergangenheit der Fall war.

Doch bevor mir die passenden Worte eingefallen waren, noch bevor ich etwas erwidern konnte, kippte Anton den letzten Schluck seines Kaffees hinab, klopfte mir kumpelhaft auf die Schulter und wandte sich zum Gehen.

„Nächste Woche geht's los, ich habe schon eine Pension für dich gebucht", sagte er. „Die Wohnungssuche läuft auch schon, ich habe schon was in Aussicht, mach dir keine Sorgen, ich kümmere mich um alles."

Damit schlenderte er davon und ich konnte nichts tun, als ihm fassungslos hinterherzustarren.

36

Lucy

Eine Band.

Da drüben spielte allen Ernstes eine zweiköpfige Coverband mit Gitarre und Keyboard, die alle möglichen und unmöglichen Weihnachtslieder zum Besten gab und die Leute schon von Weitem anlockte – vermutlich war sie sogar bis außerhalb der Altstadt zu hören. Das würde zumindest den übertriebenen Andrang erklären, der auf der anderen Straßenseite herrschte.

Da bei mir heute Ruhetag war, hatte ich genug Zeit, mir das Spektakel von meinem Wohnzimmerfenster aus anzusehen. Ich hatte den Sessel vor die Scheibe geschoben und Muffin auf dem Schoß liegen. Wahrscheinlich war es nur seinem beruhigenden Schnurren zu verdanken, dass ich nicht vor Frust aus dem Fenster sprang. Ich kam aus dem Kopfschütteln nicht heraus.

Die Band spielte auf der Straße vor dem Eingang und in diesem Moment schallten die Töne von „Santa Claus is coming to town" die Obere Schmiedgasse entlang, wobei die Worte „Santa Claus" ganz kreativ durch „Crumb Factory" ersetzt wurden. Wie übrigens in fast jedem Lied. Offensichtlich gab es in jedem Weihnachtssong eine Phrase, die sich super durch den Namen der

Bäckerei ersetzen ließ. Ich konnte mir ein Augenrollen nicht verkneifen, auch wenn es natürlich niemand sehen konnte.

Eigentlich hätte ich die Vorhänge zuziehen, mir Kopfhörer aufsetzen und mich entweder an den Laptop setzen und mich um meine Buchhaltung kümmern, oder meine Wohnung verlassen und den Tag anderswo genießen sollen – irgendwo, wo ich mir dieses Theater nicht ansehen musste.

Aber ich konnte nicht. Es war wie ein Unfall. Einer, der mir das Genick brechen würde.

Neben der Band waren zwei Stehtische auf den Gehweg gestellt worden, an denen ein kleiner Sektempfang stattfand. Die Leute drängten sich um diese Tische, während eine junge Frau, die ich nicht kannte, die Gläser füllte. Außerdem gab es drinnen offensichtlich Kinderschminken – das vermutete ich jedenfalls, weil massenhaft niedlicher kleiner Löwen und Schmetterlinge auf der Straße vor der kleinen Bühne mit der Band umherhüpften.

Alles in allem war es da drüben gestopft voll, und ich haderte inzwischen seit fast zwei Stunden mit mir und der Frage, ob ich über meinen Schatten springen, rübergehen und Nick zur Eröffnung gratulieren sollte, oder nicht. Eine Flasche Sekt hatte ich besorgt und sie stand schon in meinem Kühlschrank bereit, doch bisher hatte ich mich nicht überwinden können. Natürlich musste ich das nicht tun. Aber es wäre eben doch eine nette Geste gewesen und vor allem hätte es mich nicht so neidisch, frustriert und kleinlich wirken lassen, wie ich mich in Wahrheit fühlte.

Sicher, ich hatte ein neues Konzept. Das hieß aber noch lange nicht, dass ich die Niederlage überwunden hatte, außerdem waren da immer noch die leisen Zweifel, die mir immer wieder sagten, dass auch das noch fürchterlich schiefgehen konnte.

Was, wenn die Idee doch keinen Anklang finden und ich mich in der ganzen Stadt zur Lachnummer machen würde – als die durchgeknallte Frau, die dachte, das ganze Jahr über Weihnachten feiern zu können?

Oder noch schlimmer: Wenn Crumb Factory mir die neue Idee auch noch klauen würde?

Darüber durfte ich überhaupt nicht nachdenken.

Energisch wischte ich die destruktiven Gedanken fort, dann kippte ich den letzten Rest meines Früchtetees hinunter und schob Muffin von meinem Schoß.

Ich würde jetzt da rübergehen und Größe zeigen, immerhin wären Nick und ich in Zukunft Nachbarn und mussten miteinander auskommen. Ich straffte die Schultern, ging in meine kleine Küche, um die Flasche mit dem Sekt zu holen, und warf noch einmal einen letzten Blick in den Spiegel, bevor ich die Treppe hinunterging und mich auf den Weg machtc.

***

Drüben angekommen stellte ich fest, dass es noch lauter und wilder zuging, als es mir von meinem Fenster aus vorgekommen war. Die Musik dröhnte regelrecht durch die Straße – nun spielten und sangen sie „Rockin' around Crumb Factory", was mich erneut die Augen verdrehen ließ – und die Leute drängten sich so dicht um die Eingangstür, dass ich sie regelrecht zur Seite schieben musste, um hindurchzugelangen. Da ich klein war, konnte ich zunächst nichts erkennen, doch als ich die Engstelle am Eingang passiert hatte und im Inneren des Ladens angekommen war, wurde ich von Eindrücken förmlich erschlagen.

Ich hatte Recht behalten, in einer Ecke war ein kleiner Stand aufgebaut worden, wo zwei junge Frauen fleißig dabei waren, Kinder zu schminken. Die anderen Tische waren restlos von Gästen belegt, die auch überall im Café in kleinen Gruppen herumstanden, Glühwein tranken, Schneeballen aßen und sich unterhielten. Der Lärmpegel war ohrenbetäubend.

Es war weit voller als bei meiner Weihnachtsfeier, und das, wo die Verkaufsfläche fast doppelt so groß war wie meine.

Anton stand hinter der Theke und verkaufte fleißig Schneeballen an Menschen, die in einer langen Schlange anstanden. Ein schneller Blick auf die Auslage verriet mir, dass er neben der Standardvariante mit Puderzucker noch ein paar spezielle Kreationen im Angebot hatte. Zimtzucker, außerdem etwas Pinkes, vermutlich Erdbeer- oder Himbeerüberzug, dann noch welche mit dunkler und heller Schokolade und welche mit Krokant. Das wars. Nicht einmal ansatzweise so viele und so besondere Sorten wie ich sie in der Schneeballmanufaktur anbot, was mich ein wenig erleichterte. Kurz stutzte ich über die Namen: Knuspriger Kollege, Dicker Detlef ... Porno Paul? Ernsthaft?

Ich konnte es nicht verhindern, ich musste grinsen. Im selben Moment hörte ich eine Stimme von hinten.

„Lucy! Das ist ja cool, dass du vorbeischaust!"

Ich drehte mich um. Direkt neben der Eingangstür stand Jan an einem Stehtisch und verteilte kleine Plastiktüten mit jeweils einem Mini-Schneeballen an die Gäste, die das Café betraten. Es war so vollgestopft, dass ich ihn beim Eintreten gar nicht bemerkt hatte, nun gesellte ich mich jedoch zu ihm.

„Hi", sagte ich, „Na ja. Wir sind ja jetzt sowas wie Nachbarn, da dachte ich, ich gucke mir das hier mal an und gratuliere euch zur Eröffnung." Ich drückte ihm die Sektflasche in die Hand. „Also: Herzlichen Glückwunsch."

„Das finde ich echt super. Möchtest du auch ein Willkommensgeschenk?" Grinsend hielt er mir einen der kleinen Beutel vor die Nase, in dem sich ein pinker Schneeballen befand, dann beugte er sich vor und flüsterte mir zu, sodass nur ich es hören konnte: „Im Vergleich zu deinen schmecken die wirklich furchtbar, aber das würde ich niemals laut sagen."

Ich lachte. „Nett, dass du mich aufmuntern willst. Und ich nehme gerne einen, ich bin doch neugierig. Danke."

„Keine Ursache. Das ist übrigens der Fesche Fritz. Rate mal, wer sich die Namen für die Kreationen ausgedacht hat."

„Vermutlich dieselbe Person, die sich den Naughty Nick ausgedacht hat", sagte ich lachend.

„Ich bin ein Marketing-Genie, musst du wissen."

„Das sehe ich."

„Und mit Nick hast du dich wieder vertragen? Sorry nochmal wegen der ganzen Nummer. Ich wollte ihn nur ein wenig auflaufen lassen und bin dabei wohl übers Ziel hinausgeschossen." Er grinste. „Jetzt wo ich so darüber nachdenke ... irgendwie passiert mir sowas öfter.“

„Das kann ich mir kaum vorstellen“, schnaubte ich. „Wo ist Nick überhaupt? Ich hab ihn noch gar nicht gesehen.“

Jetzt fiel ihm das Grinsen aus dem Gesicht. „Der ist schon gegangen“, sagte er. „Er war mies drauf heute und hatte keine große Lust auf die Feier, kann ich ihm nicht verübeln. Scheiße gelaufen für ihn. Er hatte sich schon sehr auf Rothenburg gefreut.“

Irritiert starrte ich ihn an. „Wie meinst du das?“

„Hast du es nicht mitbekommen?“ Er wirkte überrascht. „Anton hat ihn nach Schweinfurt versetzt, er bleibt nicht hier. Nächste Woche geht's los.“

„Erzähl mir nix!“ Entsetzt starrte ich ihn an. „Du veräppelst mich doch!“

Abwehrend hob er die Hände. „Käme mir nie in den Sinn!“, sagte er. Als er meine hochgezogene Braue bemerkte, räusperte er sich. „Ich meine, nie wieder. Ernsthaft jetzt. Der Filialleiter in Schweinfurt hat gekündigt und Anton braucht ihn dort, Nick meinte, dass er heute nach Würzburg zurückfährt. Aber vielleicht ist er noch gar nicht los, warte mal ...“

Er zog sein Handy aus der Hosentasche und öffnete Google Maps. Dann hielt er mir den Bildschirm vor die Nase. „Das ist seine Pension“, sagte er und tippte auf die Adresse. „Wenn du dich beeilst, erwischt du ihn vielleicht noch.“

Das musste er mir nicht zweimal sagen.

„Danke, Jan“, sagte ich. Dann hastete ich aus dem Laden.

37

Lucy

„Ich kann nicht glauben, wie ekelhaft ich zu ihm war", schluchzte ich. „Er hat sich tausendmal entschuldigt und ich habe das gar nicht richtig angenommen, hab ihn weggestoßen … Kein Wunder, dass er mir nicht die Wahrheit sagen wollte."

„Nun ja, diese Lügen waren kein besonders feiner Zug von ihm", verteidigte mich Mayla. „Du hattest allen Grund, sauer auf ihn zu sein, und du bist auch nicht dazu verpflichtet, ihm zu verzeihen."

„Er hat wahrscheinlich gespürt, dass ich genau so reagieren würde", hickste ich. Ich griff nach meinem Glühwein – bereits der vierte – und kippte den abgekühlten Rest auf Ex hinab. Dann bestellte ich einen neuen. Mayla zog eine Braue nach oben, kommentierte es aber nicht weiter und nippte stattdessen an ihrem Gin Tonic – noch der erste –, über dessen Rand hinweg sie mich kritisch beobachtete. Mir war klar, dass ich mich besser am Riemen reißen sollte, immerhin musste ich am nächsten Tag wieder arbeiten. Aber nachdem ich Nick am Nachmittag in seiner Pension nicht mehr angetroffen hatte und mir gesagt wurde, dass er abgereist wäre, war ich so unglücklich gewesen, dass Mayla mich zur Ablenkung in die Kneipe geschleift hatte.

Nun saßen wir also in einer urigen kleinen Bar in der Nähe, und ich ertränkte meinen Kummer in Alkohol. Das Licht war gedimmt, aus den Lautsprechern tönten Rock-Klassiker, und ausnahmsweise war ich froh, nicht schon wieder Weihnachtsmusik hören zu müssen. Mein Plan war allerdings nicht ganz aufgegangen – der Alkohol hatte nicht dafür gesorgt, dass es mir besser ging, ganz im Gegenteil. Ich wurde weinerlich und melodramatisch, und Mayla bereute vermutlich längst, dass sie mich hergebracht hatte.

„Ich war so egoistisch und habe es nicht einmal gemerkt", sinnierte ich weiter, wobei ich weniger zu meiner Freundin sprach als vielmehr zu dem Becher, den ich mit beiden Händen umklammert hielt. „Ich habe nur an mich gedacht. Nur an mich und daran, etwas zu bewahren, das mir nicht einmal was bedeutet. Nicht Nick war das Arschloch, sondern ich."

„Na, so ganz stimmt das ja auch wieder nicht", widersprach meine Freundin. „Es hängt ein emotionaler Wert an deinem Café. Und du hast versucht, deine Existenz zu retten. Das ist verständlich."

Mit einer unwirschen Handbewegung winkte ich ab. „Schon, aber ich hätte deswegen nicht so fies zu ihm sein müssen, er konnte schließlich nichts dafür. Und es ist ja nicht so, dass die Schneeballmanufaktur mein Lebenstraum gewesen wäre."

„Vor ein paar Wochen klang das noch ganz anders." Sie grinste und nahm erneut einen Schluck von ihrem Gin.

„Da war mir das vielleicht noch nicht so ganz bewusst." Ich merkte, dass ich langsam lallte, doch es war mir egal. „Aber Nick, der hatte einen Traum, einen echten. Er wollte nach Rothenburg ziehen, wollte einen Neuanfang wagen, wollte seine Tochter öfter sehen. Alles gute, nachvollziehbare Gründe. Und das alles war mir total egal. Ich habe ihn nicht ein einziges Mal gefragt, was er sich von der Zukunft wünscht oder wie ich ihm helfen kann, zum Beispiel bei der Wohnungssuche. Oder wie es ihm geht. Stattdessen habe ich die ganze Zeit nur über mich geredet, die ganze Zeit nur an mich gedacht. Und er war auch noch so süß, dass er sich Gedanken gemacht hat, wie er mir helfen kann, obwohl er genug eigene Sorgen hatte. I-ich … ich glaub, ich habe mich in den verliebt, Mayla. Und j-jetzt ist er w-we-heg, für immer." Ich hickste erneut und spürte, wie mir Tränen über die Wangen liefen.

Mayla griff energisch nach meiner Tasse und schob sie zur Seite.

„Das reicht", sagte sie streng. „Du hattest genug für heute. Und Nick ist garantiert nicht für immer weg, du kannst ihn doch jederzeit anrufen! Würzburg ist nicht aus der Welt, und Schweinfurt auch nicht. Wenn es dir so leidtut, dann ruf ihn an und entschuldige dich. Aber erst, wenn du wieder nüchtern bist."

„Das kann ich nicht", heulte ich. „Ich habe seine Nummer und alle Chats aus meinem Handy gelöscht, als ich so sauer war."

Sie stöhnte auf. „Dann fragen wir eben diese Nervensäge Jan, der kann sie dir bestimmt geben."

Ich antwortete irgendetwas, das nach einer Mischung aus Schluchzen und Grunzen klang, während Mayla unsere Getränke bezahlte.

„Ich bringe dich jetzt nach Hause, du schläfst dich aus und morgen sieht die Welt schon wieder anders aus", behauptete sie.

„Okay", schniefte ich und ließ zu, dass sie mich aus der Bar bugsierte.

***

Am nächsten Morgen explodierte mein Kopf regelrecht.

Mein Wecker klingelte um fünf und im Halbschlaf schaltete ich ihn wieder aus, aber um sechs Uhr wurde ich geweckt, weil Sandra Sturm klingelte. Erschrocken fuhr ich aus dem Schlaf und schlurfte dann im Schlafanzug nach unten in den Laden – gefolgt von Muffin, der es keine weitere Sekunde ohne Futter aushielt, wie er mir energisch zu verstehen gab.

„Was ist denn mit dir los?", begrüßte mich Sandra. „Du siehst fürchterlich blass aus! Bist du krank?" Ohne Umschweife streckte sie die Hand nach mir aus und befühlte meine Stirn. Die war allerdings eiskalt, ich war ja nicht krank.

„Mir geht's gut, ich habe nur verschlafen", murmelte ich. „Fang ruhig schon mal an, ich komme gleich."

Ein Blick aus dem Fenster zeigte mir, dass auch drüben bereits Licht brannte. Es war der erste offizielle Verkaufstag der neuen Filiale und vermutlich wurde bereits fleißig alles vorbereitet. Kurz flackerte ein Bild vor meinem inneren Auge auf: Ich und Nick, wie wir

morgens in meinem Café saßen und gemeinsam früh-
stückten, zusammen mit Sandra, Akiko und Mayla. An
manchen Tagen auch nur wir beide und Muffin, oder
gemeinsam mit Charlie. Wäre er geblieben, hätte das
die Realität sein können.

Wir hätten Freunde sein können oder mehr, er hätte
einen festen Platz in meinem Leben und meinem Alltag
haben können – und ich in seinem. Wenn ich nicht so
hässlich zu ihm gewesen wäre.

Ich schluckte schwer und wandte den Blick ab. Dann
trotte ich nach oben, warf mir eine Aspirin ein und
schleppte mich ins Bad, um mich für den Tag fertigzumachen.

***

Die nächsten Stunden flogen wie in einem Fiebertraum
an mir vorbei. Sandra und ich arbeiteten in der Backstube, um halb neun kamen die anderen, wir früh-
stückten wie immer, Mayla verschwand um neun wieder und Akiko begann ihre Schicht.

Gäste kamen und gingen.

Immer mal wieder warf ich einen Blick nach draußen, doch dieses Mal ärgerte ich mich nicht darüber,
dass die Leute gegenüber Schlange standen, während
sich der Andrang bei mir in Grenzen hielt.

Ich ärgerte mich nicht einmal, als Anton Gruber mich
durch das Fenster bemerkte, sein schmieriges Grinsen
aufsetzte und den Daumen in die Höhe reckte, als erwartete er, dass ich mich mit ihm über seine Kundschaft freuen würde. Ich fühlte überhaupt nichts und
wandte nur müde den Blick ab.

Das Einzige, wonach ich durch das Fenster immer wieder Ausschau hielt, war Nick.
Doch der war nicht da.

38

Nick

Anton hatte mich für den Rest der Woche beurlaubt, um mich auf die neue Situation einzustellen und mich um meinen Kram kümmern zu können, wie er es ausgedrückt hatte. In Rothenburg wurde ich offenbar nicht mehr gebraucht. Jan kümmerte sich um den Stand auf dem Markt, während Anton, der anscheinend bereits eine zweite Verkaufskraft gefunden hatte, in der Filiale arbeitete. Dass er es geschafft hatte, so schnell jemanden einzustellen, legte die Vermutung nahe, dass er meine Versetzung schon länger plante, als er mir gegenüber zugeben wollte.

Doch es war mir egal. Momentan war mir alles egal.

Ich saß in meiner blutleeren Wohnung, hatte den Fernseher eingeschaltet und ließ irgendeine Sitcom laufen, doch ich sah nicht richtig zu und nicht einmal die künstlichen Lacher konnten darüber hinwegtäuschen, wie steril und leblos hier alles war.

Vor dem Fenster regnete es in Strömen, und obwohl wir erst frühen Nachmittag hatten, war es draußen so finster, dass man glauben konnte, die Welt würde jeden Augenblick untergehen.

Meine wenigen Pflanzen in der Wohnung waren trotz aller Bemühungen eingegangen – anscheinend war ich in den letzten Wochen doch zu selten hier gewesen – und die Leuchte über meinem Couchtisch war kurz davor, den Geist aufzugeben. Das schwache Flackern verstärkte das Gefühl der Trostlosigkeit nur.

Immer wieder glitten meine Gedanken zu Charlie und daran, dass ich ihr und Laura die Neuigkeiten noch gar nicht beigebracht hatte. Mein Magen verkrampfte sich und vor meinem inneren Auge erschien das kleine Gesicht meiner Tochter, die Enttäuschung in ihren großen Augen, wenn ich ihr erzählen würde, dass ich doch nicht zu ihr ziehen werde.

Anton hatte mir eine Liste mit Wohnungsangeboten in Schweinfurt geschickt, und nachdem ich eine ganze Weile mit mir gehadert hatte, gab ich mir schließlich einen Ruck. Ich hatte eine Entscheidung getroffen und musste mich um diese Sache kümmern; jetzt.

Ich griff nach meinem Handy. Es dauerte nur ein paar Sekunden, bis am anderen Ende abgehoben wurde.

„Was gibt's?", fragte Anton ohne eine Begrüßung. Im Hintergrund waren Stimmengewirr und laute Musik zu hören. „Du fasst dich besser kurz, hier steppt der Bär."

„Umso besser", sagte ich, „denn ich habe nicht vor, auszuschweifen. Ich werde nicht nach Schweinfurt gehen."

Für einen kurzen Moment war es still am anderen Ende der Leitung. Offensichtlich hatte es ihm die Sprache verschlagen, was mich mit einer gewissen Genugtuung erfüllte – er war es nicht gewohnt, dass man ihm widersprach.

„Wie meinst du das?", fragte er schließlich. Es wurde ruhiger im Hintergrund, er schien in einen anderen Raum gegangen zu sein. Sein Tonfall war beherrscht, doch ich kannte ihn gut genug, um zu wissen, dass es nur Fassade war.

„Du hast mich schon verstanden", sagte ich. „Ich werde nicht nach Schweinfurt gehen, sondern nach Rothenburg, so wie ich es geplant hatte."

„Ach ja?", fragte er. „Und du denkst, das kannst du einfach so entscheiden?"

Für einen Moment schloss ich die Augen, nahm die Brille ab und rieb mir über die Nasenwurzel. Er machte es mir wirklich verdammt einfach.

„Ja, das denke ich", sagte ich.

„Tja, da täuscht du dich, mein Lieber. Wenn ich sage, dass ich dich als Filialleiter in Schweinfurt brauche, dann arbeitest du als Filialleiter in Schweinfurt. Und jetzt muss ich aufhören, ich habe einen Haufen Kundschaft und keine Zeit für deine Marotten."

Fast hätte ich laut losgelacht. Ihm kam offenbar nicht mal in den Sinn, dass ich nicht mehr für ihn arbeiten wollte.

„Du bekommst meine Kündigung per Post", sagte ich nur. „Da ich noch ziemlich viel Resturlaub habe, gehe ich davon aus, dass wir uns nicht mehr sehen werden, aber darüber bin ich nicht sonderlich traurig. Du wirst sowieso genug um die Ohren haben."

„Du kündigst?" Jetzt klang er nicht mehr so beherrscht. Seine Stimme bebte vor unterdrückter Wut. „Wegen der kleinen Bäckerin von gegenüber, oder was? Sei kein Idiot, Nicholas!"

Unwillkürlich ballte ich die freie Hand zur Faust.

„Nein, nicht wegen Lucy“, sagte ich. „Sondern wegen dir, Anton. Weil du seit Jahren darauf scheißt, wie es deinen Mitarbeitern geht. Weil es dir komplett egal ist, was andere wollen, solange du nur deinen Kopf durchsetzen kannst. Weil du dich wie ein Kleinkind auf den Boden wirfst und um dich schlägst, wenn es nicht so läuft, wie du es dir erhofft hast. Und weil ich ganz einfach andere Pläne habe.“

„Das wirst du bereuen“, feuerte er. „Du willst nach Rothenburg, ja? Ohne mich? Viel Spaß bei der Jobsuche in diesem Kaff!“

Unwillkürlich schluckte ich. Er hatte einen wunden Punkt getroffen, denn natürlich hatte er recht: Es würde schwierig werden. Aber sicher nicht unmöglich. Bevor mir eine passende Antwort einfiel, fuhr er fort: „Und eine Wohnung? Hast du auch nicht. Was willst du tun, Nick? Willst du unter der Tauberbrücke schlafen? Du schmeißt dein komplettes Leben hin, nur weil dir so eine Dorftrutsche den Kopf verdreht hat. Der Hellste warst du ja noch nie, aber für so blöd habe ich dich nicht gehalten.“

„Das einzig Blöde, was ich gemacht habe, war, so lange für dich zu arbeiten“, schoss ich zurück. „Das bereue ich wirklich zutiefst. Ich kann es kaum erwarten, dich und deine Firma nicht mehr sehen zu müssen, das kannst du mir glauben.“

Am anderen Ende der Leitung kehrte für kurze Zeit Stille ein.

„Fahr zur Hölle, Nicholas!“, sagte Anton. Eine Sekunde später hatte er aufgelegt.

Obwohl er in gewisser Weise recht hatte und es riskant war, ohne Job und neue Wohnung zu kündigen, fühlte ich mich so gut wie lange nicht. Diesem Groß-kotz zu sagen, was ich wirklich von ihm hielt, und sei-ner Firma den Rücken zu kehren, war die beste Ent-scheidung, die ich seit langem getroffen habe, das spürte ich, sobald ich das Handy weggelegt hatte.

Ich musste jedoch auch zugeben, dass mich das Ganze nervös machte.

Mir war klar, dass ich früher oder später einen neuen Job finden würde, doch nun merkte ich zum ersten Mal, wie sehr ich in meiner Komfortzone gefangen war, wie sehr ich mich darauf verlassen hatte, dass sich die grundlegenden Dinge niemals ändern würden. Zum ersten Mal verstand ich so richtig, wie Lucy sich in den vergangenen Wochen gefühlt haben musste.

In der Luft zu hängen und gezwungen zu werden, sich komplett neu zu finden, das war beängstigend.

Und trotzdem: Keinen Tag länger wollte ich bei Crumb Factory bleiben. Keinen Tag länger wollte ich von meiner Tochter getrennt sein.

Und so brachte ich den restlichen Nachmittag damit zu, meine Kündigung zu schreiben, Jobangebote in Rot-henburg und Umgebung zu wälzen und zum ersten Mal seit vielen Jahren einen Bewerbungstext aufzuset-zen.

Um halb sechs klingelte mein Handy und riss mich aus meinem Tun. Halb hoffte ich, dass es Lucy wäre, die mich anrufen würde, doch als ich den Namen auf dem Display sah, machte mein Herz einen Satz.

Als ich nach meinem Smartphone griff, zitterten meine Finger so sehr, dass es mir zunächst aus der Hand glitt und auf der Couch landete, doch die Anrufe-rin war zum Glück hartnäckig genug und beim zweiten

Versuch schaffte ich es, abzuheben. Nun hoffte ich nur, dass es gute Nachrichten geben würde.

„Nicholas Bernauer", meldete ich mich.

„Hey Nick, hier ist Christina, erinnerst du dich?"

Ich hatte ihre Nummer abgespeichert, natürlich erinnerte ich mich.

„Selbstverständlich", sagte ich. „Wie geht es dir? Und Tim?"

Irgendwie schaffte ich es, dass meine Stimme sehr viel ruhiger klang, als ich mich innerlich fühlte.

„Uns geht's gut, danke der Nachfrage. Ich hoffe, dir auch. Ich rufe wegen der Wohnung an. Es hat jetzt doch noch ein paar Tage gedauert, bitte entschuldige. Hast du denn bereits einen anderen Mietvertrag unterschrieben?"

Mein Herz hämmerte, so sehr, dass ich es bis in meine Fingerspitzen hinein fühlen konnte.

„Nein", sagte ich vorsichtig. „Und du?"

Sie lachte. „Nein, bisher nicht. Also, ich mach es kurz. Tim und ich sind uns einig, wir würden uns freuen, wenn du bei uns einziehst. Aber nur unter der Bedingung, dass deine Tochter auch wirklich, ich zitiere, ganz oft bei dir ist, damit Tim endlich sowas wie eine Schwester hat."

Jetzt konnte ich doch keine Ruhe mehr vortäuschen. Ich sprang vom Sofa auf.

„Was, ehrlich? Ich krieg die Wohnung?"

„Wenn du das möchtest?" Ich konnte sie förmlich durch das Telefon lächeln hören.

„Und ob ich das möchte!", rief ich. „Das ist ja großartig!"

„Das freut mich sehr. Wann kannst du denn vorbeikommen, dass wir den Papierkram fertig machen?“

Ich warf einen Blick nach draußen. Es war bereits dunkel.

„Ich würde gern sagen, jetzt gleich, aber ich fürchte, das wird zu spät“, sagte ich. „Ich bin momentan wieder in Würzburg und müsste mir erst wieder ein Zimmer in Rothenburg suchen.“

„Wie wäre es mit morgen?“, schlug sie vor. „Ich habe den ganzen Tag Zeit und kann mich nach dir richten.“

„Morgen wäre optimal.“

„Wenn du willst, kannst du auch schon was von deinen Sachen mitbringen und in der Wohnung abstellen. Sie ist sowieso leer.“ Sie machte eine kurze Pause. „Eigentlich ist das offizielle Einzugsdatum der erste Januar, aber mich stört es auch nicht, wenn du schon dort schläfst, falls du das möchtest. Ich gebe dir morgen die Schlüssel. Momentan ist es vermutlich eher schwierig, spontan noch ein freies Hotelzimmer zu finden, die Stadt ist gestopft voll.“

Das wurde immer besser – aber dann wurde mir siedend heiß klar, dass Christina die Neuigkeiten noch gar nicht kannte. Kurz überlegte ich, ob ich sie verschweigen sollte, zumindest bis zu unserem persönlichen Gespräch am nächsten Tag, doch ich schob diesen Gedanken schnell beiseite.

Wenn ich in den letzten Wochen eine Sache gelernt hatte, dann die, dass man immer von Anfang an mit offenen Karten spielen sollte – vor allem dann, wenn man plante, längerfristig mit seinem Gegenüber auszukommen. Und dass ich in Kürze arbeitslos wäre, war etwas, das Christina ohnehin erfahren würde. Ich konnte nur hoffen, dass sie mir die Wohnung trotzdem geben würde.

„Das wäre großartig“, sagte ich also. „Es gibt da allerdings noch etwas, das ich dir erzählen muss.“

39

Lucy

Es hatte nicht lange gedauert, bis meine schlimmsten Befürchtungen sich bestätigten: Die Kunden blieben weg. Das hieß, so ganz stimmte das nicht, sie kamen immer noch zu mir, warfen einen Blick auf meine Auslage, meine Karte und die Preise, und verschwanden dann nach gegenüber.

Anton Grubers unsympathisches Grinsen wurde immer breiter und inzwischen sehnte ich mir die selige Zeit zurück, in der meine größte Sorge war, Nick in Zukunft täglich sehen zu müssen. Nun hätte ich alles dafür gegeben, ihn gegen diesen schmierigen Großkotz einzutauschen. Er fehlte mir noch immer, doch ich hatte es nicht über mich gebracht, Jan nach seiner Nummer zu fragen. Mehrmals hatte ich mit mir gehadert, doch es hatte keinen Sinn – inzwischen war er längst in Schweinfurt, hatte längst ein neues Leben begonnen. Was hätte es schon geändert?

Von Anton Grubers nerviger Präsenz abgesehen machte mir die Konkurrenz allerdings nicht mehr viel aus, denn ich hatte der Schneeballmanufaktur innerlich längst gekündigt. Ich verkroch mich in der Arbeit und das fühlte sich gut an. Dass kaum Kunden im Café waren, erleichterte mir einiges. Trotzdem schloss ich wenige Tage vor Weihnachten meine Türen. Etwas, das ich mir früher nie hätte vorstellen können, aber da ich ohnehin kaum Umsatz machte, tat es mir nicht übermäßig weh.

Ein Zettel an der Tür verwies auf meinen Stand am Markt und die große Neueröffnung nach Weihnachten.

Ich bestellte ein neues Ladenschild – Lucys Wintertraum –, baute die Homepage und meinen Instagram-Kanal entsprechend um und schrieb Pressemitteilungen für die lokalen Zeitungen. Ich gestaltete den Verkaufsraum komplett neu und investierte dafür ziemlich viel meines gesparten Geldes. Mir war klar, dass ich alles auf eine Karte setzte und dass die geplante Neueröffnung nach Weihnachten der denkbar ungünstigste Zeitpunkt war, doch meine Verzweiflung hatte mich mutig gemacht. Ich hatte alles verloren – viel schlimmer konnte es nicht mehr werden, das redete ich mir zumindest ein.

Und ich war nicht allein. Meine Freundinnen halfen mir bei alledem und nie zuvor war ich so dankbar dafür gewesen, sie zu haben.

Gemeinsam mit Sandra und Akiko entwickelte ich neue Rezepte für Stollen und Plätzchen und erstellte eine neue Speisekarte. Die Schneeballen warf ich aus dem Sortiment, bis auf das Zimtwunder und den Bratapfeltraum. Die passten auch in mein neues Konzept und es waren Sorten, die es gegenüber nicht gab.

Wir besorgten die neuen Zutaten, die wir künftig benötigten, und verbrachten die Abende damit, die neuen Produkte zu backen, gemeinsam mit den anderen zu testen und die Rezepte anzupassen.

Mayla unterstützte mich bei den organisatorischen Dingen – der Ummeldung bei diversen Ämtern, Informationsschreiben für Banken und Versicherungen, Finanzplanung – und erinnerte mich daran, mich auch um Kleinigkeiten zu kümmern, die ich vorher nicht auf dem Schirm hatte, zum Beispiel das Aktualisieren meiner Geschäftspapiere.

Das Wichtigste jedoch war mein Businessplan, in den ich dieses Mal sehr viel Mühe, Zeit und Energie steckte. Ich wollte vermeiden, wieder zu schnell und undurchdacht loszulegen, und so notierte ich mir jedes Detail, das mir wichtig erschien, und arbeitete alles sorgfältig aus.

Lucys Wintertraum sollte ein Weihnachtscafé werden, ja. Doch Plätzchen, Glühwein und Dekoration würden nur der Rahmen sein für das, was mir eigentlich am Herzen lag: Schon früher wollte ich mein Café gerne als sozialen Treffpunkt sehen, als einen Ort, der die Leute – Touristen wie Einheimische – zusammenbrachte. Jetzt wollte ich es mehr denn je, und darauf lag der Fokus bei meiner Planung.

Mein Café sollte zu einem Ort der Begegnung werden, an dem sich Menschen in gemütlicher Atmosphäre treffen konnten. Neben den kulinarischen Angeboten war es mir deshalb auch weiterhin wichtig, regelmäßige interaktive Events anzubieten, um die Gemeinschaft zu fördern. Ich plante Workshops, Backaktionen und Bastelnachmittage für Familien, Lesungen, Märchenstunden und Musikveranstaltungen. Ich machte mir viele Gedanken über meine Zielgruppe und stellte fest, dass es nicht nur die Weihnachtsfans und Kreativ-Begeisterten waren, die ich ansprechen wollte, sondern vor allem auch Familien und Menschen, die sich nach Gesellschaft sehnten.

Mein eigentliches Alleinstellungsmerkmal sollte nicht der Fokus auf Weihnachten sein – sondern das Gemeinschaftsgefühl, das ich durch meine Aktionen fördern wollte. Mein Café sollte kein rein gastronomischer Ort mehr sein, sondern ein soziales Zentrum.

Ich arbeitete jeden Abend bis weit nach Mitternacht, und so dauerte es nur wenige Tage, bis mein neues Café fertig war – und es sah unglaublich aus. Tatsächlich war es nicht wiederzuerkennen.

Zu meinem Weihnachtsbaum hatten sich nun noch drei weitere gesellt – allerdings künstliche, die das ganze Jahr über stehen bleiben konnten. Einer von ihnen sollte als Freundschaftsbörse dienen: Auf kleinen Kärtchen könnten die Gäste anonym oder mit Namen kurze Nachrichten hinterlassen. Diese könnten sich auf gemeinsame Interessen, Hobbys oder ganz allgemein die Suche nach neuen Bekanntschaften beziehen. Ich hoffte, dadurch noch mehr dazu beitragen zu können, dass die Menschen zueinander fanden.

Insgesamt hatte die Weihnachtsdekoration sich verzehnfacht. Durch das gesamte Café schlängelte sich nun eine riesige Girlande, die mit rot-grün geringelten Strümpfen und Zuckerstangen geschmückt war. Die altmodischen Fotografien an den Wänden waren gewichen und durch riesige Bilder von romantischen Schneelandschaften, Weihnachtsbäumen, Geschenken und Kerzen ersetzt worden – lediglich das kleine Familienbild mit meinen Eltern hatte ich nicht über mich gebracht wegzuräumen. Es zierte jetzt meinen Kaminsims. Meine Möbel hatte ich neu gestrichen, sie leuchteten jetzt in Grün und Rot, und die altmodischen Schirmlampen über den Tischen hatte ich durch sternförmige ersetzt. Die restliche Beleuchtung kam von LED-Kerzen und Lichterketten, die quer durch den Raum verteilt waren, und unzählige Glaskugeln reflektierten das Licht.

Mein Meisterstück war die Decke geworden: Wir hatten ein Netz über den kompletten Raum gespannt und dieses dann so dicht mit Kugeln, Sternen und Lametta behängt, dass von der Holzdecke dahinter nichts mehr zu sehen war.

Insgesamt war alles so dicht mit Weihnachtsdekoration vollgestopft, dass man gar nicht wusste, wo man zuerst hinsehen sollte.

Es sah aus wie in Santas Backstube höchstpersönlich – oder wie im Inneren eines Weihnachtsbaumes.

***

„Und? Bist du zufrieden?", fragte Mayla mich einen Tag vor Heiligabend, als wir gemeinsam mit Sandra in meinem Café standen und unser Werk bewunderten. Draußen war es dunkel, der Weihnachtsmarkt hatte geschlossen und ich hatte das Geld bereits zur Bank gebracht. Pünktlich zum Weihnachtsfest hatte das Wetter wieder umgeschlagen. Es war bitterkalt, dicke Flocken segelten vom Himmel und legten sich sanft auf das Kopfsteinpflaster vor dem Fenster, wo sie bereits eine dicke, wattige Schicht bildeten.

Bei Crumb Factory brannte noch das Licht und obwohl es schon halb acht war und die Bäckerei eigentlich längst geschlossen haben sollte, tummelten sich noch Kunden darin. Es hätte mir nicht gleichgültiger sein können.

„Ein bisschen kitschig ist es ja schon", sagte Sandra grinsend, „aber auf eine gute Art."

„Ich finde es super", sagte ich. „Fast wie im Weihnachtsdorf. Ich kann es kaum erwarten, den Laden morgen einzuweihen."

Zum ersten Mal in meinem Leben war ich nicht wirklich in Weihnachtsstimmung, was paradox war. Ich hatte mich so viel mit Weihnachten beschäftigt, war so im Geschäftsmodus gefangen, dass ich darüber ganz vergessen hatte, das eigentliche Fest und die Feiertage für mich zu planen. Umso glücklicher war ich gewesen, als meine Freundinnen mir vorgeschlagen hatten, am Nachmittag eine kleine Feier in meinem neuen Schmuckstück abzuhalten, nur wir und unsere engsten Freunde – eine private Einweihungsparty sozusagen.

Doch am Abend würden alle zu ihren Familien gehen und ich wäre allein.

Ich würde mir eine Kanne Punsch kochen, mich gemeinsam mit Muffin auf die Couch kuscheln und mir Das letzte Einhorn im Fernsehen ansehen. So wie jedes Jahr, seit Felix und ich uns getrennt hatten.

Zum ersten Mal seit langer Zeit erfüllte mich der Gedanke daran mit Wehmut.

„Bleibt nur zu hoffen, dass dein Kater nicht alles ruiniert." Mayla grinste.

Tatsächlich hatte Muffin dem Ganzen bisher erstaunlich wenig Aufmerksamkeit geschenkt; es schien, als hätte ihn sein letztes Erlebnis mit einem Weihnachtsbaum kuriert.

„Ich hatte vor, noch eine Runde in den Burggarten zu gehen", sagte Sandra jetzt. „Zum Abschluss dieser anstrengenden Zeit. Kommt ihr beide mit?"

„Ich finde, das ist eine gute Idee", sagte Mayla. „Das haben wir uns verdient nach all der Arbeit, meinst du nicht, Lucy?"

Ich stimmte zu, schnappte mir meinen Mantel und löschte die Lichter. Dann machte ich mich gemeinsam mit meinen Freundinnen auf den Weg zum Winterglühen im Burggarten.

***

Der Burggarten war der Stadtpark Rothenburgs. Dort war vor einigen Tagen ein alternativer kleiner Weihnachtsmarkt aufgebaut worden, der auch nach dem Schließen der Buden auf dem Marktplatz noch geöffnet hatte. Der vordere Teil des Parks wurde festlich beleuchtet, mehrere Strahler ergossen ihr violettes Licht in die Bäume, die im Halbdunkel lila schimmerten. Ein paar Buden waren aufgestellt worden und kleine Theken, an denen Punsch und Glühwein ausgeschenkt wurde, geschützt unter Eventsegeln. Die Menschen drängten sich unter den Zeltdächern, überall standen mit Lichterketten geschmückte Tannen, und in der Mitte war unter einem weiteren Segel eine kleine Bühne aufgebaut worden, auf der eine Band spielte. Davor hatten einige Leute zu tanzen begonnen. Es war traumhaft und hatte weniger etwas von einem Weihnachtsmarkt, sondern erinnerte vielmehr an ein kleines Festival.

„Ich lade euch ein", bestimmte ich. „Ohne euren Beistand wäre ich in den letzten Wochen durchgedreht."

Mayla und Sandra widersprachen nicht, und so schlängelte ich mich kurze Zeit später durch das Gedränge vor einer der Theken und kümmerte mich um Glühwein und Punsch. Meine Freundinnen suchten uns unterdessen einen freien Platz an einem der Stehtische.

„Bist du schon aufgeregt wegen deiner Reise?", fragte ich Sandra, als ich mich wieder zu den beiden gesellt und die Tassen verteilt hatte. „In vier Tagen geht es schon los, oder?" Heute war offiziell Sandras letzter Arbeitstag vor dem Urlaub gewesen. Zur großen Neueröffnung würde sie nicht da sein, aber da es nach Weihnachten ohnehin relativ ruhig in der Stadt war, war das nicht weiter schlimm. Mir war klar, dass die ersten drei Monate hart werden würden. Ich konnte nur hoffen, dass es sich danach einpendelte.

Sandra, die ihren Schal nur widerwillig nach unten schob, weil sie sonst nicht trinken konnte, grinste.

„Gleich nach den Feiertagen, ja. Ich kann es kaum erwarten. Ich habe schon jeden einzelnen Tag mit Shopping und Sightseeing verplant, Günther ist nicht so begeistert."

„Ist es nicht furchtbar heiß dort?", hakte Mayla nach. „Ich glaube, für mich wäre das nichts. Das hier ist meine absolute Wohlfühltemperatur."

„Minus fünf Grad sind deine Wohlfühltemperatur?“ Ich zog eine Braue in die Höhe, doch Mayla zuckte nur die Schultern.

„Was soll ich sagen? Ich habe halt selbst genug Feuer.“

Ich lachte. „Dem kann ich nichts hinzufügen.“

„Es geht eigentlich“, sagte Sandra jetzt. „Dezember ist eine ganz gute Zeit für Dubai, angenehme fünfundzwanzig Grad. Kälter als in der Backstube.“

„Da hast du wohl recht“, sagte ich.

Ich nippte an meinem Punsch und ließ den Blick über die Menge schweifen. Immer mehr Leute waren jetzt vor der Bühne, so viele, dass sie längst nicht mehr unter das Dach passten. Es machte ihnen nichts aus, sie tanzten im Schnee, umhüllt von den dicken Flocken, die noch immer vom Himmel fielen.

Sandra erzählte ausführlich von ihren Shopping-Plänen, doch dann spielte die Band „All I want for Christmas“, und ohne es zu wollen, wurde ich abgelenkt. Ohne es zu wollen, erinnerte mich das Lied an Nick. Unwillkürlich schloss ich für einen Moment die Augen, dachte an den Abend im Café Lebenslust, an den Auftritt der beiden, der mich so zum Lachen gebracht hatte, dass ich für einen kurzen Augenblick all meine Sorgen vergessen hatte.

Ich hatte es nicht gewusst, aber an diesem Abend war mein Leben perfekt gewesen. Es kam mir vor, als läge er bereits Jahre zurück, so viel war in der Zwischenzeit passiert. Nur Nicks Gesicht, seine grauen Augen und sein verschmitztes Lächeln, das alles sah ich noch so deutlich vor mir, als hätte ich ihn erst gestern gesehen.

Und dann erfasste mich mit einem Mal eine schier lähmende Trauer, als mir mit voller Wucht bewusst wurde, was ich verloren hatte.

40

Nick

„Jetzt geh endlich hin und sag ihr hallo!" Jan boxte mich gegen die Schulter. „Du führst dich auf wie ein Teenager!"

„Ich weiß wirklich nicht, ob es eine gute Idee ist, mich ihr aufzudrängen." Ich schluckte. „Sie hat mir ziemlich deutlich zu verstehen gegeben, dass sie keine Lust hat, mit mir zu reden."

Die Erinnerung an unsere letzte kurze Unterhaltung in ihrem Stand flackerte vor meinem inneren Auge auf. Sie hatte mich nicht wirklich fortgeschickt, nicht mit Worten, aber ihre abwehrende Haltung, der Sicherheitsabstand, den sie eingenommen hatte, die verschränkten Arme, all das hatte Bände gesprochen.

„Das muss sie ja auch nicht, aber du kannst sie wenigstens begrüßen. Das ist nicht aufdringlich, sondern höflich, Herrgott. Muss ich dir echt alles beibringen?"

Noch immer zierte ich mich. Die Wahrheit war, dass ich ununterbrochen an Lucy dachte, und seit ich vor zwei Tagen nach Rothenburg zurückgekehrt war, mehrmals an der Schneeballmanufaktur vorbeigeschlichen war, um ihr „zufällig" über den Weg zu laufen. Doch ich hatte sie nicht gesehen und das Café hatte geschlossen. Die Fenster waren mit dunkler Folie zugeklebt worden, sodass ich nicht erkennen konnte, was sich dahinter verbarg, und im ersten Augenblick war ich erschrocken, weil ich dachte, dass sie ihr Geschäft aufgegeben hätte.

Dann aber war mir der kleine Zettel an der Tür aufgefallen, der auf die Neueröffnung in wenigen Tagen verwies.

Und nun war sie hier. Mit ihren Freundinnen im Burggarten, nur wenige Meter von mir entfernt, und sah den Tanzenden vor der Bühne zu. Hatte sie mich nicht gesehen – oder wollte sie mich nicht sehen?

„Wenn du es nicht machst, mache ich es", drohte Jan. Er straffte die Schultern. „Ich klär das für dich, Bro. Ich bin ein guter Wingman, das kannst du mir glauben."

Ich griff nach seinem Arm.

„Untersteh dich", zischte ich.

Doch er lachte nur und riss sich los. Inzwischen hatte ich genug Erfahrung mit Jans Hilfsbereitschaft gemacht und verzichtete dankend, also blieb mir nichts anderes übrig, als ihm hinterherzugehen, ihn zu überholen und ihm zuvorzukommen.

Zehn Sekunden später stand ich vor Lucy. Sie riss ihre Augen von der Bühne los und sah mich an, mit einem Blick, der dutzende verschiedene Emotionen widerspiegelte – Ungläubigkeit, Überraschung, dieses leichte Misstrauen, mit dem sie mich seit dem Auffliegen meiner Lüge immer bedacht hatte ... Doch noch etwas anderes lag in ihren Augen, etwas, das ich nicht deuten konnte.

Erst jetzt wurde mir klar, dass ich mir überhaupt nicht überlegt hatte, was ich zu ihr sagen wollte. Einen

Moment lang starrten wir uns nur an, und zwei Sekunden später machte mein Mund sich selbständig.

„Ich schlafe momentan auf dem Boden", sprudelte es aus mir heraus.

„Was?" Verwirrt starrte sie mich an.

Hinter mir lachte jemand und ich musste nicht nachsehen, um zu kapieren, wer es war. Ich konnte förmlich spüren, wie meine Ohren heiß wurden.

„Großartiger Gesprächseinstieg, Nick", feixte Jan, der nun neben mich getreten war. Er klopfte mir auf die Schulter. „Gut, dass du das selbst übernommen hast, ich hätte es nicht besser hingekriegt. Guten Abend, die Damen, ihr seht heute allesamt zauberhaft aus."

Er deutete eine alberne Verbeugung an, woraufhin sich die Verwirrung in Lucys Gesicht nur noch steigerte, Mayla die Stirn runzelte und Sandra sich mit einem gemurmelten „Ich glaube, ich brauche noch einen Glühwein. Mit Schuss." in Richtung Bar verzog.

Ich räusperte mich. „Ich meine ... ich wohne jetzt in Rothenburg", erklärte ich an Lucy gewandt und versuchte dabei, das Herzrasen zu ignorieren. „Das wollte ich dir erzählen. Ich habe vor ein paar Tagen den Mietvertrag unterschrieben und stecke schon mitten im Umzug, aber meine Möbel kommen erst nächste Woche."

„Du musst wissen, Nick ist es sehr wichtig, dich darüber zu informieren, wie die Schlafsituation bei ihm zuhause ist", mischte sich Jan ein. „Wenn es dir also etwas ausmacht, auf dem Boden zu liegen, solltest du noch ein paar Tage warten, bis du bei ihm übernachtest. Ich denke, das ist es, was er dir damit sagen wollte."

Unwillkürlich stöhnte ich auf. Warum nur war ich heute Abend nicht allein rausgegangen? Andererseits stünde ich dann wahrscheinlich immer noch am Tresen und würde mit mir ringen, ob ich nun zu ihr gehen sollte oder nicht.

„Ist das so?" Sie verschränkte die Arme vor der Brust und musterte mich skeptisch. Das Herz rutschte mir in die Hose. Sie war also immer noch sauer. Aber nun stand ich hier, nun musste ich dieses Gespräch würdevoll zu Ende bringen. Irgendwie.

Ich räusperte mich. „Ja, ähm … wir werden uns in Zukunft wahrscheinlich öfter sehen, deswegen wollte ich dir das sagen."

„Danke für die Vorwarnung."

„Tja, also, das war's eigentlich schon. Ich gehe dann mal wieder."

Ich drehte mich gerade um, da griff sie nach meinem Arm und hielt mich zurück. „Warte!"

„Ja?"

„Ich dachte, du bist jetzt in Schweinfurt?", fragte sie, den Kopf schief gelegt. „Das hat Jan zumindest erzählt."

„Anton wollte mich dorthin versetzen, das stimmt", sagte ich. „Aber ich habe gekündigt."

Ihre Augen wurden riesengroß. „Nicht dein Ernst!"

Ich nickte. „Doch. Und ehrlich gesagt, das hätte ich schon viel früher tun sollen. Ich habe schon vor einer Weile erkannt, dass ich in den vergangenen Jahren zu sehr auf die Arbeit fixiert war und alles andere dabei vernachlässigt habe, aber die Zeit in Rothenburg hat mir noch etwas anderes klargemacht. Ich will nicht mehr für ein Unternehmen arbeiten, dessen einziger Wert Profitgier ist."

Sie sah von mir zu Jan. „Und du?", fragte sie. „Hast du etwa auch gekündigt?"

„Nee." Er grinste. „Ich habe nix gegen Profitgier."

„Jan ist der neue Filialleiter von Crumbs Schneeballparadies", erklärte ich. „Und ich bin mir sicher, dass er das großartig machen wird."

„Danke, Kumpel", sagte Jan.

„Und was machst du dann jetzt?", fragte Lucy. Ihr war deutlich anzusehen, dass sie von der Menge an neuen Informationen ein wenig erschlagen wurde, doch sie hielt sich tapfer.

Ich seufzte. „Das ist die schlechte Nachricht. Ich weiß es noch nicht, ehrlich gesagt. Ich bin derzeit auf Jobsuche."

Jan grinste. „Ich finde, du solltest über diese Sache mit dem Strippen nochmal ernsthaft nachdenken. Oder ... hey! Ich hab die Geschäftsidee!" Seine Augen wurden riesengroß. Er griff nach meinem Arm und hielt ihn wie in einem Schraubstock. „Ernsthaft, das ist die Lösung für eure Probleme. Lucy macht aus ihrem Laden eine Tabledance-Bar! Und du arbeitest dort als ihr Angestellter! Das wäre doch der Hammer! Oder? Oder??"

Einen Augenblick lang war es still.

„Nein, wäre es nicht", sagte ich dann.

„Doch, glaub mir, Nick, das geht durch die Decke! Ihr müsstet nur –"

„Jan?" Mayla war neben ihn getreten und legte ihm eine Hand auf die Schulter, offenbar wild entschlossen, uns zu erlösen. „Hast du Lust, mal mit mir zur Bar zu gehen? Ich könnte Nachschub gebrauchen. Wir leisten Sandra ein wenig Gesellschaft und du kannst mir in

Ruhe alles über deine vielen kreativen Ideen erzählen. Ich habe ein Hotel und bin mir sicher, dafür hast du auch eine ganze Menge toller Einfälle."

„Und ob!" Er grinste und ließ zu, dass Mayla ihn von uns wegbugsierte. Erleichtert atmete ich auf. Nun war ich mit Lucy allein – so allein, wie man inmitten einer Menschenmenge eben sein konnte.

„Du hast mich wirklich wahnsinnig enttäuscht", sagte sie, sobald wir kein Publikum mehr hatten.

„Ich weiß", entgegnete ich zerknirscht. „Ich glaube, sowas Dummes habe ich noch nie gemacht."

„Aber ich habe mich auch nicht gerade nett verhalten", sagte sie dann.

Ich blinzelte überrascht. „Was? Du?"

Sie nickte. „Ja, Nick. Ich war egoistisch. Ich will deine Lügen nicht schönreden, das war wirklich total daneben. Aber ich habe auch nur an mich und mein Café gedacht, mir war es vollkommen egal, dass du auch ein Leben hast, auch Träume. Dass du nur deinen Job behalten und bei deiner Tochter sein wolltest. Das tut mir wahnsinnig leid."

„Schon verziehen. Als ob ich dir jemals böse sein könnte."

„Dann sind wir wohl quitt."

Jetzt grinste sie und mir fiel ein Stein vom Herzen. Und eine Sekunde später fiel sie mir um den Hals, was mich so sehr überrumpelte, dass es mir sämtliche Luft aus der Lunge presste.

„Ich freue mich riesig, dass du wieder da bist", murmelte sie an meiner Brust. „Du hast mir gefehlt! Nur bitte versprich mir, dass du mich nie wieder anlügst."

Da musste ich nicht lange überlegen. Ich drückte sie an mich.

„Versprochen!", sagte ich.

Einen Moment später löste sie sich wieder von mir.

„Und nun, wo das geklärt ist, zu den wichtigeren Themen", sagte sie. „So dumm finde ich Jans Idee eigentlich gar nicht."

Kurz brachte sie mich damit völlig aus dem Konzept.

„Welche Idee?"

„Na, die von vorhin. Dass du bei mir arbeiten könntest."

„Was?", stieß ich hervor. „Das soll ein Scherz sein, oder?"

Sie lächelte. „Nicht die Sache mit dem Tabledance, aber der Rest. Ich habe mein Café umgebaut, es ist jetzt ein Weihnachtscafé. Es ist großartig geworden, Nick! Und ich habe in den letzten Tagen viel nachgedacht, es wäre schön, wenn ich noch jemanden einstellen könnte. Sandra und Akiko sind klasse, aber Sandra kennt sich mit wirtschaftlichen Vorgängen nicht aus und Akiko arbeitet nur halbtags. Sie hat außerdem erwähnt, dass sie überlegt, sich im Herbst für ein Studium einzuschreiben, spätestens dann bräuchte ich noch einen weiteren Mitarbeiter. Und du wärst perfekt. Du weißt, wie man eine Bäckerei führt, du hast viele kreative Ideen, du kannst Buchhaltung und backen. Und ich ... ich habe dich ganz gerne um mich, ehrlich gesagt."

Eine feine Röte überzog ihre Wangen und ihre Worte ließen mein Herz schneller schlagen. Trotzdem war ich skeptisch.

„Bist du dir sicher?“, fragte ich. „Ich dachte ehrlich gesagt, dass du mich hasst.“

„Ich hasse dich doch nicht!“, stieß sie hervor. Dann senkte sie den Blick. „Ich war nur ein bisschen sauer, aber das bin ich nicht mehr. Nein, ich hasse dich nicht, Nick. Ganz im Gegenteil.“

„Im Gegenteil?“ Meine Stimme klang heiser. Wollte sie mir damit das sagen, was ich dachte?

„Ich könnte aber auch verstehen, wenn dir das zu kitschig ist“, sagte sie dann und wechselte damit das Thema. „In dem Fall helfe ich dir gerne, einen anderen Job zu finden. Ich freue mich wirklich riesig, dass du wieder hier bist. Und ich hoffe sehr, dass du bleiben kannst. Deine Tochter ist mit Sicherheit überglücklich.“

„Das ist sie“, sagte ich, doch ich konnte mich kaum noch auf unser Gespräch konzentrieren. Lucy war einen Schritt nähergetreten und hatte nach meiner Hand gegriffen.

„Hast du Lust, mit mir zu tanzen?“, fragte sie. „Da vorne findet Jan uns nicht so schnell wieder und du kannst mir in Ruhe alles erzählen, was in den letzten Tagen bei dir passiert ist. Wo deine neue Wohnung ist, wie Anton auf deine Kündigung reagiert hat ... Ich will alles wissen.“

„Nichts lieber als das.“

Ich führte sie zur Bühne und zog sie in meine Arme. Noch immer schneite es und unter dem Zeltdach war kein Platz mehr für uns, also tanzten wir unter dem freien Himmel, während die weißen Flocken um uns herumwirbelten. In diesem Augenblick hätte ich kaum glücklicher sein können.

41

Lucy

„Wie meinst du das, ihr habt nur getanzt?" Mayla musterte mich mit gerunzelter Stirn. Sie hatte sich mit der Hüfte gegen meinen Tresen gelehnt und die Arme vor der Brust verschränkt. „Ihr wart eine halbe Ewigkeit lang verschwunden und habt mich mit Jan allein gelassen, du kannst mir nicht erzählen, dass ich das nur für einen langweiligen Tanz auf mich genommen habe? Ist dir klar, dass er mir eine volle Stunde meiner Lebenszeit gestohlen hat mit seinen wirren Ideen?" Ihre Empörung triefte aus jeder Silbe.

Ich lachte. „Das tut mir leid, aber ich hatte einen wunderschönen Abend. Du warst mir eine große Hilfe, falls es dich tröstet."

Sie schnaubte. „Nicht wirklich, nein. Ich dachte, du wartest heute direkt mit einem Hochzeitstermin auf. Ernsthaft, der Typ ist eine Plage. Er hat empfohlen, mein Hotel in einen Vergnügungspark umzubauen, und dann hat er so lange von Geisterbahnen und Spiegellabyrinthen geschwafelt, bis Sandra total entnervt verschwunden ist. Er hat sogar vorgeschlagen, einen Indoor-Tierpark zu integrieren. Mit, ich zitiere, Lamas und Delfinen."

Erneut musste ich lachen. „Er ist kreativ", sagte ich. „Das ist gut."

Mayla verzog das Gesicht. „Na ja", entgegnete sie nur.

Ich warf einen Blick auf die Uhr. Es war halb zwei und für meine kleine Weihnachtsfeier war alles vorbereitet. Ich hatte den ganzen Morgen damit zugebracht, Plätzchen, Stollen und Lebkuchen zu backen und die Tische zu einer einzigen langen Tafel zusammengeschoben. Nun standen dort die Schalen mit den Gebäckstücken bereit. Außerdem hatte ich direkt ein paar neue Punsch- und Glühweinrezepte ausprobiert, die ich heute meine Gäste testen lassen würde, um herauszufinden, wie sie ankamen. Die entsprechenden Kannen standen ebenfalls auf dem Tisch, zusammen mit Bechern und Tellern. Außerdem hatte ich ein paar Weihnachtssterne in roten Töpfen platziert.

Im Kamin brannte Feuer und aus dem Radio tönten leise Weihnachtslieder.

Nun wartete ich mit Mayla darauf, dass es losging und die anderen kamen – und dass sie mein neues Weihnachtscafé genauso lieben würden, wie ich es tat.

In der Stadt selbst war es heute ruhig. Nur wenige Menschen waren noch auf den Straßen unterwegs, ein Großteil der Geschäfte hatte geschlossen und auch auf dem Weihnachtsmarkt blieben die Buden heute zu. Es war Heiligabend, und den verbrachten die meisten Menschen zuhause mit ihren Familien. Dafür hatte es die ganze Nacht durchgeschneit und die Straße war von einer dicken Puderschicht bedeckt. Pünktlich zum Fest hatte der Regen aufgehört, und vor den Fenstern glitzerte alles im strahlenden Weiß. Ich hatte die Folie entfernt und nun leuchtete mein ganzes Café im winterlichen Tageslicht. Zu Crumb Factory warf ich nur einen kurzen Blick. Die Filiale hatte geöffnet, hinter der Theke stand eine mir unbekannte Verkäuferin und ein paar Kunden tummelten sich im Café, doch es hätte mir nicht gleichgültiger sein können.

„Kommt er wenigstens zu deiner Feier?", fragte Mayla nun und riss mich damit aus meinen Gedanken.

„Nick? Ja, der kommt." Ich grinste. „Er bringt Jan mit."
Mayla stöhnte auf. „Nicht dein Ernst!"

„Was ist mit Hannes?", hakte ich nach. Ich hatte Maylas Freund schon eine ganze Weile nicht mehr gesehen, doch selbstverständlich war auch er eingeladen.

„Hat keine Zeit", sagte sie knapp. „Anscheinend muss er noch was für irgendeinen Kunden fertig machen."

„Am Heiligabend?", wunderte ich mich. Ich war es gewöhnt, dass Hannes viel zu tun hatte, aber in letzter Zeit war er ungewöhnlich oft am Arbeiten.

Mayla verzog die Lippen zu einem dünnen Lächeln, kam jedoch nicht dazu, sich weiter dazu zu äußern, weil im selben Augenblick Sandra mit ihrem Mann und ihren Söhnen an die Scheibe klopfte. Ich huschte zur Tür und ließ sie herein.

„Danke für die Einladung", begrüßte mich Günther und umarmte mich. Ich sah Sandras Mann nicht besonders oft, doch ich mochte ihn sehr gern. Sandra war ehrlich und loyal, sie hatte allerdings auch eine gewisse Schroffheit, die Mayla häufig ein wenig scherzhaft als „fränkischen Charme" bezeichnete – doch was ihr an Herzlichkeit fehlte, brachte Günther in doppelter Ausführung mit. Die beiden ergänzten sich ganz wunderbar, was vermutlich auch der Grund dafür war, dass sie nun seit fast dreißig Jahren miteinander verheiratet waren.

Günther drückte mir eine Weinflasche in die Hand. „Herzlichen Glückwunsch zur Neueröffnung, Lucy“, sagte er und zog mich in eine herzliche Umarmung.

„Das ist ja noch gar nicht die offizielle Eröffnung“, widersprach ich lächelnd, „aber danke.“

Günther winkte ab.

„Dann schenke ich dir eben zur richtigen Eröffnung nochmal was. Es sieht großartig aus hier!“ Erst jetzt ließ er seinen Blick über meine neue Einrichtung schweifen. „Du machst dem Weihnachtsdorf Konkurrenz!“

Ich grinste.

„Die Jungs sind schon früher angekommen, als ich dachte“, sagte Sandra jetzt, „ich hoffe, es ist okay, dass wir sie mitgebracht haben.“

„Natürlich! Ihr seid alle herzlich willkommen!“

Sandras Söhne waren bereits erwachsen, und sie alle drei sahen aus wie perfekte Klone ihres Vaters: Sie waren groß, schlank und hatten dunkelbraunes Haar. Lediglich die hellblauen, wachen Augen hatten sie von Sandra geerbt; die von Günther waren dunkelbraun.

Die neunzehnjährigen Zwillinge Silas und Maxim ähnelten sich ohnehin so sehr, dass ich sie nur auseinanderhalten konnte, wenn sie direkt nebeneinander standen. Leon war bereits fünfundzwanzig. Sie alle drei hatten Rothenburg verlassen, sobald sie volljährig waren, umso schöner war es, wenn sie zu so besonderen Anlässen in die Stadt kamen.

„Ich habe das hier anders in Erinnerung“, sagte Silas und blickte sich staunend um.

Ich lachte. „Ja, es hat sich einiges verändert. Gefällt es euch?"

„Äh ... Ja, passt schon", sagte Silas. Er kratzte sich am Kopf und ich lachte erneut. Dass die Begeisterung der Jungs für all den glitzernden Schnickschnack sich in Grenzen hielt, war keine wirklich große Überraschung.

„Sucht euch ruhig einen Platz und bedient euch", sagte ich. Darum ließen sie sich nicht zweimal bitten und kurz darauf traten Akiko und Nao durch die Tür. Wenige Minuten später kamen auch Roman und Finn, Jan und Nick, der überraschend seine Tochter mitgebracht hatte. Charlie und Nao brachen in regelrechte Begeisterungsstürme aus, als sie sich sahen, und fingen an, im Café verstecken zu spielen – das funktionierte nun mit den ganzen Bäumen und verwinkelten Ecken ausgesprochen gut.

„Deine ersten Fans hast du schon in der Tasche", sagte Nick lächelnd.

In der nächsten halben Stunde trudelten noch ein paar weitere Freundinnen und Freunde ein. Ich bekam weitere Weinflaschen und Massen an Blumen geschenkt, und um kurz nach zwei waren wir schließlich vollzählig. Nur Muffin fehlte. Er hatte wohl aus der letzten Weihnachtsfeier gelernt und war dieses Mal in meiner Wohnung geblieben, was mir nur recht war.

Die nächsten zwei Stunden vergingen wie im Flug. Wir saßen am Tisch, aßen Plätzchen, tranken Punsch, lachten. Jan gab noch einmal die Geschichte zum Besten, wie er Nick als Stripper ausgegeben hatte, schmückte sie dabei noch ein wenig aus, und diejenigen, die sie noch nicht kannten, brüllten vor Lachen.

Nick, der mir schräg gegenübersaß, warf mir einen Blick zu und verdrehte die Augen, lächelte jedoch. Und auch ich musste inzwischen über die ganze Geschichte grinsen.

***

Gegen fünf verabschiedeten sich alle und ich stellte fest, dass ich glücklich war. So sehr ich Weihnachten und das ganze Drumherum mochte, das eigentliche Fest war in den vergangenen Jahren doch immer ein wenig einsam gewesen. Den heutigen Nachmittag mit meinen Freunden verbringen zu können, war schön gewesen.

Während die anderen nach und nach mein Café verließen, stand mit einem Mal eine rothaarige Frau vor der Tür. Sie war in einen dunkelgrünen Mantel gehüllt, hielt eine Flasche Sekt in der Hand und sah unsicher die Obere Schmiedgasse hinauf und hinab, als wüsste sie nicht genau, ob sie an der richtigen Adresse war.

„Das ist Laura", sagte Nick. „Sie kommt, um Charlie abzuholen."

„Oh." Ich ging zur Tür und begrüßte Nicks Exfrau. Dabei fiel mir auf, dass sie freundliche, offene Augen und ein warmherziges Lächeln hatte. Tatsächlich war sie mir direkt sympathisch.

„Bist du Lucy?", fragte sie. Dann hielt sie mir die Flasche Sekt entgegen. „Nick hat gesagt, dass du bald Neueröffnung feierst, dazu wollte ich dir ganz herzlich gratulieren. Ich bin nicht sonderlich oft in der Altstadt und weiß nicht genau, wie es hier vorher aussah, aber was ich jetzt erkennen kann, ist ja der Wahnsinn!"

Lächelnd nahm ich das Geschenk entgegen. „Danke schön."

Im selben Moment kam Charlie zu mir gestürmt und schlang die Arme um meine Beine. „Frohe Weihnachten, Lucy. Und danke, dass du mich eingeladen hast."

Ich streichelte dem Mädchen über den Kopf. „Danke, dass du da warst."

Nick trat neben mich und verabschiedete sich von seiner Tochter. Er wechselte noch ein paar Worte mit Laura und mir fiel auf, dass die beiden höflich und respektvoll miteinander umgingen, dass da aber trotz allem eine gewisse Distanz herrschte. Da war definitiv nichts mehr zwischen ihnen.

Laura und Charlie gingen schließlich auch, danach verschwanden auch Akiko und Nao, und kurze Zeit später war ich mit Nick allein in meinem Café.

„Und?", fragte ich. „Wie wirst du den Abend verbringen?"

Er zuckte die Schultern. „Ich habe keine wirklichen Pläne", sagte er. „Jetzt erstmal hätte ich dir ganz gern beim Aufräumen geholfen, wenn du das willst. Und dann wäre ich offen für eine weitere Führung."

„Durch die Stadt?"

„Durch dein Café", sagte er. „Ich habe ja noch gar nicht alles gesehen. Und wenn ich hier arbeiten will, sollte ich mich doch ein wenig auskennen, findest du nicht?"

Wie selbstverständlich fing er an, das Geschirr auf dem Tisch zu stapeln.

Ich strahlte. „Das heißt, du hast es dir überlegt?"

Er hielt kurz inne und lächelte. „Ja, das habe ich. Ich würde sehr gern."

„Und das machst du nicht nur, weil du verzweifelt bist?", hakte ich nach. „Denn du musst das nicht tun. Ich kann dir auch helfen, was anderes zu finden. Ich weiß, die Stadt ist klein, aber mit Vitamin B gibt es immer eine Möglichkeit. Und ich kenne eine Menge Leute, ich bin mir sicher, es ergibt sich was."

Jetzt lachte er, dann ließ er endlich vom Tisch ab und trat einen Schritt näher. Seine Augen funkelten. „Ich mache das ganz sicher nicht aus Verzweiflung, Lucy. Sondern erstens deswegen, weil ich dein Café wirklich ganz großartig finde und sehr gerne ein Teil des Ganzen wäre. Weil ich glaube, dass das zum ersten Mal ein Job wäre, der mir richtig Spaß machen würde. Und zweitens, weil ich die Vorstellung, dich jeden Tag um mich haben zu können, fast noch besser finde."

Mein Herz stolperte und setzte einen Schlag aus – nur um anschließend noch schneller zu klopfen.

„Ich ... das finde ich auch", sagte ich. „Ich würde mich sehr freuen, wenn du hier anfängst. Ich würde mich sehr freuen, dich in meinem Leben zu haben."

Er legte den Kopf ein wenig schief und ich konnte sehen, wie er schluckt.

„Nur als Mitarbeiter?", fragte er dann vorsichtig.

Ein paar Sekunden verstrichen, in denen niemand etwas sagte. Unsere gemeinsame Geschichte spielte sich vor meinem inneren Auge ab: Der erste Tag auf dem Weihnachtsmarkt, meine kleine Stadtführung, die Treffen bei der Karaoke-Nacht und auf der Eiswiese. Ich dachte daran, wie schockiert und verletzt ich war, als ich seine Lüge herausgefunden hatte, doch ich dachte auch daran, dass ich es jetzt irgendwie verstehen konnte. Dass ich mich ohne Nicks Auftauchen außerdem nicht so schnell getraut hätte, etwas in meinem Leben zu verändern, weil ich viel zu viel Angst davor hatte, etwas Neues zu wagen und meine Eltern zu enttäuschen, auch wenn sie längst nicht mehr da waren.

Ich dachte daran, dass mir Nick, trotz allem, immer ein gutes Gefühl gegeben hatte. Dass ich von Anfang an gerne in seiner Nähe war, mehr als das. Dass ich die Vorstellung, ihn gehen zu lassen, fast unerträglich gefunden hatte.

Ich trat einen weiteren Schritt näher und überbrückte die letzten Zentimeter zwischen uns. Dann legte ich die Hände auf seine Brust, spürte sein Herz unter meinen Handflächen schlagen, fast so schnell wie mein eigenes.

Ich lächelte. „Nein, nicht nur als Mitarbeiter", sagte ich.

Und dann stellte ich mich auf die Zehenspitzen, schlang meine Arme um seinen Hals und küsste ihn.

EPILOG

Lucy

Ein halbes Jahr später

Die Junisonne warf ihre Strahlen durch die Schaufenster und zeichnete feine Muster auf Boden und Tische des Cafés – Schatten von Schneeflocken, die in Papierform an den Scheiben klebten, von Tannenzweigen, die sich im Wind der Ventilatoren sanft wiegten, und Kugeln, die das Sonnenlicht reflektierten und bunte Lichtpunkte durch den Raum tanzen ließen.

Es hatte dank meiner Klimaanlage und der dicken Wände des alten Gemäuers angenehme zwanzig Grad hier drin, ein krasser Gegensatz zur sommerlichen Hitze auf den Straßen, was das Café zu einer Art Zufluchtsort für all diejenigen werden ließ, die eine Pause nötig hatten – und natürlich für alle, die sich nach dem Winter sehnten. Durch die weihnachtliche Musik, den allgegenwärtigen Zimtduft und meine Dekoration, die vielen Bäume und den Kunstschnee, wirkte es gleich noch mal ein paar Grad kühler und man konnte fast vergessen, dass draußen die Dreißig-Grad-Marke längst überschritten war.

Fast jeder Tisch war besetzt, und Sandra, Akiko und Jan, den ich zwischenzeitlich von Crumb Factory abgeworben hatte, hatten alle Hände voll zu tun. Auf der anderen Straßenseite lief es angeblich nicht so überragend. Kurz nach der Eröffnung hatte der Hype stark nachgelassen und Anton spielte mit dem Gedanken, die Filiale wieder zu schließen. Zumindest hatte ich das gehört, aber um ehrlich zu sein, interessierte es mich nicht mehr sonderlich.

„Verschwindet ihr beiden jetzt endlich?", schimpfte Sandra, als ich anfing, einen soeben frei gewordenen Tisch abzuräumen. „Ihr wolltet schon vor einer halben Stunde los! Und Nick hat vorhin angefangen, eine neue Ladung Vanillekipferl zu backen, ich habe das Gefühl, ihr wollt hier Wurzeln schlagen."

„Sandra hat recht", mischte sich Jan ein, der jetzt ebenfalls neben mich getreten war. Sein Haar war zu einem Knoten gebunden, der während der Arbeit jedoch unter einer Nikolaus-Mütze mit bunt blinkenden LED-Lampen steckte. Jetzt grinste er. „Man könnte fast meinen, ihr habt Angst, mich und die anderen beiden mit dem Café allein zu lassen. Aber du musst dir keine Sorgen machen, Lucy. Wir kriegen das schon hin. Ich habe auch schon ein paar richtig gute Geschäftsideen, die ich gern ausprobieren würde, wenn ihr weg seid. Zum Beispiel Punsch-Rezepte mit Sauerkrautsaft und –"

Sandra funkelte ihn böse an. Er lachte, hob abwehrend die Hände und verzog sich wieder hinter die Theke, wo er anfing, Gläser zu spülen.

Schmunzelnd blickte ich ihm nach, dann strich ich mir eine Strähne hinter das Ohr und seufzte. Ich hatte natürlich nicht wirklich Angst, dass Jan während Nicks und meiner Abwesenheit Chaos stiften würde, inzwischen wusste ich, dass ich ihm vertrauen konnte – auch wenn sein Humor manchmal etwas gewöhnungsbedürftig war.

Nein, das Problem war ein anderes.

„Es ist einfach so ungewohnt", gestand ich Sandra. „Ich war noch nie so lange weg. Und vor allem nicht mitten in der Saison!"

„Wenn es danach geht, dürftest du nie wieder verreisen", entgegnete sie trocken, „denn wie es aussieht, haben wir nun das ganze Jahr über Saison."

Sie hatte recht. Das Geschäft boomte förmlich, und obwohl mich das unfassbar glücklich machte, löste es auch hin und wieder diffuse Angstzustände in mir aus, so als würde auf dieses Hoch zwangsläufig ein tiefer Fall folgen. Als würde ich eines Tages aufwachen und feststellen, dass das alles nur ein schöner Traum gewesen war.

Aber dann erinnerte ich mich daran, dass ich schon einmal an einem Tiefpunkt war – und dass es immer eine Möglichkeit gab, weiterzumachen. Dass es immer möglich war, einen neuen Traum zu finden, wenn man einen anderen verloren hatte.

„Es ist jedenfalls nicht so, dass ich euch nicht zutraue, den Laden allein zu schmeißen, ich weiß, dass ihr das könnt", sagte ich jetzt. „Es ist nur ... ich habe irgendwie ein schlechtes Gewissen, euch mit der ganzen Arbeit allein zu lassen. Es ist so viel zu tun!"

„Papperlapapp", sagte sie unwirsch. „Es sind doch nur drei Wochen, die werden schneller um sein, als euch lieb ist. Wir haben hier alles im Griff. Früher haben wir das auch zu dritt geschafft!“

„Früher hatten wir aber auch nie so viele Gäste.“

Muffin strich um meine Beine und ließ ein lautes Maunzen hören. Inzwischen hatte er sich daran gewöhnt, dass im Café jeden Tag so viel Trubel herrschte, und war die meiste Zeit unten. Tatsächlich war er sowas wie der heimliche Star hier und ich hatte den Eindruck, er genoss die übermäßige Aufmerksamkeit. Ich nahm den Kater hoch und drückte ihn an mich.

„Ich werde dich vermissen“, murmelte ich in sein Fell. „Lass bloß die Bäume in Ruhe!“

Ich wusste natürlich, dass er gut aufgehoben war. Sandra und Akiko würden sich um sein Futter kümmern, und mittwochs, am Ruhetag, würde es Mayla übernehmen. Streicheleinheiten bekam er ohnehin genug. Es war für alles gesorgt. Und wenn das Ganze gut funktionierte, würden wir in den Herbstferien gleich wieder für eine Woche verreisen, dieses Mal mit Charlie.

„Entschuldigen Sie, könnte ich noch einen Glühwein Spritz haben?“ Die Stimme der Kundin riss mich aus meinen Träumereien. „Der ist ja sowas von lecker!“

„Kommt sofort“, rief Akiko hinter der Theke hervor.

Ich lächelte. Plätzchen und die winterlichen Schneeballen liefen gut, auch im Sommer, doch es hatte sich herausgestellt, dass die Nachfrage nach Heißgetränken mit dem Ansteigen der Außentemperaturen doch stark zurückgegangen war. Was ja eigentlich nicht weiter verwunderte. Der Glühwein Spritz – mit Sekt und Lebkuchensirup – war Jans Idee gewesen. Eindeutig eine seiner besseren, die Nachfrage war gigantisch und manche Gäste kamen tatsächlich nur deshalb, weil sie von dem Kultgetränk gehört hatten.

„Also gut, ich sehe schon, ihr habt die Sache im Griff", sagte ich schließlich.

„Natürlich haben wir das", entgegnete Sandra. Sie klang fast empört.

In dem Moment trat Nick neben mich und legte mir einen Arm um die Schultern. Wie auf Kommando breitete sich Wärme in mir aus, ein Gefühl, das mir inzwischen so vertraut war.

„Wie sieht's aus, Süße? Wollen wir dann?"

Ich nickte, lächelte und lehnte mich gegen ihn, woraufhin er mich noch enger zu sich zog und einen Kuss auf meinen Scheitel drückte. Die Toskana-Rundreise würde unser erster gemeinsamer Urlaub werden, und für mich war es das erste Mal, dass ich im Sommer und für so lange Zeit verreisen würde – noch dazu mit dem Mann an meiner Seite, den ich liebte.

Obwohl es mir schwerfiel, die anderen im Café allein zu lassen, konnte ich es kaum erwarten. Meine bisherigen Urlaube hatten sich auf maximal eine Woche im Januar beschränkt, das hier würde etwas komplett Neues für mich werden.

„Und du glaubst, du hältst es drei volle Wochen mit mir aus?", zog er mich auf. „Hast du dir das gut überlegt?"

Ich lachte. Wir wären auf engstem Raum zusammen unterwegs – in seinem Camper –, doch ich zweifelte nicht eine Sekunde daran, dass es großartig werden würde. Immerhin verbrachten wir seit Weihnachten ohnehin so ziemlich jede freie Minute zusammen. Seine Worte erinnerten mich jedoch an etwas anderes, etwas, das ich eigentlich erst nach dem Urlaub hatte ansprechen wollen. Doch jetzt hatte er mir die perfekte Vorlage geliefert, warum also nicht gleich?

„Ja", sagte ich. „Ich habe mir das wirklich gut überlegt, Nick. Tatsächlich denke ich schon seit ein paar Wochen darüber nach, ob ich es aushalten würde, dich noch öfter zu sehen."

„Und?" Er runzelte leicht die Stirn, offensichtlich verstand er noch nicht, worauf ich hinauswollte.

Ich grinste. „Christina hat einen neuen Partner, oder? Deine Vermieterin."

„Ja?", fragte er vorsichtig.

„Und mir ist zu Ohren gekommen, dass sie nicht traurig darüber wäre, wenn sie das Haus wieder für sich hätte", sagte ich.

Nicks Augen wurden groß. „Ist das dein Ernst?"

„Das hat Akiko zumindest erzählt."

Er lachte. „Das meine ich nicht. Dass Christina mich am liebsten wieder los wäre, habe ich schon mitbekommen, die ständigen Wohnungsanzeigen in meinem Postfach sind nicht besonders subtil. Nein, willst du mir gerade wirklich das sagen, was ich denke, dass du mir sagen willst?"

Ich holte tief Luft.

„Nicholas Bernauer", sagte ich feierlich, „willst du bei mir einziehen?"

Er zögerte keine Sekunde. „Ja!", stieß er hervor. „Ja, natürlich!"

Er packte mich an der Hüfte, hob mich hoch und küsste mich überschwänglich. Ich lachte. Auf diese Antwort hatte ich gehofft.

„Wir können auch ein Zimmer für Charlie einrichten“, sagte ich atemlos, als er mich wieder auf den Boden stellte. „Das Gästezimmer brauche ich eigentlich
nicht, es dient mir sowieso nur als Rumpelkammer.“

„Das wäre großartig!“ Nick strahlte und küsste mich
erneut. „Gott, ich liebe dich wie verrückt!“

In diesem Moment trat Sandra wieder hinter uns und
schob uns sanft in Richtung Ausgang. „Sehr süß, herzlichen Glückwunsch, ihr beiden“, sagte sie. „Und jetzt
macht, dass ihr wegkommt. Genießt die Zeit, genießt
den Sommer. Und denkt bloß nicht an die Arbeit!“

Ich blickte zu Nick hoch und sah, dass er grinste. Das
vertraute abenteuerlustige Funkeln war in seine
grauen Augen getreten.

„Bereit?“, fragte er.

Ich griff nach seiner Hand. Mein Herz klopfte vor
Aufregung wie wild.

„Ich kann es kaum erwarten.“

Danksagung

Wie alle Bücher ist natürlich auch dieses nicht ohne Hilfe entstanden.

Ganz herzlich bedanken möchte ich mich beim Team vom dp Verlag, allen voran Francesca und Lucienne für die gute Betreuung und die tolle, angenehme Zusammenarbeit. Jederzeit wieder!

Ein großes Dankeschön geht außerdem an meine Lektorin Sarah. Ich bin immer wieder aufs Neue davon beeindruckt, wie viel runder, lesbarer und besser ein Text durch ein gutes Lektorat wird. Deine Anmerkungen haben mich nicht nur oft zum Lachen gebracht, sondern waren vor allem wahnsinnig hilfreich und ich konnte auch für zukünftige Projekte einiges daraus mitnehmen.

Ebenfalls möchte ich mich bei Larissa für das wunderschöne Cover bedanken. Ich liebe es!

Wie immer: Danke schön an meine Freundinnen und Kolleginnen, die großartigen Autorinnen Sherin Nagib, Susanne Kriesmer und Luna Lavendela, dafür, dass Ihr immer alle meine Krisen ertragt und mir unterstützend zur Seite steht.

Danke auch an meinen Mann für die mentale Unterstützung und die Inspiration beim Benennen der Backwaren :D

Zu guter Letzt: Danke an meine Freundin Graziella, die mir geduldig alle möglichen Fragen zum Rothenburger Weihnachtsmarkt beantwortet hat :)